X

Amárrame,
Azótame, Ámame

XATHANIEL MIKE

Copyright

Primera edición: Septiembre, 2019

Título original: X: Amárrame, Azótame, Ámame

Copyright 2019: Xathaniel Mike

Correo: info@xathaniel.com

Facebook: https://facebook.com/xathaniel

Instagram: https://instagram.com/xathanielmike

Contenido

Xathaniel...5

La mujer florero...59

Antonella...151

Moza..187

La Colombiana...207

Xania...271

El harén..333

Xathaniel

Es de noche mientras escribo, afuera llovizna y las personas están demasiado ocupadas nuyendo del cielo como para prestar atención a nada en particular, hace frio y casi sin poder evitarlo pienso en el pasado, aunque los años cada vez corren con más velocidad, no he olvidado ni el más mínimo detalle, recuerdo con total claridad cada gesto, cada grito y cada par de labios temblorosos que gritaban una y otra vez mi nombre…

Diría que mi viaje comenzó cuando tenía 20 años, por aquel entonces vivía en Maracaibo - Venezuela y recientemente había sido admitido en la universidad, donde había decidido estudiar Matemática, carrera que no ejercería, pero que sin embargo, me daría bases para mi futuro.

Siempre fui un estudiante modelo, durante toda mi adolescencia me centré únicamente en ser el mejor en cualquier cosa que hiciese y con esa misma concepción se formó mi personalidad.

Desde joven mostré grandes facultades para las ciencias, por lo que tomé esa natural inclinación y comencé a trabajar en ella, pronto empecé a ver los frutos de mis esfuerzos, recibía constantes reconocimientos y atenciones, especialmente por parte de las mujeres.

Muchas personas piensan que la intelectualidad siempre viene acompañada de una personalidad tímida y de poca interacción social, por eso asumen que cuando una persona es excelente en algo, elige aislarse. Se imaginan a hombres como Albert Einstein con su grueso bigote y cabello enmarañado, sacando la lengua como si realmente estuviera loco o se imaginan a algún nerd al estilo de Mark Zuckerberg o Stephen Hawking, personas con aptitudes sociales prácticamente nulas. Sin embargo esto no es del todo cierto, muy al contrario del estereotipo de hombre de ciencia, siempre fui alguien con grandes dotes sociales y muchos amigos, con la capacidad de distribuir eficientemente mi tiempo, por lo que mi vida social y romántica nunca afectó mis estudios.

Cuando ingresé a mi carrera dediqué mi esfuerzo entero en ser el mejor siempre, sacar las notas más altas y ser el estudiante más brillante. Con el tiempo me convertí en un alumno reconocido en la facultad de ciencias de aquella universidad, lo que me permitió conocer a muchísimas personas, en especial, a mujeres.

Corría el año 1995 y el sol en Maracaibo era tan inclemente como siempre, no es de extrañar que allá las personas tengan la sangre más caliente, con temperaturas de hasta 50 grados cualquiera querría arrancarse la ropa constantemente y todo lo que eso connota. Yo no era distinto, pero mi cabeza parecía estar totalmente ocupada con mi carrera, no demostraba especial interés en las relaciones románticas como el resto de las personas de mi edad, que no podían tener una conversación sin meter el sexo, dándole un lugar preeminente siempre a este. Es decir, había tenido novias y muchísimo sexo antes, pero no era algo que me mantuviera desvelado por las noches, nunca he sido de forzar las cosas demasiado y mucho menos ser un controlador. Creía que me gustaba que las cosas siguieran el ritmo que debían, al menos eso creía hasta que conocí a la mujer florero.

Era un día como cualquier otro, iba caminando por los pasillos de la universidad luego de haber salido de alguna clase. Creo que iba distraído tratando de resolver mentalmente algún problema matemático sin que el resto del mundo me importara demasiado. La clase había sido excelente, el profesor se había dado cuenta de mi interés en la materia y ya llevaba algún tiempo forzándome, llevándome a mis límites, cosa que yo agradecía porque estaba logrando alcanzar un nivel que nunca antes había imaginado.

Las personas, solo figuras para mí en aquel momento, circulaban.

Aunque tenía mi cabeza bastante metida dentro de la solución de aquel problema, no pude ignorar aquella figura que cada vez tenía más proximidad conmigo.

Ella se acercó a mí con la misma excusa que el resto de las personas, necesitaba ayuda con matemáticas, si no la pasaba ese semestre sería un gran problema para ella. Me gusta enseñar, siempre he tenido la vocación de hacerlo aunque nunca me imaginé como un profesor de secundaria. Sin embargo, acepté enseñarle. Realmente hacía tan bien el papel de desesperada que no podía negarle mi ayuda.

Recuerdo que llevaba unos jeans altos, una camisa negra holgada y el cabello largo, tan largo y liso que parecía no acabar nunca. Era una chica de baja estatura y piel tostada, ojos marrones y sonrisa tímida que resultaba chocante, si mirabas debajo de su cuello, tenía un cuerpo increíble, la tela de la ropa parecía contener a duras penas todos sus atributos, tenía curvas en todos los lugares que una mujer debería tener. En definitiva, era el tipo de mujer por la que cualquier hombre se haría una buena paja.

Era sensual y dócil, siempre con una sonrisa en el rostro y un pantalón ajustado conteniendo aquel maravilloso culo con el que tenía continuas fantasías y erecciones, fomentadas también por la amabilidad que ella me demostraba. Era como una fruta muy madura y jugosa colgando de un árbol, tan cerca de ti, que si extendías la mano, podías tomarla y comerla. Morderla, masticarla, sentirla en tu boca y disfrutar como baja por tu garganta. Imaginándotelo así, es difícil no acercarse a un manjar como aquel.

Uno de las cosas que recuerdo de ella es que en nuestro primer encuentro no paró de halagar mis manos.

- Son en serio muy masculinas –decía seguido de una sonrisa casi nerviosa-- muy hermosas…

- Gracias –es lo único que atinaba a decir ante un cumplido tan inusual, es poco común que las personas te hagan halagos por tus manos.

Yo, particularmente, siempre recibía elogios más por mi intelecto que por mi físico, cosa que fue dejando de importarme con el pasar de los años. Siendo más joven y un poco menos maduro me halagaba que las personas reconocieran las cosas de las que era capaz. Pero con el paso del tiempo dejó de importarme la opinión de las demás personas ya que pensaba que al único que valía la pena sorprender era a mí mismo.

Muy en el fondo me daban igual las palabras vacías, no necesitas halagos cuando tienes conciencia total de quien eres y cuáles son tus capacidades, no obstante sus palabras me gustaban.

Ella me gustaba. Me gustaba la forma en la que me miraban aquellos ojos, me gustaba su sonrisa constante y perenne, sobretodo me encantaba la forma en que mi cuerpo era consciente del suyo, como si el solo hecho de encontrarnos en la misma habitación fuese razón suficiente para temer un incendio.

Lo cierto es que me encontraba siendo una especie de tutor para ella, algo que distaba mucho de la imagen que tenía de mí mismo pero pensaba en aquello como en un trato justo: Yo le enseñaba matemática y ella me dejaba mirarla, cosa que siempre me ha gustado muchísimo. Mirar las cosas bellas, mirar el arte en los museos, mirar las escenas preciosistas en la poesía, mirar mujeres bellas… Hedonismo.

Mujeres atadas, mujeres con los ojos vidriosos, ojos suplicantes, ojos llenos de deseo, con pequeñas marcas aquí y allá como prueba de algo prohibido, de un secreto a voces; mujeres retorciéndose de placer y dolor, con labios temblorosos y mejillas rosadas mientras suplican por misericordia a su verdugo.

Descubrir lo que te gusta realmente conlleva mucho esfuerzo y tiempo, explorarte es una tarea difícil y a veces chocante, en muchas ocasiones lo que realmente te gusta violenta la moralidad tan habitualmente conservadora, especialmente en un país como Venezuela, donde la sexualidad, aun en pleno siglo XXI es un tabú y las personas se ven obligadas a satisfacer sus deseos a puerta cerrada, sin embargo, (aunque personalmente esto jamás me ha importado más que el placer en todas sus presentaciones) comprendía que rendirse completamente era difícil para una mujer y que encontrar a una lo suficientemente valiente para hacerlo, era un hallazgo delicioso.

Por eso me encantaba tanto la mujer florero, además de que teníamos eso que las personas llaman "química", nunca antes había sido tan consciente de una mujer a ese nivel, sentía que podía leerla de una forma en que antes no sucedía, reconocía sus gestos más leves y sentía que casi podía escuchar sus pensamientos. Fue en esos días que comencé a tener fantasías cada vez más transgresoras, fantaseaba con dominarla totalmente, hacer con ella lo que me apeteciera y muy en el fondo sabía que ella me lo permitiría, más aun, que ella también disfrutaría de todo aquello que quería hacer con su cuerpo. La fruta estaba ahí y yo deseaba engullirla.

En ocasiones mientras ella realizaba en silencio algún ejercicio matemático me gustaba caminar a su alrededor y mirarla disimuladamente. Ver la forma en que la cintura se le definía mientras estaba inclinada sobre el pupitre y el enorme culo parecía desbordarse del asiento. Me imaginaba arrancándole el pantalón a tirones para luego metérselo duro. Cogiéndomela en aquella misma posición, presionándole la cabeza contra la madera.

Se me apretaba el pantalón de tal manera que sentía el temor de romperlo, luego me sentaba a su lado tratando de calmar mi estado, por aquella época me parecía que era inapropiado mantener una erección por una mujer mientras estábamos en otro contexto alejado del sexual.

Estuve dándole aquellas clases particulares un par de semanas. Ella se preparaba para los exámenes finales, cuando acabó el semestre la universidad poco a poco se fue quedando vacía, algunos alumnos iban y venían por los pasillos casi desiertos de vez en cuando, los más dedicados tomaban clases de verano y yo por mi parte, acudía a diario al laboratorio de computación, del cual era encargado y donde tenía acceso a internet.

Los años y la forma en que muchas cosas se han vuelto muy fáciles para las personas, a menudo dificultan comprender lo que significaba el acceso a la red en aquellos años, descubrir un mundo diferente donde el conocimiento estaba al alcance de un clic. La generación Millenial difícilmente puede entender lo que el milagro del internet resultó para mi generación, el revuelo que ocasionó. Era casi como algo divino, cosa que es bastante difícil imaginar si cuando naces, esto ya está en vigencia pero para las personas de mi edad, que veíamos el cambio de rumbo tan radical que estaba tomando el mundo; aquello fue un antes y un después en nuestras vidas. Fue a través de la red donde pude comenzar a descubrir cosas nuevas sobre la sexualidad.

El anonimato vuelve la moral más ligera, más relajada, las personas a través de la pantalla eran más desinhibidas, abiertas a responder las preguntas más extrañas con respecto a las cosas más sucias y mostrarse libremente. Pasaba largas horas recorriendo páginas y foros de sexo, leyendo las cosas más variadas y escandalosas, veía pornografía a menudo y sentía que había entrado en un mundo diferente, de pronto las cosas lucían distintas para mí.

Descubrí lo mucho que disfrutaba mirar, pero sentía que no quería ser únicamente un espectador, quería estar en la escena y tener el control... Quería ser el amo. Entonces comencé a investigar un poco cada vez, fue entonces cuando establecí el seudónimo por el cual pueden referirse a mí: **Xathaniel.**

Mi aspecto de chico tranquilo disimulaba muy bien todos los pensamientos y deseos que guardaba en mi cabeza. Ya no caminaba por aquellos pasillos con la mente ocupada en problemas matemáticos, sino en las imágenes más sórdidas, las sensaciones más placenteras, en el hedonismo más puro y desenfrenado. Sentía que era un demonio disfrazado con la piel de un ángel, pasando desapercibido en la multitud; no había forma de sospechar quien era en realidad y esa consciencia me parecía deliciosa.

Por eso cuando volví a encontrarme con la mujer florero luego de un tiempo que se me estaban haciendo tan largo tuve la sensación de que aquella diminuta mujer estaba caminando directamente al matadero. Me sentía totalmente al mando, porque sabía que ella era ignorante de todas las cosas que quería hacerle.

Esa tarde en que volvimos a vernos ella llevaba el cabello suelto, que se movía de un lado a otro alrededor de su pequeña cintura. Había entrado en el laboratorio y de inmediato supe que había ido específicamente a encontrarse conmigo.

–Hola –Fue lo primero que dijo al cerrar la puerta y acercarse a mí – ¿cómo va todo?

–Hola –Contesté con una sonrisa y el clásico beso en la mejilla, propio de mi país–, muy bien, ha sido un día tranquilo, ya sabes cómo es cuando acaban las clases regulares.

–La universidad luce incluso linda cuando no están esas docenas de personas corriendo de un lado a otro –Comentó ella tomando asiento en la silla que estaba a mi lado– vine a realizar algunos trámites en el decanato y mientras me iba recordé que me habías contado que te encargabas del laboratorio de computación, así que decidí visitarte un rato.

–Y yo te lo agradezco muchísimo –Dije con una sonrisa–, ha sido un día muy solitario, por estas fechas casi nadie viene aquí para nada.

–Bueno también sucede que este laboratorio está un poco escondido –Aseguró ella riéndose abiertamente–, si no conoces bien la universidad, jamás lo encontrarías.

Xathaniel Mike

–Eso también puede ser –Estuve de acuerdo mientras me reclinaba en el espaldar de la silla– con razón las personas llegan aquí sudando y acaloradas.

–No, eso es porque Maracaibo está un poco más cerca del sol que cualquier otra ciudad –Dijo ella como si fuera obvio y yo me eché a reír.

Mantuvimos aquella conversación tranquila durante algún tiempo, ella parecía disfrutar mucho mi compañía y yo disfrutaba la forma en la que todo fluía tranquilamente entre nosotros, no había necesidad de forzar las cosas ni simular nada, todo salía natural.

– ¿Qué tal te fue en los exámenes finales? – Pregunté con sincera curiosidad.

–Excelente –Dijo ella haciendo énfasis en la palabra–, algunos profesores incluso me felicitaron, es algo increíble y todo gracias a ti.

–La matemática, como la mayoría de las cosas en la vida consiste principalmente en la constancia– Dije encogiéndome de hombros–, si practicas continuamente, los números se vuelven otro lenguaje más.

– ¿Eres así de apasionado con todas las cosas? –Preguntó juguetonamente.

—Definitivamente —Dije con una pequeña sonrisa mirándola fijamente.

De pronto se ruborizó, como si un pensamiento escandaloso se le hubiera pasado por la cabeza y sentí que quería escapar de pronto, la mirada nerviosa que lanzó a la puerta confirmó mis sospechas así que decidí no dejarla escapar así de fácil.

En silencio me levanté de mi asiento y comencé a apagar las computadoras, ella me miró expectante unos minutos, curiosa de lo que hacía, hasta que se atrevió a preguntar:

— ¿Ya es hora de irse? —Ella aún estaba sentada y me miraba moverme de un lado a otro- apenas son las 4 de la tarde.

—Sí, ya estuvo bien por hoy —dije encogiéndome de hombros— dudo que alguien más venga esta tarde.

—Bueno, entonces creo que también es hora para mí —Dijo ella poniéndose en pie y tomando su bolso.

—Nos vamos juntos —Por la forma en que lo dije, sonó como una orden y ella instintivamente asintió con la cabeza.

Caminamos en silencio por los pasillos de la universidad, ya en la calle decidimos retomar la conversación hablando de cosas triviales.

–Hace muchísimo calor –Decía ella cada cierto tiempo– siento que el cemento caliente me derrite la suela de los zapatos.

Yo siempre respondía con alguna ocurrencia extraña a la que ella reía largamente. Me sentía en mi elemento mientras caminábamos por aquellas calles, la obediencia con la que había acatado mi mandato me ponía en posición de emitir órdenes, sentía que tenía el control de hacer cualquier cosa que quisiera, me invadió una profunda calma y tomé la decisión de besarla.

Su boca se sintió suave y húmeda contra la mía, parecía temblar como una hoja a mi contacto, quería arrancarle aquellos pantalones y cogérmela en medio de la acera con las personas y los carros y el sol de testigos de aquella rabia con la que quería meterme dentro de aquella mujer. En mi cabeza había un torbellino de pensamientos a medida que la besaba más profundamente, su cuerpo se apretaba contra mí por instinto.

–Volvamos a la universidad. –Ordené a medida que daba media vuelta. La idea había llegado a mí súbitamente.

Ella no atinó a decir ni una palabra a medida que me seguía, parecía nerviosa mientras caminaba a mi lado y aquello me hacía sentir mucho más excitado, sentía que podía hacer cualquier cosa que quisiera. Yo estaba a cargo de la situación y por ende, tenía toda la libertad.

El camino de vuelta fue muy corto, la guié hasta un salón de estudio, vacío y parcialmente iluminado por el sol que comenzaba a ocultarse. Ella parecía insegura de dar un paso más, se mantuvo algunos segundos mirando desde el marco de la puerta el interior, yo por mi parte disfrutaba mirar su temor, parecía como si una nueva persona se había apoderado de mí, es difícil de explicar como si de pronto no se trataba únicamente de cogérmela duro. Era el juego que estábamos jugando donde ella era la víctima y yo era su verdugo. Un león acecha a su presa y juega con ella antes de comérsela, yo me sentía de la misma manera sino sería una actividad mecánica y aburrida.

Vi la señal para actuar en el justo momento en que decidió entrar en esa aula, para mi aquello fue un gesto de asentimiento, estaba consintiendo lo que iba a suceder, me permitía hacerle todo lo que se me ocurriese, ella ya era mía. Con una mano la atraje contra mi cuerpo, ella parecía nerviosa a medida que rodeaba mi torso con sus manos inseguras, como si aquella experiencia fuese totalmente nueva para ella.

–Quiero cogerte tan duro, que me sientas aun dentro de ti los próximos días. –Dije apretando los dientes, ella pareció escandalizada y aquello me excitó aún más. La tomé firmemente de las caderas y la bese profundamente, el deseo que sentía era agresivo, quería oírla gritar y verla retorcerse.

Ella no oponía resistencia de ningún tipo, simplemente correspondía a cada uno de mis besos con docilidad, su boca era caliente y húmeda, respiraba entrecortadamente como si no entrará suficiente aire a sus pulmones.

–Espera, yo…–Dijo ella confusamente, parecía a punto de huir.

–Alza las manos –Le ordené con seriedad– voy a sacarte la camisa.

Ella obedeció de inmediato, antes incluso de procesar mis palabras, no podía negarse a mis órdenes. Yo, por mi parte, comencé a sacarle la camisa lentamente, a medida que su piel bronceada iba quedando más desnuda, sentía más seguridad y control sobre ella, no había límites para todo lo que podíamos hacer, aquel pensamiento entreabrió una puerta muy profunda en mi interior. Era mía en este momento.

Le besé el cuello con deseo y pegué sus caderas a las mías, mi erección se dibujaba perfectamente en la tela de mis pantalones, al sentirlo hizo que ella gimiera levemente, su cuerpo parecía cada vez más caliente y receptivo, mis manos se arrastraron desde su delicioso culo hasta su espalda, abrir el brassier fue un trabajo fácil y al liberar sus pechos, la boca se me volvió agua.

La empujé hasta el escritorio donde la acosté, mordí sobre el hueso de su cadera levemente, ella se sobresaltó y gimió más fuerte, se estremeció. Me gustaba ese sonido agudo y desesperado, salido del fondo de su garganta. Fui subiendo hasta sus tetas, la visión me resultó increíble, sus pezones suaves estaban erizados por la excitación. Los besé con lascivia, chupé fuertemente uno y otro hasta sentirlos febriles y lastimados, sentía que se volvían más duros entre mis labios, ella no dejaba de moverse y gemir cada vez más fuerte, mis manos aseguraron su cuerpo a la mesa y mi boca continuó su trabajo.

Saltaba de un pezón a otro esta vez mordiéndolos suavemente con mis dientes delanteros para luego chuparlos con fuerza, aquello parecía estar volviéndola loca, pronto comenzó a decir palabras sueltas e incoherentes.

No importaba si en ese momento alguien derribaba la puerta y nos encontraba haciendo aquello, por lo que a mi respectaba, en ese momento podía aparecer un policía o el mismísimo director de la universidad y yo no iba a dejar de comerme aquella fruta que se deshacía entre mis dedos.

–Por favor… oh Dios –Sabía que intentaba pedirme. Estaba empezando a volverse loca de placer.

Le abrí el pantalón con tanta fuerza que temí rompérselo, ella parecía estar en un desesperado trance sobre aquel duro escritorio. Le saqué la ropa interior junto al pantalón, la deje totalmente desnuda y me dedique a mirarla con placer unos segundos. Le abrí las piernas con firmeza y miré su sexo húmedo, ella pareció despertar un poco y noté la timidez nuevamente en su lenguaje corporal, cuando intentó cerrar las piernas y escapar de mi escrutinio, respondí inmediatamente:

–No te atrevas a cerrar las piernas –Empujé sus muslos con más fuerza, exponiéndola más- mantén las piernas abiertas.

Ella obedeció de inmediato y me observó mientras me desvestía, comencé por la camisa holgada, la tiré al suelo sin prestar atención, pronto le siguió el pantalón y el interior. Tomé una de sus piernas abiertas y la halé hasta el borde, ella dio un pequeño grito por lo inesperado de mi movimiento, besé nuevamente sus pechos hasta oírla gemir de nuevo.

Coloqué mi verga frente de su entrada húmeda y caliente, el sol se había ocultado un poco más y el aula estaba cada vez más oscura, aun así era consciente del riesgo que significaba estar cogiendo en aquel salón, alguna persona podría entrar por cualquier razón e interrumpirnos, incluso podríamos meternos en problemas. Eso me excitaba aún más, sentía que el peligro volvía más obsceno aquel momento.

Cuando empujé dentro de ella noté que estaba estrecha y mojada, sentí por un momento que me dio vueltas la cabeza del placer, ella por su parte cerró los ojos con fuerza como si la hubiese incomodado de pronto, en ese momento confirmé lo que tanto sospechaba, que era virgen. Entonces no quise que olvidara nunca aquella primera vez.

Me quedé inmóvil unos segundos mientras se acostumbraba a mí, centré de nuevo mi atención en sus tetas y su cuello, de vez en cuando la besaba y sentía sus músculos alrededor de mi verga contraerse con pequeños espasmos, estaba cada vez más húmeda, de pronto me sentí impaciente:

—Relájate y disfruta. —Le dije cuando comencé a empujar dentro de ella, mis manos cogían sus caderas con fuerza empujando su cuerpo contra mí una y otra vez. No pasó mucho tiempo antes de que comenzara a gemir más fuerte incluso que antes, sus manos me buscaron a ciegas y atinaron a tomar mis antebrazos, en su rostro había una expresión que iba desde la sorpresa hasta el placer más agudo.

Su cuerpo respondía instintivamente a mi cuerpo, mi verga entraba y salía a un ritmo constante y rápido, en un punto, ella deseosa alzó las caderas para recibir cada penetración, por lo que me incliné y la bese nuevamente, sus labios apenas pudieron dar respuesta a los míos, pues no paraba de gritar. El sudor bajaba por mi espalda, el calor y los movimientos hacían que nuestros cuerpos transpiraran en exceso, pronto la sentí deslizarse sobre la mesa al clavarla.

Salí de ella de pronto y la tome por el brazo levantándola, ella estaba confundida pero igualmente accedió a mi demanda tácita, la puse de espalda contra el escritorio y la penetré en esa posición, ella dio un leve alarido, le tomé el largo cabello con una mano y la hale hasta enderezarla un poco.

—Eres mi perra —Dije empujando más duro— puedo hacer contigo lo que me dé la gana.

— ¡Sí! cógeme, soy tuya… soy tuya… —Gritó ella fuera de sí misma.

Empujé su cabeza contra el escritorio mientras se lo metía con fuerza, el choque de nuestras pieles, sonaba como olas chocando contra riscos, como bombas cayendo, como balazos, su culo grande rebotaba contra mí pelvis y me excitaba mucho más, su cabello negro empuñado entre mis dedos me parecía glorioso y sus gritos desesperado eran música celestial.

La arrastré al suelo y seguí metiéndoselo de espalda, su piel caliente y resbaladiza me hipersensibilizaba los sentidos hasta que se pronto su voz se quebró varias veces en un intento por pronunciar algunas palabras, sentí su sexo apretándome una y otra vez hasta que entendí lo que intentaba decir.

—Ay Dios…Dios…- parecía estar suplicando ayuda al cielo a medida que su cuerpo era atravesado por aquellos fuertes espasmos.

Su orgasmo significó luz verde para mí, aquello me permitía obtener mi propio y egoísta placer sin preocuparme más por mis atenciones hacía ella y lo que quería hacerse sentir. Me recreé en su culo suave y voluptuoso no sé cuántas veces, lo pellizcaba y le profería sonoras nalgadas, mordía su espalda y disfrutaba de su sexo caliente y chorreante de humedad. La empujé hasta uno de los pupitres y encontré de esa forma mi ángulo favorito, empuje en su sexo una y mil veces hasta que la vista se me nubló.

Para cuando terminamos, el sol se había ocultado totalmente y la penumbra dificultó el hallazgo de nuestras ropas que quedaron regadas a lo largo del salón, ella se mantuvo callada y tímida, procesando lo que había sucedido, por mi parte decidí permitirle todo el tiempo que necesitase, nunca he sido de forzar nada.

El camino a casa fue tranquilo, no había tensiones entre nosotros, ni siquiera surgió la habitual pregunta de "¿Tú y yo qué somos?" parecía que entre los dos había una dinámica tranquila y una comodidad tal, que no daba cabida a ese tipo de situaciones incomodas. Aquello me gustaba mucho y sentía que estaba a punto en embarcarme en un viaje que me mostraría cosas totalmente nuevas.

Los días siguientes ocurrieron con aparente normalidad, continúe cumpliendo con mi trabajo en el laboratorio de computación, con la agradable diferencia de que ella venía cada tarde al terminar mi horario, era entonces cuando intentábamos de todo en cualquier lugar de la universidad.

Para mí, la peligrosidad de ser encontrados se volvió un aditivo divertido y picante para nuestros encuentros, intentábamos muchas locuras, a las que ella siempre dócil y obediente nunca se negaba a mis experimentos más alocados, al contrario de eso, parecía feliz de darme todo aquello que pidiera.

Eso suponía para mí una sensación totalmente nueva, ella me daba total permiso para cualquier cosa con antelación, en ello había cierta belleza y libertad oscura, como una pequeña euforia que crecía a fuego lento dentro de mí, sin embargo, no sería realmente consciente de eso hasta mucho tiempo después, cuando los años me permitieran examinar y diseccionar las experiencias vividas.

Tan sólo me centraba en el placer en ese momento, en disfrutar todos los lugares, los ángulos y las situaciones, quizás por entonces nació mi marcada inclinación al hedonismo, quería todo lo que se me pudiera ofrecerme en cuanto a placer, quería toda la belleza que pudiera exprimir, hacer sangrar, hasta la última gota de vida para tenerlo todo.

A favor de lo que consideraba mi nueva misión de vida me volví cada vez más descarado y libre, lo hacíamos en los pasillos vacíos a riesgo que cualquiera que circulara se topara con nosotros, podría asegurar que no hubo un salón que no utilizáramos alguna vez para sexo. Eran tan constantes nuestros encuentros que me pareció lógico por aquel entonces dar un paso más y formalizar nuestra relación, de esa forma iniciamos un noviazgo que duraría varios años y a través del cual, a medida que nuestra relación se estrechaba más, me volvía más desinhibido con mis deseos.

Una tarde fui a visitarla a su casa, teníamos algunos meses de relación, ella se había ofrecido a hacerme la cena esa noche y yo estaba dispuesto a relajarme y disfrutar de ser mimado por una mujer que parecía amarme realmente. Al llegar me recibió con una sonrisa enorme y un beso ligero en los labios.

—Pasa amor, estará lista la cena en media hora. —Dijo ella mientras cerraba la puerta detrás de mí y me guiaba a la cocina.

—Huele chévere —Dije con gusto mientras desviaba mi mirada a su culo lleno y sensual, siempre conseguía arrebatarme toda la atención con aquellas curvas deliciosas.

– ¿Quieres una cerveza? Compré algunas porque pensé que te gustaría beber mientras terminaba de cocinar –Dijo acercándose a la nevera y esperando mi respuesta.

–Sí, dame una bien fría –Pedí mientras me recostaba del mesón junto al fregadero. Ella me acercó rápidamente la cerveza y continuó picando tomate, trabajo que había abandonado al abrirme la puerta. Por su parte ella no insistió en continuar la conversación, nunca lo hacía puesto que había ocasiones en las que me gustaba meterme de lleno en mis pensamientos y simplemente observar en silencio, lo entendía y simplemente seguía con sus actividades sin sacarme de mi cabeza.

Mis pensamientos giraban en torno a su cuerpo, siempre lo hacían, de pronto se me ocurrió la idea de que quería que me hiciera sexo oral, quería sentirla chupar mi verga con su boquita carnosa y recatada, que nunca decía ninguna palabra obscena, quería que se arrodillara en el suelo de su cocina y me chupará desde el fondo de su garganta y luego quería echarle mi leche en la cara, tenía curiosidad de observar su expresión al finalizar aquello.

Cuando salí de mis pensamientos me di cuenta que mi cerveza se estaba comenzando a calentar, al parecer aquella fantasía había durado más tiempo rodando en mi cabeza del que podía calcular. Me reí por lo bajo ante mis ideas, las consideraba una completa locura o al menos eso me pareció hasta que me di cuenta que no sentía ningún tipo de censura, podía tomar todo lo que quisiera libremente. Después de todo así se venía manejando nuestra relación:

–Hey –Dije de pronto para llamar su atención, ella giró la cabeza sobre su hombro y me miró con curiosidad, por mi parte le hice un gesto con la cabeza, pidiéndole que se acercara, ella dejó el cuchillo y se secó las manos con una toalla limpia a medida que se giraba y caminaba los pasos que la separaban de mí.

– ¿Qué pasa? –Preguntó con curiosidad sin entender muy bien que quería.

Cuando estuvo a mi alcance tiré de su antebrazo, acercándola un poco más, ella se dejó atraer sin quejarse, luego la insté a colocarse de rodillas, desde el suelo seguía mirándome con curiosidad aún sin comprender mis intenciones, sólo el sonido de mi cremallera abriéndose la hizo comprender de pronto que es lo que quería hacerle.

–Espera –Dijo un poco alarmada antes de que mi miembro quedara totalmente expuesto.

–Chúpalo –Le exigí tomando con mi mano la verga y colocándoselo frente a la boca.

Ella miró esa extensión de mi cuerpo como una niña que mira un dulce que desea, su lengua llena de saliva mojaba sus labios para engullir dulcemente aquello. Me tomó entre sus manos y me llevó hasta ella, sus labios se posicionaron en la punta de mi glande y comenzaron a chupar ese pedazo de mi carne. Primero de forma tímida en solo ese pequeño punto, pasando luego a engullir una porción más grande y más grande hasta que se lo metió tan profundo en la boca que me sentí tocar su garganta.

Lo retuvo unos segundos tocándole la garganta, luego se lo sacó solo para verlo y comprobar de que estaba húmedo por su saliva. Miró aquello y decidió que debía lamerlo como a un helado que se está derritiendo: desesperadamente. Comenzó la operación de nuevo a pequeña escala. Unos lametones tímidos en la punta del glande, luego engullirlo completo, luego lamer desde los testículos para recorrerlo completamente con su lengua y luego volver a chuparlo con desesperación, como si se fuera a deshacer en su boca.

Ella estaba disfrutando de aquel pedazo de mi como se disfruta de un manjar y yo sentía que aquella humedad que me envolvía me excitaba de una forma inconmensurada. La estaba poseyendo, su boca era mi objeto de placer y mi carne era una delicia que ella tenía la suerte de saborear. Acerqué mis manos a su rostro, lo acaricié, lo recorrí con las manos y llegué hasta el cabello que tome como la crin de un cabello y comencé a moverla para mi gusto.

Primero jalaba su cabeza para que se lo fuera tragando poco a poco, dándole tiempo de que lo lamiera o lo chupara. Me iba excitando cada vez más y más, la erección me quemaba y la sangre que se agolpaba en aquel miembro corría de forma tan furiosa que podría haber reventado la piel para explotar a borbotones en cualquier momento. No, no quería hacerlo de aquella forma lenta, tenía que hacerlo de una forma más violenta.

Fui aumentando la velocidad con la que me metía dentro de aquella boca. En vez de estar recibiendo un oral por parte de ella, comencé a cogerme aquella boca con la misma furia con la que me metía dentro de su vagina. La humedad era distinta, producía ríos y ríos de saliva, me mojaba y la fricción se sentía deliciosa. Ella trataba de chuparlo o de lamerlo mientras lo tenía dentro pero comencé a penetrar su boca con tanta furia que solo podía mantenerla abierta para sentir el sabor a piel que le inundaba el paladar.

Disfrutaba golpear su garganta. Me excitaba cada vez más y más. Tomé su cabeza con fuerza y la pegué a mi pelvis para metérselo tan profundo que realmente fuera penetrada su garganta, para que me tragara, me engullera y me mantuve ahí el tiempo suficiente para que sus ojos se humedecieran y gotas saladas brotasen de la comisura de sus ojos. Aquel pedazo de carne golpeándole la garganta le estaba destruyendo la boca, yo encontraba placer en hacerla sentir todo aquello y ella salivaba mi verga mientras lo degustaba.

En un momento paré, la tomé del pelo con fuerza, la acerqué a mi rostro y le dije:

– ¿Te gusta tenerme en tu boca? –Me excitaba a medida que sentía su sumisión.

–Si –Dijo entre jadeos–, deseo tenerte en mi boca… deseo tragarte entero.

Le di unas palmadas en la mejilla a manera de gesto de afecto. Luego le golpee los labios con mi verga.

—Abre la boca, le dije antes de meterme dentro de su boca otra vez.

Me recibió disfrutando cada centímetro de mí que entraba en su boca, en realidad me daba la impresión de que se lamentaba por no poder tragarme de verdad pero decidí darle el placer de poderme tragar.

Entonces solté su cabello y la tomé a la altura de los oídos, cogiéndome esa boca mucho más duro que nunca. Deseaba que se atragantara, rasgarle la garganta con mi verga, deseaba desgarrarla, destruirla por completo y que ella me chupara como disfrutando de todo el dolor que yo la estaba haciendo sentir, todo ese dolor que tanto le gustaba. A este punto, no podía dejar de llorar, con aquellos ojitos rojos, tristes y deseosos. Ya no había vuelta atrás, la iba a torturar hasta que…

Hasta que mis entrañas decidieron que era momento, entonces me lo saqué de su boca y me masturbé en frente de ella, que con la lengua afuera esperaba ese jugo que vendría del fondo de mis bolas. Cuando salió, el primer chorro fue directamente hacia su lengua. No se contuvo y se lo metió en la boca para chuparlo todo, quería que todo bajara por su garganta.

Cuando todo mi contenido hubo bajado por su garganta, lo saqué de su boca y le di unos golpecitos en la mejilla a modo de un "bien hecho". Ella me miraba, incrédula de lo que había pasado, como si aún le costara un poco procesarlo.

Luego de esto fui al baño a limpiarme. Me sentía satisfecho. Ella había cumplido con mis deseos y me sentía bien servido. Ya la comida había pasado a algo secundario. Yo había sido comido, ella me había devorado como un mendigo que no ha probado bocado en semanas.

Disfrutaba de mi carne como se disfruta de la ambrosía, del placer y del dolor como disfrutaban los griegos, como realmente debía hacerse: tomándolo todo y ahogándonos en ello. Metiéndonos hasta el cuello en aquello para no poder respirar más y quedar impregnados del disfrute que eso significaba. Me miré al espejo, tenía las pupilas extremadamente dilatadas, realmente aquello me había dado satisfacción.

Al salir, ella estaba concentrada en la cocina otra vez. No miraba hacia donde yo estaba por lo tanto me tomé la libertad de sentarme en la mesa para retozar un rato bastante tranquilo, respirando el olor de la comida que al parecer estaría exquisita.

Me concentré en la imagen que acababa de presentarse en frente de mí, ella con esos ojos húmedos, tan deseosa como una niña que no puede vivir sin su caramelo y que, cuando lo tiene, lo consume de forma desesperada, como un adicto... se me estaba volviendo a parar en solo pensar aquello, pero me dije que debía controlarme y dejarla que terminara con la comida.

Voltee a verla y ver su increíble culo. Bien podía acercarme, halarla, recostarla de la mesa, bajarle furiosamente los pantalones y meterme esta vez dentro de su sexo húmedo e hinchado pero a ese paso nunca acabaríamos esta cena que tanto tiempo llevó en realizarse.

Mientras yo pensaba aquello ella terminó de cocinar, sirvió la comida, puso los platos uno en frente de mí y uno en su lugar, luego se sentó. Comenzamos a comer. Yo prácticamente estaba engullendo aquello, el orgasmo me había dejado hambriento y esa comida quizás no fuese suficiente para aplacar mi hambre, quizás la tomase a ella de postre. En cambio, su boca consumía muy educadamente pequeñas porciones que se acercaba y masticaba con tranquilidad y disfrute, de forma delicada como era ella. En un momento tragó la porción de comida que tenía en la boca y me miró.

–Tengo que decirte algo –Me dijo pensativa.

– ¿Qué tienes que decirme? –Pregunté masticando con gusto lo último que quedaba de mi plato de comida.

–Tengo…–Dijo para luego morderse los labios- tengo una fantasía- Lucía nerviosa.

– ¿Si? cuéntamela –Le pedí realmente interesado, poniendo el plato hacia un lado.

–Siempre he tenido esta imagen de mi… siempre me he imaginado quedándome en casa, cuidando de las mascotas y los niños. Limpiando, cocinado, esperando pacientemente a que llegue mi hombre para atenderlo y complacerlo. Mis amigas siempre se ríen de mi cuando les cuento esto, no tienes idea de lo que me apena hablar de esto, pero yo sé que tú lo entiendes. Tú me comprendes como nunca nadie había hecho antes. Tú realmente me entiendes y sé que no me juzgarás. Yo quiero ser eso que las personas llaman mujer florero, esperar por ti, todo el día en casa mientras limpio y cocino, mantenerme perfecta para ti. Dedicarme a ti. Dedicarme a satisfacerte, a darte placer.

Me miraba con esos ojos cafés anhelantes y cariñosos, esperando una respuesta, una señal de que yo también soñaba con algo similar y que sería compatible con lo que ella deseaba profundamente en su interior.

Me levanté de la mesa en silencio, pensando en mi respuesta, tomé mi plato y los cubiertos, los llevé al fregadero y los lavé, luego los sequé y los guardé. Cuando volví otra vez hacia la mesa ella estaba viendo su plato. Parecía totalmente destruida y triste, seguramente torturándose a sí misma con pensamientos terribles, tal vez pensando que yo no le había comprendido.

Tomé su mentón con una mano para elevar su mirada hacía la mía, nuestros ojos se encontraron y se mantuvieron ahí durante el tiempo suficiente para que aquello funcionara como una respuesta apropiada. En ese punto yo no aguantaba más el deseo. Entonces la tomé por el cabello y la halé para que se levantara. Cuando lo hizo, la recosté sobre la mesa, le bajé los pantalones y la palpé. Estaba húmeda, toqué un poco más solo para impregnar mis dedos de aquel jugo que tanto me gustaba, me los llevé a la boca y los probé para saborearla a ella, a su esencia más profunda y única.

Me bajé entonces los pantalones y me empujé dentro de su sexo en ese mismo lugar, en la mesa, sin importarme qué tanto la estábamos moviendo, sin importarme que el plato de ella, aún lleno de comida, se estrellase contra el piso. Sin importarme el ardor de nuestros sexos tan hinchados que parecían a punto de explotar. No me podía contener. La embestí una y otra vez, me sentía fuera de mí mismo. ¿Cómo explicar aquello? me excitaba su entrega, su deseo, su mirada de anhelo y lo dispuesta que estaba a todo por complacerme.

Y sabía que ella lo sentía, podía percibir como su cuerpo reaccionaba a mí, como su vagina se humedecía un poco más a medida que empujaba más profundo en su centro. Acaricié con mis manos su espalda, su piel caliente y húmeda por la transpiración me parecía terciopelo, me gustaba tocarla mientras entraba en ella.

— ¿De quién eres? —Pregunté entre dientes mientras bajaba súbitamente el ritmo de mis embestidas- dímelo.

—Soy tuya —Dijo ella con la voz hecha un hilo, totalmente excitada.

Le tomé el cuello con firmeza pero suavidad y la hice enderezar un poco su posición, ella giró su cabeza y me miró con los ojos húmedos y los labios entreabiertos, como intentando mantener la cordura.

—Dilo de nuevo —Exigí colocando una de mis manos en su vientre- dilo

–Soy tuya –Dijo ella temblando– soy toda tuya, puedes hacer conmigo lo que desees, mi cuerpo es tuyo.

Aquellas palabras se quedaron guardadas en lo más profundo de mi memoria, su expresión de placer y las sensaciones que inundaron mi cuerpo al comprender que en ese preciso momento ella era totalmente mía, que podía hacer que su cuerpo alcanzara la cima una y otra vez a mi voluntad, porque ella así lo había elegido.

Ella me había cedido todo el control a mí, yo estaba a cargo.

Deslicé mi mano un poco más desde su vientre hasta su clítoris, que se destacaba caliente, húmedo e hinchado en la cima de su sexo, como una cereza madura y deliciosa, mis dedos le dieron un toque repentino y duro, a lo que ella reaccionó inmediatamente gimiendo y retorciéndose. Seguí realizando aquello constantemente, hasta que aquellos esporádicos toques se convirtieron en un masaje circular y constante.

Ella se retorcía sin parar, sus caderas buscaban mi sexo a ciegas, intentando profundizar aún más los choques de nuestros cuerpos, parecía a punto de perder la cabeza cuando de pronto se tensó un segundo y la sentí sacudirse fuertemente.

Entonces paré mis movimientos para sentir su orgasmo, su sexo apretándome en vórtices de placer que parecía haber acabado con ella y pensé casi sin poder evitarlo en lo hermosa que era en la cima del placer, había una belleza indescriptible en ese momento justo en que su sexo me apretaba y ella parecía perder la consciencia un instante, como si muriera un segundo…

Por algo los franceses lo llamaban "La petite mort".

Cerré los ojos un momento disfrutando de los últimos espasmos para luego empujarme en ella con fuerza, intentando encontrar mi propio placer con la fuerza y la rapidez de un trueno, ella pareció haber recobrado consciencia al sentirme penetrándola nuevamente. Cuando sentí que estaba a punto de llegar salí de ella y comencé a masturbarme con rapidez y fuerza hasta sentirme venir sobre su enorme culo. Fue realmente maravilloso bañar ese precioso culo con mi leche después de estos instantes tan intensos.

Tras esto ella sonrió abiertamente y se enderezó con suavidad. Se notaba realmente feliz, luego me dio con beso en los labios y recogió su ropa, yo me subí un poco los pantalones y me acerqué al baño para lavarme el miembro y las manos, al mirarme en el espejo me sentí distinto, pero no lograba describir que era aquello nuevo en mí.

Al volver a la mesa, la mujer florero estaba limpiando la comida que había caído al suelo, estaba totalmente vestida y recompuesta, concentrada en colocar todo nuevamente en su sitio. Cuando volví a la mesa tomé asiento pensativo y ella paró su labor momentáneamente, aproveché la oportunidad de preguntarle:

— ¿Es eso lo que realmente deseas? —La miré intentando no influenciar en su respuesta — ¿tú deseas ser mía, estar a mi disposición entera y complacerme?

—Sí, claro que si —Su respuesta fue segura y directa.

— ¿Por qué? —Aquella era una duda verdadera, muy en mi interior aún no comprendía qué era aquello que la impulsaba a entregarse tan completamente a mí, aunque me fascinaba.

—Porque me hace enteramente feliz como ninguna otra cosa —Dijo ella como si fuese obvio— esta es la manera que soy, esto es lo que me gusta. Si intentara ignorarlo, nunca sería realmente feliz.

Asentí suavemente con mi cabeza y me quedé analizando sus palabras mientras ella continuaba su labor, esa respuesta por parte de ella me había revelado un hecho que nunca antes había tomado en cuenta, la aceptación de ti mismo, el autoconocimiento es el único camino hacia la felicidad. Ser sincero con lo que deseas y contigo mismo es lo que mantiene tu conciencia realmente limpia, al fin y al cabo siempre estamos nosotros a solas con nuestra cabeza y podemos elegir hacer de esa soledad un recurso valioso o un calvario.

Quizás aquello fue lo que marcó el verdadero comienzo de la relación con la mujer florero, aunque creo realmente que fue ese acontecimiento precisamente que asentó los precedentes para la manera en que llevaríamos la relación tiempo después. Ella mi sumisa, yo el dominante. A los dos nos gustaba de esta forma. Juntos podíamos mostrarnos como éramos.

Yo seguí en la universidad, enfocándome en mis estudios y encargándome del laboratorio de computación. Ella también siguió con su carrera pero ya las matemáticas no se presentaban como una prioridad absoluta.

Nuestra relación avanzaba, vivíamos los días y disfrutábamos de cada instante en que teníamos la dicha de que nuestras pieles pudieran estar cerca, de que pudiéramos sacarle el máximo disfrute al cuerpo del otro, de que el deseo estuviera tan instalado en nuestras cabezas, que se nos hacía imposible mantenernos completamente vestidos cuando estábamos juntos. En resumen, la relación realmente marchaba bien, podíamos explorar cualquier cosa que quisiéramos, aquello me gustaba muchísimo, sentía que ella estaba dispuesta a recibirme y complacerme en todos los aspectos, eso fomentaba mi seguridad como ninguna otra cosa. Me hacía querer probar más y más.

Una de aquellas veces juntos, luego de una larga tarde de sexo bastante agotador, mientras descansábamos en la cama sofocados por el asfixiante calor de Maracaibo, ella comenzó a contarme distraídamente sobre una conversación que había tenido con su cuñada.

—Ayer en la noche fui a visitar a mi hermano, pero no estaba en casa —Comenzó a contar ella mientras se recostaba en mi pecho— sin embargo estaba mi cuñada sola en casa y me invitó a beber un café, aunque después nos bebimos unas cuantas cervezas.

—Es bueno que pases tiempo con tu familia —Le comenté mientras jugaba con su cabello negro y largo.

—Si… lo cierto es que quería comentarte que hable mucho rato con ella — Dijo un poco dudosa- y en medio de toda la conversación, saliste a colación tú.

—Soy tu pareja, ¿qué tiene eso de raro? — Pregunté ligeramente extrañado.

—Nada, es sólo que sentí el deseo de contarle sobre… nuestros encuentros, ya sabes —Dijo aquello con la voz un poco baja, supuse que estaba apenada.

—No tiene nada de malo, sé que es más común de lo que las personas creen que las mujeres hablen de sexo y de sus parejas —Comenté restándole importancia al tema.

—Bueno, lo cierto es que estuve contándole como me hacías el amor —Dijo retomando el tema con más seguridad— le conté lo mucho que disfrutaba el sexo contigo y las cosas que me habías hecho, todo con lujos de detalles. Supongo que estaba alardeando un poco de ti, pero de pronto ocurrió algo que no me esperaba.

— ¿Qué pasó? ¿Tu cuñada se escandalizó? — Pregunto riéndome un poco al imaginarme a una señora alarmada por aquellas historias de buen sexo.

–Al contrario –Contestó esa vez mirándome– aquello le excitó muchísimo.

– ¿Cómo así? –Pregunté un poco confundido.

–Como te cuento –Dijo sentándose frente a mí– me pidió en cierto punto que parara de contarle aquellas cosas porque le excitaba muchísimo las historias que estaba contándole.

– ¿En serio? –Sonreí con gusto– ¿Qué le dijiste?

–Lo tomé con gracia y cambie el tema –Dijo encogiéndose de hombros

–Bueno me parece muy interesante que tu cuñada se sienta excitada por las historias ¿Tú qué opinas? ¿No te parece una oportunidad de hacer algo nuevo? –Sugerí mirando distraídamente sus enormes tetas– algo así como un trío.

– ¿Eso te gustaría? –Preguntó sonriendo de pronto– ¿te complacería?

– ¿Qué hombre heterosexual no sueña con estar con dos mujeres a la vez? –Pregunté riéndome con gusto– hazlo, proponle hacerlo y veamos que dice.

–Haría cualquier cosa por complacerte –Susurró abrazándose a mi pecho– tu placer es el mío también, por lo tanto es mi prioridad

—Que buena chica... Hazlo entonces —Dije interesado realmente en la propuesta- ahora cuéntamelo todo de nuevo con lujos y detalles.

Ella volvió a contar todo desde el principio, a medida que avanzaba la historia pensaba a la vez en la mujer florero y las cosas que me contaba habitualmente, la manera en que sus amigas desdeñaban sus fantasía de ser mujer florero, tampoco comprendían ese tipo de sexo que rozaba lo agresivo y que ella disfrutaba tanto, lo cual la hacía sentirse bastante mal puesto que tenía la necesidad de compartir sus experiencias con sus amigas más íntimas, pero ellas no lo comprenderían, probablemente incluso le dirían que había perdido la razón.

Algunas personas relacionaban la sumisión sexual con humillaciones y maltratos fuera del dormitorio, especialmente si se trataba de una mujer que deseaba servir a su pareja, porque aquello afectaba la sensibilidad de las personas con gustos diferentes. En resumen, una mujer que deseara doblegarse había perdido la cabeza, y un hombre con el mismo deseo era objeto de prejuicios ¿Entonces qué sentido tenía siquiera hablarlo con aquellos que no estaban dispuestos a comprender?

Por lo tanto ella no podía hablar con sus amigas, en cambio, era bastante cercana con su cuñada, le confiaba sus travesuras y los detalles de las cosas que hacía, siempre me contaba que estaba hablando con ella, saliendo con ella de compras o simplemente en casa de ella viendo televisión. Me gustaba que tuviera una amistad tan cercana con la cual tener ese tipo de confianzas, pues sabía que por su personalidad, ella necesitaba el apoyo y la aprobación de sus seres queridos.

Volví a prestar atención a la historia que me contaba, me dijo que comenzaron bebiendo una taza de café, pasaron pronto a las cervezas debido al calor que hacía en plena noche y ya cuando estaba haciendo efecto el alcohol en sus cabezas, la mujer florero se sintió lo suficientemente confiada como para relatarle a su cuñada los detalles de nuestros encuentros sexuales.

Le contó todo, desde aquella primera vez en que estuvimos en esa aula de la universidad hasta la noche en que la hice arrodillarse en el suelo y chuparme el miembro, todo con lujos de detalles.

Me contó que a medida que iba avanzando la historia veía a su cuñada cada vez más agitaba, lo que la motivaba a ser más detallada con los hechos, haciendo mucho hincapié en la forma en cómo yo la trataba, la manera en que le ordenaba hacer cosas y la tomaba como si fuese un objeto de mi propiedad destinado a satisfacerme. Le contaba la cómo me la cogía casi buscando quedarme dentro de ella para siempre, marcar su interior y más que todo, el placer que obteníamos ambos de estas prácticas que otras personas pueden considerar alarmantes.

En medio de aquella conversación, un poco ebria, su cuñada la interrumpió totalmente sonrojada.

—Párate ahí —Le había dicho tomando un trago largo de su cerveza.

—Ah pues, ¿qué pasó? —Le había preguntado la mujer florero.

—No vale, eso que me cuentas me tiene mal —Dijo la cuñada abanicándose la cara.

— ¿Te molesta? —Le había preguntado la mujer florero.

— ¡Me excita! —Dijo riéndose apenada- como no tienes idea.

En ese momento realmente pensé en la propuesta que me había hecho la mujer florero, la idea se había implantado en mi cabeza y quería aquello con muchas fuerzas, era una experiencia totalmente nueva y excitante. Recuerdo que incluso pensé "Si ella desea que me la coja de la misma forma en que me cogía a la mujer florero, estoy más que dispuesto a hacerlo".

La idea de estar con dos mujeres a la vez me sonaba tentadora, de la misma forma en que le suena a cualquier hombre la idea de poder poseer a dos hembras al mismo tiempo, quizás se trataba del instinto más primario de un hombre, la muestra máxima de la masculinidad, ser tan hombre que no solo una, sino dos mujeres se sientan satisfechas de estar contigo, era un reto que cualquiera desearía superar.

– ¿Tienes alguna foto de tu cuñada? –Pregunté interrumpiéndola de pronto, ella me miró pensativa y se puso de pie, buscó entre las cosas de algunas gavetas hasta que pareció encontrarla, luego volvió a la cama y me extendió la fotografía.

Me pareció que era bastante atractiva, con una contextura similar a la de la mujer florero pero parecía más alta y con unos rasgos más marcados. Tenía el cabello castaños y los ojos cafés, de igual forma, guardaba esa mirada triste y suplicante que la mujer florero siempre utilizaba como su traje de gala, la única prenda que jamás se quitaba y uno de los aspectos que más me excitaban de ella.

Entonces me imaginé que aquella mujer posiblemente podría desear desesperadamente una carne distinta a la suya torturándola, mordiéndola, entrando en su boca con fuerza o en su sexo, empujándose sin parar. Casi pude ver como aquellos ojos tristes, lloraban de placer luego de que la tomara una y otra vez, haciéndola mía sin piedad, quizás aquello sería para ella la cosa más excitante del mundo.

Entonces pensé en cómo sería aquel excelente sexo multiplicado por dos: cuatro ojos que desean mi carne, un par de sexos húmedos y deseosos donde introducirme hasta hacerlas gemir de placer con todas sus fuerzas, que emitieran gritos tan sonoros que se escucharan en la luna y que el sol tan ardiente de Maracaibo sintiera celos del goce que podría inundar nuestros cuerpos.

Sí, me sentía bastante seguro, podía hacerlo y la mujer florero se encargaría de concertar la cita, estaba dispuesto y deseoso. En ese instante sentía que había nacido una especie de intimidad que nunca antes habíamos tenido, era complicidad.

Pasamos de ese tema a otro luego de un tiempo, dejándolo de lado, sin embargo era perfectamente consciente de que aquella idea había echado raíces en nuestras cabezas inevitablemente. No lo pensé durante mucho tiempo, pero de la misma forma en que aquella mujer había entrado a mi vida súbitamente y se había apoderado de mis pensamientos, mis deseos ocultos y mis pasiones más prohibidas, de esa misma forma la idea de dos mujeres deseosas de placer se apoderaba de mis sentidos.

Lo imaginaba, lo deseaba, lo llamaba con la mente, lo esperaba impaciente pero no le comentaba nada a la mujer florero sobre esto, me mantenía bastante reservado con respecto a esas ideas que rebotaban en mi cabeza.

Otra vez los ejercicios matemáticos habían pasado a segundo plano y esas dos mujeres juntas, tocándose y tocándome habían tomado el papel estelar, me obsesionaba un poco la idea de aquello. No sé cómo podía dormir en esos días, tenía la cabeza llena de fantasías constantes, que me acompañaban a todas horas, excitándome y robándome toda la atención, algunos amigos en la universidad me comentaron varias veces que parecía estar en un país lejano, a lo que yo siempre les respondía:

- Justo así me siento ahora mismo –Encogiendo los hombros y alzando las cejas.

Ellos se reían abiertamente, olvidando lo que había dicho, dando por sentado que no me sucedía nada, pero en realidad si me encontraba flotando en un país bastante lejano. Un lugar donde era libre de poseer a la mujer florero a cualquier hora del día, en cualquier posición que me apeteciera, llenándome del éxtasis que extraía de su cuerpo mientras ella, con ojos vidriosos y voz suplicante imploraba por el placer que solo yo podía concederle.

Yo, su amo, quien la poseía.

El único con la llave que abría la cerradura de su placer.

No solo eso, repentinamente en aquel sitio había aparecido una invasora. Alguien que no estaba bajo mis órdenes, estaba ahí, se presentaba como una nueva imagen terrible que me atormentaba haciéndome desear probar en ella mis deseos más oscuros de la misma forma en que hacía con la mujer florero. Luego, de alguna forma, en medio de todas mis ensoñaciones, estos dos placeres distintos: uno ya experimentado y uno por experimentar, se juntaban para formar la idea que me mantenía desenfocado durante todo el día: la idea de tener un trío.

Siempre tenía erecciones todo el día, especialmente durante mi estancia en la universidad, era normal puesto que gran parte de mi tiempo lo pasaba ahí y lo gastaba con mis fantasías y mis deseos. Incluso había aprendido como ocultar mis erecciones en público, utilizaba interiores ajustados y me acomodaba el miembro de tal manera en el pantalón, que nadie hubiera sospechado nunca que mi verga estaba totalmente dura, a menos que lo tocaran.

Por eso cada vez que veía a la mujer florero necesitaba tomarla en cualquier lugar en que pudiese, sentía un deseo tan grande que me estaba robando la consciencia. Durante el día ardía en deseo constante y durante la noche ahogaba esa necesidad en el cuerpo de la mujer florero, sentía que me encontraba en un círculo vicioso sin fin.

Creo que el sexo es mejor cuando lo deseas tanto que prácticamente no te puedes controlar, cuando tu sexo está inyectado de sangre y chorrea la humedad, cuando tu corazón corre a mil por segundo dándote la impresión de que en algún momento va a explotar dentro de tu pecho. Ese es el sexo que yo esperaba obtener, por lo tanto en vez de abordar directamente el tema, hacía comentarios bastante sugerentes en las conversaciones que mantenía con la mujer florero, tocaba suavemente el tema, como quien no quiere la cosa.

Tal fue mi constante deseo, que se instaló en el cabeza de la mujer florero también y nació en ella las ansias de probar el cuerpo de otra chica. Ya no era simplemente algo que haría por complacerme, sino que ahora ella misma deseaba saber cómo se sentía un cuerpo similar al suyo. A qué sabría una vagina goteante como la suya, unas tetas de hembra como los de ella pero con distintos pezones y tamaño, cómo sería el tacto con unas piernas suaves y un culo increíble como el de ella y lo más importante, cómo se sentiría saborear los labios de una mujer como ella que a diferencia de los labios de los hombres, besan con delicadeza y dulzura.

A menudo teníamos estas conversaciones donde le comentaba sobre alguna mujer que había visto en la universidad, alguna mujer hermosa que hubiese llamado mi atención y le describía detalladamente, enfocándome sobre todo en la forma del culo, en cómo se adivinaban las tetas a través de la tela, como se adivinaba su vagina dentro de la ropa y cómo se veían sus labios y sus ojos. Al contarle estos detalles, podía notar cómo se excitaba cada vez un poco más al imaginárselo, parecía disfrutar de aquellas charlas habituales enormemente y sentía que su deseo aumentaba considerablemente después de tocar aquel tema.

Estoy seguro de que no era solamente la idea de estar con una mujer lo que a ella también atraía tanto, sino lo prohibido de estar con alguien tan cercano cómo su cuñada, su amiga y confidente. Era casi ilegal, escandaloso, totalmente mal visto por la mayoría de las personas, pero lo prohibido se volvía inevitablemente más tentador cada vez.

Ese gusto que encontramos en los secretos parecía motivarla en su misión. Su cuñada estaba todo el tiempo con ella, había una hermandad tal entre ambas mujeres que incluso en ocasiones adivinaban lo que la otra quería decir, la mujer florero me confesó que en ocasiones llegaba a pensar que nadie podría comprender mejor el cuerpo de una mujer, que otra mujer, por eso deseaba tanto como yo aquello. Estar con alguien que bajo otras circunstancias o para otras personas con una manera de pensar distinta resultaría prácticamente intocable pero dentro del mundo de hedonismo que nosotros estábamos experimentando, ese tipo de prohibiciones no tenía cabida.

El pensar en ese otro cuerpo femenino, tan similar pero tan distinto, proclive a sucumbir, vibrar y perderse en las sensaciones, también parecía llenar todos sus pensamientos a diario. Me la imaginaba en ocasiones acostada en su cama con solo un short y una camisa, deslizando su mano inadvertidamente entre sus piernas, pensando en que aquel sexo húmedo en realidad le pertenecía a su gran amiga y que estaba tocándola a ella, trazando un masaje circular sobre el clítoris de ella y que aquello le producía un placer tal, que podría sentir como los músculos de su vagina iban contrayéndose poco a poco hasta llegar a la cima del placer.

Mientras tanto, nadie más sabría nada, sería solo un secreto, algo que estaría ahí para siempre y todo el tiempo se podría ver en los ojos de ambas cuando se miraran, una complicidad que no acabaría nunca.

Por mi parte me sentía poderoso, como un maestro que le enseñaba a su alumna las lecciones más importantes, tomando a dos personas proclives a sucumbir al deseo para llevarlas al punto en donde ambas exploraran el placer.

La mujer florero

Aún seguía pensando en la conversación con la mujer florero, sentía que aquello había significado mucho para ambos y especialmente para nuestro futuro juntos, como si estuviera a punto de abrirse una puerta que daría paso a un mundo completamente diferente, del cual no iba a querer volver jamás. Era un nuevo punto en nuestra relación, sin duda, la conexión que existía entre nosotros se volvía cada vez más grande y mejoraba la compenetración, cuando eso existe, hay un universo de posibilidades.

Un día iba caminando hacia la universidad mientras pensaba en esto y recordaba que durante aquella conversación me sentía bastante excitado, nunca había sido un hombre que se autocensurara pero sin dudas en ese punto de mi vida me sentía más abierto y dispuesto a explorar, sin prejuicios o temor, buscando siempre alcanzar el mismo objetivo: El mayor placer posible.

Parte de ser un hedonista, es decir, de ser una persona que busca el placer al máximo en todos los ámbitos de la vida, desde el disfrute de una buena comida, un lugar hermoso, una obra de arte o en su defecto, el sexo, es explorarte siendo sincero contigo mismo sobre las cosas que realmente disfrutas, descubrir que cosas te llevan a ese trance glorioso donde el mundo alrededor se apaga y sólo te encuentras a ti mismo sintiendo gozo.

Es poco usual que las personas sepan cuáles son sus gustos y es más raro aún que busquen el placer sin culpabilidad, a menudo aceptar el placer puede hacer sentir vergüenza a muchos, lo cierto es que la naturaleza humana está llena de lados oscuros, no conozco nada que dé más placer que romper con el orden establecido e ir en contra de lo que todos dicen que está bien.

Mucha gente da el sexo por sentado, como un acto de disfrute ocasional o con una finalidad, ya sea procrear, controlar a otro o liberar tensión, utilizar el sexo sólo para esto me parece hacer mal uso de una herramienta creada especialmente por la naturaleza para darle sentido a la vida a través del gozo. Normalmente se busca limitar todo a un rol dependiendo de si eres hombre o mujer, haciendo que todo parezca una explicación de clases de biología en primaria.

No fue sino a través del auto-conocimiento que me di cuenta de lo mucho que disfrutaba tener el control, controlar el acto, ser el dominante, lograr que cada mujer que tocara alcanzará el punto más alto de placer en segundos, ser su dios por un momento, tener en mi poder la elección de darles placer o castigo.

Y aunque descubrirse a uno mismo es un viaje que nunca acaba, por aquel entonces me conocía lo suficientemente como para saber de qué forma disfrutaba más cogerme a una mujer, sin embargo sabía que no todos eran tan sinceros consigo mismo y eso representaba una barrera con la que no estaba interesado encontrarme.

Por eso cuando la mujer florero me contó sobre lo mucho que le excitaba el asunto con su cuñada, me di cuenta de que ella se estaba sincerando con sus gustos y deseos, descubriéndose poco a poco a través de la libertad que era para ella abrirse al placer sin prejuicios por amor a mí. Se sentía excitada hablando de sexo, pensando en tocar a una mujer, especialmente una mujer prohibida como lo era la mujer de su hermano, la sola idea de estar tirando con ella y conmigo a la vez, le conmocionaba los pensamientos, lo veía en sus ojos cuando la escuchaba hablarme.

Quería que me contara más sobre si, quería conocerla a fondo, saber qué estaba oculto en los rincones más profundos de su mente. Esa conversación me había despertado la curiosidad, quería saber incluso cuáles eran sus fantasías al masturbarse, qué pensamientos la hacían humedecerse más, llegar más rápido al orgasmo.

Si solo se frotaba el clítoris o si también se penetraba con uno, dos o tres dedos, quería saber cada detalle de como lo hacía, no me conformaba con la fantasía de imaginármela tendida en la cama con la piernas abiertas y una almohada sobre su cabeza, mientras realizaba movimientos circulares sobre su clítoris caliente y sensible, una y otra vez, mientras la tela y el relleno de la almohada iba robándole el oxígeno, asfixiándola lentamente hasta que el orgasmo y la desesperación crecían, hasta romperla en mis pedazos por el placer tan grande.

No, yo necesitaba saberlo todo.

El único problema radicaba en la timidez de la mujer florero y aunque admitir que las mujeres también le causaban atracción ya había sido un avance enorme, forzarla más podía hacerla romperse y ese no era el objetivo bajo ningún contexto.

Caminaba tan metido en mis pensamientos que no me di cuenta de cuando llegué a una librería, me había desviado una cuadra antes de llegar a la universidad y apenas lo había notado en ese momento. Por simple curiosidad decidí entrar a hojear unos libros expuesto, desde siempre me ha gustado la buena literatura, con suerte iba a encontrar algún buen título en ese curioso lugar.

Al pasar las campanillas sobre la puerta y el aire acondicionado me dieron la bienvenida, los estantes de madera se entendían en el centro y a los lados de la sala, había un ambiente tranquilo e intelectual del lugar que me pareció relajante, caminé entre las categorías literarias esperando hallar algo bueno, hasta que termine en la sección de diarios y cuadernos.

Había mucha variedad y diseños, que iban desde los más clásicos hasta los más infantiles, de todos los colores y tamaños, mirando distraídamente la portada de un diario de cuero rojo, tuve una idea:

Le daría a la mujer florero un diario para que así pudiese sincerarse. No solo con ella, sino también conmigo, para que existiese una buena comunicación, de manera que no hubiera secretos entre nosotros y que pudiéramos acceder más fácil al placer.

Compré el diario de cuero y seguí hasta la universidad con paso ligero, bastante contento con mi idea, tenía grandes expectativas, quería que la Mujer Florero se sintiera cómoda y emocionada, incluso había pedido que me envolvieran el diario en papel de regalo. Esa tarde cuando me la conseguí en el pasillo de la universidad, le comenté que tenía una sorpresa para ella por lo que debía pasarse por el laboratorio de computación cuando pudiera, al instante se puso contenta y me dio un beso prometiendo encontrarse conmigo luego de una hora, cuando terminara su última clase.

Volví al laboratorio de computación y me limité a realizar mi trabajo, en días como aquellos, la universidad parecía solitaria, cerré el laboratorio bastante temprano y me entretuve leyendo algunos artículos en la web hasta que escuché que tocaron la puerta, era ella.

— ¿Cómo estuvo tu clase? —Pregunté haciéndola pasar y cerrando nuevamente la puerta.

—Infinita, luego de que me dijeras que tenías algo para mí —Dijo riéndose— me muero de la curiosidad.

—Bueno, espero que te guste mi regalo— Dije al surgirme de pronto una idea- ven y siéntate en este banquito.

— ¡No puedo esperar! —Comentó riendo nuevamente mientras se apresuraba a tomar asiento donde le indiqué.

—Ahora cierra los ojos y abre las manos —Le pedí con calma— y abre la boca- Dije al final.

Ella lo hizo y yo me bajé el pantalón silenciosamente, luego le tomé la cabeza con una mano y le metí mi verga en la boca divertido con la cara de sorpresa que puso por un momento. Ella cuando asimiló lo que ocurría no dudó en chuparlo como si fuera una barra de caramelo. Lo chupaba y lo lamía con los ojos aun cerrados y las manos extendidas. Se notaba que lo estaba disfrutando aunque no era lo que ella esperaba.

Después de un rato me excité mucho con toda la escena que nos estábamos montando entre el pequeño banco de madera y el escritorio de la computadora que solía usar. No me estaba bastando que me lo chupara como un caramelo, quería cogerme su boca como me la cogía a ella. Entonces le tomé la cabeza con ambas manos y la atraje hacia mí hasta atragantarla un poco. Ella seguía con los ojos cerrados, eso definitivamente no se lo esperaba.

Le sostuve la cabeza unos segundos con mi verga bien dentro de su garganta y luego salí para dejarla tomar aire. Levantó sus parpados con coquetería, me miró con sus ojos de gatita y se volvió a meter mi verga en la boca. Ella era una gatita y quería su leche y para obtenerla, tenía que tragarse

65

muy profundamente mi guebo que entraba con ferocidad una y otra vez.

Gemía como si me la estuviera cogiendo, me hubiese gustado en aquel momento meterle la mano entre las piernas y sentir la humedad de su cuquita caliente, pensar en eso me lanzó a la cima, por lo que al cabo de unos minutos de estar metiéndoselo sin piedad en la boca de mi linda mascota de mi palo salió un chorro de leche que le inundó la boca.

Ella volvió a metérselo a la boca, exprimiéndolo para asegurarse de que no se perdiera ni siquiera una gota de eso por lo que había trabajado con tanto esmero. Me subí los pantalones, complacido, le di un beso largo y sensual, mordiéndole los labios suavemente, premiando su docilidad y sumisión.

—Ese no es el regalo que tenía en mente, pero me siento conforme —Dije sonriendo mientras tomaba el diario envuelto en papel— en realidad el regalo es este.

—Adoro los regalos envueltos —Me dijo con una enorme sonrisa al recibir el presente envuelto— me hacen sentir como una niña en navidad.

Con dedos presurosos abrió el paquete hasta encontrarse con el diario de cuero rojo, me miró con emoción y me dio un beso cariñoso.

–Este es el diario más bonito y elegante que he visto nunca – dijo impresionada- tienes un gusto increíble para todo lo estético, no sé cómo lo haces.

–Quería que fuera un diario especial porque tiene una finalidad especial- le expliqué atrayendo una silla y sentándome frente a ella.

– ¿Si? –Preguntó con curiosidad– ¿Cuál es?

–Quiero conectarme más contigo, conocerte más profundamente – Expliqué tomando sus manos y mirándola a los ojos- saber tu versión de nuestra historia y tus deseos más profundos.

– ¿Quieres que escriba en este diario mis pensamientos privados? –Dijo ella un poco abrumada ante la idea.

–Tu eres mía –Comencé a explicarle– eso significa que no debes tener vergüenza ni miedo a las cosas que deseas porque yo como tu amo, debo tenerlas en cuenta para que juntos alcancemos el mayor placer posible.

Ella asintió mirándome apenada, sin terminar de entender por qué deseaba hurgar en su cabeza de esa manera y aun así, estaba dispuesta a darme cualquier cosa, con tal de complacerme.

Le comenté como me había sentido durante la conversación sobre su cuñada, haciendo énfasis en que deseaba que nuestra relación se rigiera por los principios del hedonismo, es decir, a diferencia de las parejas vainillas y normales, que están juntos, celándose y causándose mutuo estrés, nosotros estamos el uno con el otro para disfrutar de nuestros cuerpos, de la vida y sobretodo, de las experiencias, buscando siempre escalar a un placer más alto, más absoluto.

Pero como sabía que a ella se le hacía difícil decir algunas cosas, le entregaba ese diario para que me contara sus deseos, sus anhelos y nuestras vivencias pero bajo el lente de sus ojos a través de él.

Le estaba dando aquel diario para que ella misma hallara su voz. No quería un juguete con el cual masturbarme sin preocuparme de nada más, yo necesitaba una mujer que deseara conocerse y estuviese tan abierta como yo a probar el mundo.

Por eso le estaba entregando un diario en blanco, para que ella me dijera todos los detalles de primera mano. Que me contará de qué manera se veía, cuáles eran las prácticas que más disfrutaba durante el sexo y cuáles eran las que deseaba implementar dentro de nuestro agitado itinerario.

Yo quería intentarlo todo, llevar el placer hasta la cúspide, sentirme tan lleno de gozo y tan liviano que pudiera volar y realmente esperaba que ella quisiese sentirse así, pero por su personalidad naturalmente tímida, sabía que no me contaba muchas cosas, temiendo mi negativa, por lo tanto aquella era la forma de que pudiéramos hablar totalmente sin tapujos.

Por otra parte, debo confesar que también me excitaba saber de qué forma veía ella el acto sexual, cuando le metía el guebo hasta la garganta y la ahogaba, cuando le llenaba la cara de leche, cuando chupaba su cuquita húmeda y lista para ser penetrada. Cuando la tomaba con tal fuerza que sentía mi verga a punto de explotar.

Luego de algunos minutos pensando en aquella idea, ella se emocionó con la idea de contarme su punto de vista de las cosas. Habíamos tenido encuentros realmente increíbles vistos desde mi punto de vista, posiblemente desde el punto de vista de ella se verían distintos. Eso me hacía sentir bastante curioso al momento de darle el diario.

—Me hace sentir muy bien que quieras saber que pienso —Comentó ella un poco apenada— me parece muy romántico esto del diario.

– ¿Romántico? –Sonreí un poco– no pensé que esa palabra pegaría conmigo.

–Claro que sí –Dijo ella sorprendida– no sé cómo no te das cuenta de lo romántico que eres.

Ella estaba feliz con su regalo y yo estaba seguro de haber tomado la decisión correcta para guiar nuestra relación en el camino indicado, eso me bastaba por el momento.

Aquello del diario fue algo que luego también implementaría en mis siguientes relaciones porque me ayuda a tener una comunicación más asertiva con mis parejas. Ellas sentían en las páginas de aquellas libretas, la libertad de decirlo todo sin vergüenza alguna.

Como bien dicen que para conocer a una persona debes caminar en sus zapatos, pero yo pienso que va más allá. Para conocer a una persona debes conocer su intimidad y todo lo que abarca, empezando por el sexo. Tener sexo con una persona es una buena forma de conocerle, puesto que durante el sexo no logran mantener del todo la máscara que utilizan durante el día.

Pero incluso algunas personas no son del todo reales al tirar, puesto que se cohíben de una u otra manera por los dogmas de la sociedad, el típico "qué dirán". En ese caso, la forma definitiva de conocer a alguien, es saber que piensa.

Por eso el diario significa tanto, porque la Mujer Florero en aquel momento asumía confiarme sus pensamientos más profundos, sus deseos más recónditos y su perspectiva de todo lo que sucedía entre nosotros para que la relación avanzara de la mejor manera posible. Ese día nos comimos un helado al salir de la universidad y luego simplemente caminamos tomados de la mano. Ella se veía bastante contenta y yo no podía esperar a leer lo que ella tendría para contarme.

Pasaron varios días más y aunque nos vimos en la universidad, en la casa de ella, salimos, lo hicimos, le dimos al cuerpo de comer no volvimos a hablar del diario hasta que, varias semanas después, ella me lo entregó tímidamente, como esperando una burla.

Yo lo agarré, bastante satisfecho de que de verdad se hubiera tomado la molestia de escribir en él como le había pedido, todo para complacerme. Su amo mandaba y la esclava obedecía, pero en nuestro juego, la esclava también disfrutaba de aquello y me daba la impresión de que ella había disfrutado escribiendo.

Al abrirlo, pude ver unos pequeños dibujos de flores junto a la palabra Diario escrita con unas letras estilizadas. Ella me miraba con miedo, esperando ver mi reacción al leer aquello. Pasé la página y esto es lo que decía:

"Desde que tengo uso de razón el sexo ha estado presente siempre en mis pensamientos y deseos.

"Desde pequeña fantaseaba con ser una prostituta que se vestía con mini faldas y muy poca ropa sentándome en las piernas de un hombre cualquiera y este me tocaba de manera despreocupada, como si yo fuera un objeto y después me llevaba a un cuarto a cogerme. A medida que el tiempo pasaba, las fantasías se hacían más frecuentes y el deseo era tan intenso que no me dejaba dormir.

"Comencé a tocarme para apaciguar un poco el deseo. Fantaseando siempre con un hombre fuerte y firme que me tomara, sin pedirme permiso. Que me cogiera y me utilizara. Que me tratara como a una esclava que vive solamente para satisfacerle. Que me lo metiera dentro de la totona tan duro que me hiciera gritar, pero que no le importasen mis gritos. Cuando me tocaba e imaginaba estas escenas, la intensidad iba aumentando al estar más cerca del orgasmo.

"Los hombres, en mi vida, eran pasajeros. Siempre se me acercaban, pero ninguno era como en mis fantasías. Todos ellos parecían esperar tener mi permiso para poder tomarme. Yo quería un hombre que tuviera el valor de hacerme suya, que me hiciera sentir mujer y todos aquellos que se me acercaban, no podían estar más lejos de mis fantasías.

"Por eso me mantuve intacta, esperando.

"Nunca dejé de tocarme, no podía hacerlo. Era mi pequeño escape. En la realidad, aun no te había conocido. En mis fantasías, me cogías duro como a una perra. Me obligabas a darte placer aunque esto me hiciera sufrir y a mí me gustaba. Me encantaba.

"Tu desde el principio me inspiraste muchas cosas, tu mirada fue algo que me flechó desde el primer día, tus ojos inspiran paz y confianza, tus palabras, tu manera de expresarte me hicieron intuir desde el principio que eres un hombre sencillo, carismático, alegre, amable, cariñoso, sin complejos y muy expresivo. Y para el flechazo final me entendías perfectamente, incluso mejor que yo, porque quería o porque fantaseaba con tener sexo con un hombre que me dominara y me hiciera sentir dolor con placer.

"Eras el hombre de mis fantasías. Conocías sobre el placer y el sexo mucho más que cualquier persona que hubiera conocido. No esperaste mi permiso, simplemente me ordenaste y yo seguí tus órdenes como una orden divina. Algo dentro de mí me decía que debía hacerte caso. Cuando me ordenabas, que te lo chupara y me lo metías hasta la garganta, hasta casi hacerme vomitar, me dolía y me sentía desesperada, pero me gustaba. Me gustaba tanto sentir el ardor en mis ojos, sentirme usada por ti.

"Cuando teníamos sexo siempre era duro, era como en mis fantasías, las que tenía desde niña. Me hacías gritar como una gata en celo. Me llevabas hasta lo más profundo de mí, mis deseos escondidos. Antes de ti, no podía hablar sobre mis fantasías. Mucho menos cumplirlas. Ha sido un alivio para mí que me entregaras este diario. Sé que no lo crees así, pero me pareció un gesto muy romántico de tu parte. Siempre dices que el sexo siempre es mejor cuando existe una conexión. Yo siento esa conexión contigo.

"Cuando tenemos sexo, me usas a tu antojo, pero después de eso, me tratas como una porcelana... como a tu mujer florero...

"Me llevas a comer, me tomas de la mano y las demás personas nos ven. Antes me sentía como si las personas no me veían. Estando de la mano contigo me ven, me exhibes y brillo como un trofeo en un estante. Como algo que todos desean".

"Cuando me cogías, me sentí como una mujer usada, abusada antes los ojos de un hombre que quería tenerme en contra de todos los tabúes y límites impuesto por la gente. Lo mejor de todo es que eso me encanta, la idea de servirte, de que me humilles, de que me uses a tu antojo es algo que siempre tengo presente como el más oscuro de mis deseos. Sé que otras mujeres también lo desean, solo que para la mayoría, no es algo que puedes compartir como deseo más bien como imposición cuando el hombre tiene una personalidad agresiva, y depende de tu capacidad de aguante o de los otros aspectos positivos que pueda tener ese hombre, puede convertirse en algo traumático y con un fuerte golpe psicológico para estas mujeres.

"Yo, sin embargo, soy una mujer muy afortunada al haberte conocido a ti. Y más afortunada aun porque tú deseas estar conmigo a pesar de ser un poco tonta y tímida. Mi autoestima no es la mejor, siento mucha inseguridad por mi cuerpo. Mi rostro, mis senos…y tú te preocupas por mí. No solamente soy tu esclava, sino que también soy una persona por la que sientes afecto, me cuidas. Me encanta que te preocupes por mis complejos y más allá de lo que deseas por morbo o por estética, que te guste exhibirme como un trofeo. Yo estoy consciente que es algo que debo mejorar para aumentar mi autoestima o para sentirme más segura de mi misma y más entusiasta en las cosas que debo hacer para mejorar mi vida. Pero tú me haces sentir que valgo.

"Me siento mejor que antes. En la escuela, siempre tuve problemas con las matemáticas. Ahora, incluso los profesores me felicitan. Me haces crecer. Me haces ser más mujer, por eso adoro ser tu mujer. Soy tu mujer. Tuya. Solamente tuya.

"Pero ahora hay algo más que está ahí.

"Tú me has despertado de un sueño que duró toda mi vida. Antes, mi forma de placer, era fantasear y tocarme. Nunca imaginé que todo lo que imaginaba podía convertirse en realidad. Ahora que estos pensamientos no solamente están en mi cabeza, me he permitido pensar en esto mucho más. Ya no me siento avergonzada, al contrario. Revivo todo aquello con lo que me tocaba antes porque tú me lo haces cuando me coges. Pero hay una fantasía que me asustaba más que el resto.

"A veces me permitía imaginar que estaba con una mujer. Que una mujer me tocaba como yo me toco. Que sentía un cabello largo como el mío en mi cara y que me besaba. "Esa fantasía siempre me llevaba a un punto en que a ambas, mientras estamos teniendo sexo, viene el mismo hombre que siempre imagino y nos utiliza a ambas por igual y las dos compartimos el dolor y la vez el placer.

"Cuando mi hermano comenzó a salir con esa mujer, supe inmediatamente que ella era la protagonista de esos oscuros deseos, igual que supe que tú eras ese hombre firme y feroz, tenaz e implacable. No podía evitar pensar que aquello estaba mal, pero era su cara la que aparecía en mis fantasías y ahora de forma recurrente, no se detiene. Cuando estoy contigo, solo pienso en que me utilices y la utilices a ella, que nos castigues a las dos. Que las dos nos peleamos por complacerte.

"Siempre he pensado que una sola mujer no puede contigo. Por lo menos no las 24 horas, tú eres un hombre que exige y merece mucha atención en todos los aspectos, sobre todo en el sexo, por eso me agrada la idea y se hace incluso deseable para mí el que tengas a dos esclavas que te adoren. Esto se hace realmente excitante para mí.

"No puedo dejar de pensar en esto. Cuando estoy con ella, la imagino chupándotelo. La sola escena me hace sentir celosa, me lastima y por eso mismo me gusta. Me da rabia. Pienso que si ella te lo chupa, yo lucharía para tenerte yo en mi boca, porque quiero servirte y complacerte, quiero hacerte feliz. Si tú la penetraras a ella, yo te lamería y te chuparía desesperada por tenerte incluso un rato. Pero no solo me siento celosa, sino que también la deseo a ella. Quiero tener sexo con ella y contigo a la vez. Esto que siento por ti es algo muy grande, y gracias a ti he encontrado el valor para admitir que me gustan las mujeres, en especial la mujer de mi hermano…

"Aquel día, cuando le estuve contando sobre cómo me coges y la vi tan excitada por aquello, sentí un poco de rabia y celos, pero eso me gustaba. Eso me excitaba más y por eso seguí contándole. Quería demostrarte que nadie nunca va a servirte como yo que estoy dispuesta a tus órdenes para que hagas conmigo lo que quieras, pero me excitaba ella. Veía su cuerpo y me gustaba muchísimo, quería sentirla cerca de mí. Cuando hablábamos, estábamos muy cerca, besarla era todo en lo que pensaba.

"Cuando estuvimos juntas, pensé mucho en todo lo que me decías. Tú siempre hablas de que las personas no se permiten ser libres. Que todos actúan solo para agradar. Tú siempre dices que a ti no te importa lo que piensen de ti, que lo único que te importa es sentirte bien contigo mismo. Te llamas un hedonista, un hombre que busca los placeres de la vida y me has enseñado a apreciar esa forma de pensar. Cuando pienso en ti, me doy valor para poder hacer las cosas que quiero, poder seguir a esa voz en mi interior. Tu voz me grita que lo haga y yo lo hago. En mi cabeza, me ordenas que lo haga y lo hago, porque soy tu esclava e incluso cuando no estoy contigo, sigues abarcando todos los aspectos de mi vida. Giro a tu alrededor.

"Todo lo que deseo es complacerte. Sabes que me cuesta decir las cosas, por eso agradezco que me hayas dado este diario, ordenándome que escribiera en él. He escrito todo esto y se me ha hecho difícil decir lo que realmente quiero…

"Y eso es tener sexo contigo y con mi cuñada. Los deseo a los dos."

Cerré el cuaderno, complacido de que mi esclava hubiera seguido mis órdenes.

Un buen día la mujer florero me invitó a ir a la playa junto con su familia. Por supuesto que me parecía atractiva la idea de estar cerca de su cuñada para así tantear el terreno para nuestro posible encuentro, como también deseaba acercarme más de forma sentimental a la mujer florero a través de su familia. Puesto que tenía una relación que ya era seria, lo más natural era que me acercara a ellos.

Creo que la playa es uno de los pocos sitios donde las personas pueden ser un poco más libres de lo que son usualmente. Las personas viven el día a día escondiéndose ante el ojo público por miedo al qué dirán. Si pasas toda tu vida esperando recibir la aprobación del resto de las personas, nunca vas a vivir realmente.

Corrijo, vas a vivir, pero no vas a vivir para ti sino para hacer feliz a otras personas tan o más infelices que tú. Casi todas las acciones de los hombres son dictadas por un código social por el cual yo elegí no regirme. Yo opte por mi propio código de normas que me permitieran poder gozar de la vida. Paso por la vida tomando los placeres que esta me ofrece. Me gusta la playa porque en ella, las personas están al menos semidesnudas. Pienso que una persona desnuda es bastante real, está al descubierto, no tiene esa parafernalia para cubrirse ante los demás.

No solo eso, sino también está el mar, agua que se extiende hasta donde alcanza la vista, lo que da la sensación de libertad. Para una persona hedonista como yo la playa es un lugar que nos divierte bastante.

Aquel día salimos temprano. La mujer florero y yo íbamos en mi auto. Habíamos comprado unas cervezas y chucherías para poder pasar un día agradable con la familia de ella. El resto de ellos iban en sus carros. Estuvimos largo rato rodando por aquella carretera polvorienta mientras en la radio asonaba una música estridente, perfecto soundtrack para nuestro viaje a la playa. La mujer florero con sus lentes puestos, se veía hermosa. Su cabello ondeaba por la brisa, cosa que pasaba muy poco en Maracaibo. Era un cuadro que me gustaba bastante.

Pensaba que debajo de aquellos lentes había una cara que a mí me gustaba llenar de leche y que debajo de aquella cara, aquella piel, había una mente y me preguntaba en qué estaría pensando.

Esperaba que estuviera pensando, como yo, en sexo salvaje y desenfrenado donde uno se entrega a sus instintos más primitivos sin importarle las consecuencias.

De repente tenía ganas de cogérmela en la playa, sobre la arena. Una toalla puesta, yo sobre ella, que nuestras piernas se llenen de arena y que el agua del mar bese nuestros pies mientras ella gime y yo gruño. Mientras ella está abierta y yo la ensarto con mi guebo como si fuera Vlad el Empalador acabando con una de sus víctimas.

Solo que yo, Xathaniel, era más terrible. Mi víctima, la mujer florero, había sido empalada tantas veces que si no había muerto era porque la parca todavía no había querido llegar a buscarla.

Llegamos, bajamos nuestras cosas y arreglamos todas las cosas. Estuve ayudando a su familia a poner las sombrillas, bajar las cavas, las sillas y demás cosas. Sabía que aquello era importante para la mujer florero y como ella era importante para mí, me comportaba de la mejor manera, un poco socialmente aceptable.

Luego de que todo estuvo listo me senté a beberme unas cervezas y disfrutar del ambiente. Aquella zona del país es bastante calurosa, lo que generaba un clima perfecto, sin ropas, con el aire marino golpeándome en la cara. Me bebía mis cervezas, hablaba con la familia de la mujer florero y de vez en cuando iba y me sumergía en el agua.

A todas estas, mientras yo estaba concentrado en la familia de la mujer florero, hablando y compartiendo con ellos, ella estaba concentrada en su cuñada. Los demás no se daban cuenta, pero ellas dos estaban apartadas del grupo familiar, lo suficientemente lejos como para que no se escuchase cualquier cosa que estuvieran diciendo.

Iban, se sumergían en el agua y sus cuerpos solo cubiertos por pequeños pedazos de tela relucían bajo el sol. Sus pieles conservaban los pequeños puntos de las gotas llenas de sal, cuando la luz los tocaba le daba un aspecto de diamante a sus pieles.

Me tomaba un trago y veía como se lanzaban agua entre ellas, jugando, con sus cabellos mojados como si viniesen saliendo de tener un polvo increíble. Con los pezones erizados buscando escape de los trajes de baño y los labios pegados de la tela de la parte de abajo.

Me hubiera gustado saber en ese momento que cosas se decían. Lo que sé es que volteaban hacia donde estaba yo hablando con el papá, la mamá, el hermano y otros miembros de la familia sobre cosas como la economía, la situación política, la cultura y similares.

No sé porque ninguno de los del grupo donde me encontraba volteaba hacia ellas. Claramente aquello era un espectáculo erótico. Sentía que modelaban para mí, que sus atributos volaban en el aire y el agua, excitándome.

Qué bueno que llevaba puesto un short, porque la parazón de guebo que tenía era increíble. Asumí que la mujer florero estaba labrando el terreno para el trío así que no interferí y me dediqué a lo mío y de verdad que me estaba disfrutando el ambiente, además, cuando estás bebiendo, incluso las cosas aburridas terminan siendo divertidas. Las conversaciones se hacen más picantes y apasionadas, los juegos toman un cariz más atrevido y las personas están más abiertas a divertirse.

Después de un rato de mirarlas jugar como dos niñas decidí acercarme. Notifiqué que me iba a meter al agua, me tomé una cerveza de un trago y me sumergí por completo. El agua estaba tibia, divina, como estaban ellas. Me aproximé y me dirigí a ellas.

—He venido a unirme a su juego —Les dije.

—Te estábamos esperando —Dijo la mujer florero lanzándome agua con las manos.

Su cuñada apoyó el ataque y comenzaron una ofensiva enardecida contra mí, yo me defendía pero ellas eran dos y me tenían prácticamente sumergido en el agua. El juego era divertido, nos reíamos mucho y la familiaridad entre los tres estaba surgiendo lentamente.

Poco después se metió en la playa el hermano de la mujer florero, así que estuvimos pares para hacer equipos. La mujer florero se subió a mis hombros y ella, la otra, se subió al cuello de su pareja. Nos acercamos, enemigos buscando ganar la batalla. Ellas sobre nosotros forcejeaban, muertas de risa, buscando tumbar a la otra.

La mujer florero fue quien cayó primero. Luego decidimos intercambiar parejas, aquella mujer, su cuñada, se subió a mis hombros. Aquello me dio carta libre parar agarrar sus piernas, palpar la carne, sentirla. Esa piel llena de salitre se sentía un poco áspera pero a la vez me gustaba la sensación. Me excitaba. No me importaba si la tumbaban de mi espalda o no, solo quería mantenerme ahí palpándola. Aunque pensándolo bien, no quería que aquello terminara solo ahí.

Durante esa partida, ganamos nosotros, así que pude acariciar, victorioso, las piernas de mi campeona en ese momento. Luego de eso seguimos jugando a lanzarnos agua, ahora con el hermano de la mujer florero.

Fue bastante divertido, siendo 4 personas, dos hombres y dos mujeres la lucha estaba bastante más nivelada y el esfuerzo movía mucho más los trajes de baño de las dos mujeres, dejando entrever pedazos de piel o pegándose en exceso, lo suficiente como para adivinar incluso los vellos erizados y la piel de gallina.

El hermano de la mujer florero lo tomaba todo como un juego inocente, supongo que la familia también, yo de ninguna manera podía hacer eso. Sabía que todo estaba ligado de una u otra manera al sexo, conocía mis intenciones y sabía que ambas estaban dispuestas al posible placer.

Ya era como mediodía, habíamos estado jugando y de a ratos salíamos a beber cervezas. Yo mismo me había tomado varias, incluso abrimos una botella de ron para beber con coca cola. Compartimos de la botella entre todos, lo que hizo a la familia más ausente y a nosotros más enfocados en nuestros juegos "inocentes", allí se estaba gestando algo bueno. Podía sentirme como un cocinero preparando un gran plato que se sabe lleva una preparación algo complicada pero, cuando está listo, es un exquisito manjar, verdaderamente insuperable.

Luego de haber bebido bastante de los vasos de ron, volvimos a meternos a la playa. Seguíamos jugando entre nosotros, pero habíamos comenzado a meter un poco de la conversación picante que hace el preludio del sexo más caliente y sirve para tantear la voluntad de tus interceptores. Con los vasos en mano cuidando que no se cayera ni una gota de licor, preguntó:

– ¿Qué te gusta más –Dirigiéndose a mí, Penetrar o dar sexo oral?

–A mí por supuesto me gustan ambas, pero siento que la penetración es algo más íntimo. Durante el sexo oral lames, chupas, degustas el sexo de la mujer pero no entras en ella a menos que la penetres con tus dedos o tu lengua. Estás ahí, concentrado en estimular el clítoris, pero no penetras, o sea que no te unes de verdad. No unes tu cuerpo con el cuerpo femenino. Por eso pienso que es mejor la penetración, es muchísimo más íntima y se siente bien para ambos a la vez, generando una conexión, –Respondí.

-A mí me gusta más recibir orales, –Dijo su cuñada–durante la penetración el hombre solo se enfoca en sentir placer él. A veces, penetran como si se estuvieran masturbando con el cuerpo de una. No piensan que se lo están metiendo a un ser cue siente y que también quiere sentir placer, por eso tiene relaciones, para sentir placer.

–Creo que a alguien no le dan buen sexo –Dijo la mujer florero guiñándome un ojo y lanzando una carcajada.

– ¡Claro que sí! –Dijo su cuñada, riéndose también– solo que me gustan más los orales porque el hombre se concentra en mi placer.

– ¿Y si es una mujer? –Pregunté yo.

–Entonces es igual de rico. Luego le doy yo un oral y compartimos, nos damos placer mutuamente. El hombre a veces es muy egoísta, no se pone a pensar en cogerse bien a su pareja.

—Creo que no te dan suficiente amor, le dije y me acerqué a ella para abrazarla.

Los tres nos estábamos riendo con la situación, la cuñada estando un poco borracha prácticamente nos había confesado que la vida sexual con su pareja no era del todo satisfactoria y que a ella le gustaba disfrutar.

—A lo mejor es que los hombres que te han tocado lo tienen muy chiquito, -dijo la mujer florero entre carcajadas.

—Hey, —Le dije— no te preocupes, te puedo enseñar lo que se siente ser penetrada de verdad.

La había abrazado por detrás, así que aparté un poco el traje de baño, la incliné y me metí dentro de ella, acertando bastante fácil. Ahí, en medio de la playa, con otras personas cerca pero no lo suficiente como para que oyeran nuestra conversación. Ella emitió un pequeño gemido de sorpresa y yo me salí rápido, riéndome de aquello. La mujer florero estallaba en carcajadas, ya estaba bebida y aquello le pareció bastante cómico.

– ¡No te cogen bien! ¡Apenas te lo metió gemiste como si fueras una virgen en su primera vez!

–Sí, -Continué yo– te falta hacerlo con alguien que se preocupe porque tú también disfrute ¡Ah! Y que esa persona tenga un buen juguete.

La cuñada estaba roja como un tomate, aquello la había tomado de sorpresa. A pesar de que también estaba bebida, la situación era un poco avergonzante.

–Bueno no te preocupes –Le dije y me acerqué a ella pasa rodear su cuello con mi hombro, la mujer florero también se acercó y la tomó de la mano- no tienes que sentir pena con nosotros. Dentro de nuestra relación, cuando se trata de sexo no tenemos secreto. Ese es nuestro secreto para ser tan unidos, llevarnos tan bien y tirar tan rico. Nos contamos las cosas y si estás aquí con nosotros, puedes hablar sin tabúes. Nosotros no te vamos a juzgar, no somos como el resto de las personas, entendemos que el placer es una pieza fundamental de la vida y que si uno decide renunciar a eso entonces es un hipócrita. Así que siéntete libre de hablar con nosotros.

–Muchas gracias, de verdad- Respondió ella

–Vamos a servirnos otro trago ¿Qué les parece? Sugerí

Ambas asintieron, salimos del agua y fuimos a servirnos otro vaso de ron.

Los familiares de la mujer florero también estaban ya un poco bebidos. Jugaban dominó y cada vez que ponían una piedra en la mesa, lanzaban un grito, golpeándola con fuerza contra la madera para que sonara bastante fuerte. Incluso el hermano de la mujer florero estaba jugando, se veía que estaba disfrutando reunirse con sus familiares, nosotros estábamos al margen de aquello.

En las reuniones familiares siempre se forman grupos, nunca están todos juntos salvo en momentos claves donde si tienen que estarlo cuando por ejemplo si hay que cantar cumpleaños o picar una torta. Cuando van a dar las 12 el 31 de diciembre y todos se están comiendo las uvas, bebiendo la champaña y preparándose para dar feliz o durante la cena navideña. De resto, todos se dividen en grupo donde usualmente los mayores están hacia un lado, contando anécdotas de cuando eran jóvenes, jugando dominó, cartas o bolas criollas y del otro lado están los más jóvenes, hablando de prácticamente lo mismo solo que llevado hacia un plano más actual.

Pero incluso dentro de estos grupos, hay subgrupos. Siempre hay unos primos que se llevan mejor entre ellos que con el resto o alguno que haya llevado a un extraño al núcleo familiar o cuando alguno de los tíos se lleva su conquista de turno. El subgrupo se aparta del resto y se cierra herméticamente. Está dentro de la reunión familiar pero a la vez no está. De vez en cuando se acerca a los que son mayoría para comprobar que todo está yendo bien y que se tiene más tiempo para compartir.

Nosotros nos acercábamos de vez en cuando, más que todo para servirnos tragos porque las cavas estaban al cuidado de la familia que permanecía sentada en sillas clavadas en la arena jugando dominó y rememorando mejores tiempos.

Nos acercábamos y participábamos un rato en la conversación haciendo comentarios puntuales pero no nos inmiscuíamos demasiado. Teníamos nuestro propio tema de conversación. Incluso varias veces, la mujer florero y su cuñada secreteaban, se reían a escondidas, sonreían y alguna de las dos me picaba el ojo. Ya el alcohol estaba nublando mi visión y en casi todo lo que pensaba era en echar un polvo. Había estado excitado todo el día, había "penetrado" a mi concuñada, pero realmente no había tirado. Tenía muchísimas ganas de tirar y quería hacerlo con ellas dos, sentir las dos texturas distintas, los dos cuerpos, verlas besándose frente a mí.

Ellas hablaban entre ellas, los familiares seguían jugando dominó pero yo me las imaginaba totalmente desnudas sobre mi cama, ambas chorreando jugos de sus entrepiernas, besándose, lamiéndose las lenguas, tratando de unir sus labios con los labios de la otra. Una montándose encima de la otra. Una lamiendo, besando y chupando las tetas de la otra. La mujer florero chupando el clítoris de su cuñada, la cuñada lamiendo el culo de la mujer florero, mordiéndole las nalgas. Agarrándose ambas la cabeza para pegar otra vez sus bocas pero ahora saboreando los jugos internos.

Quería saborear yo esos jugos internos que emanaban de sus cuerpos llenos de salitre, alcohol y deseo. Me imaginaba que luego de probarse entre ellas se acercaban a mí a darme de probar un poco y que luego me probaban. Bajaban lentamente mi short para encontrarse con una erección tan dura que de solo pensarlo duele y se ponían a chupar de mi palo desesperadamente, compitiendo a ver cuál de las dos lenguas puede abarcar más secciones o cual de las dos puede tragarlo más y durante más tiempo. Escupiéndolo, babeándolo, gozándolo.

Las dos como unas gatas mojadas luchando por sacar la leche que tengo dentro. Chupando y chupándose entre la sal de la playa mientras el sol las golpea y la bruma de la bebida nubla absolutamente todos los perjuicios. Como no le daba importancia a lo que las demás personas pudieran opinar de mí, si ellas en ese momento hubieran deseado cumplirme esa fantasía, no me hubiera molestado bajarme los pantalones incluso aunque ello pudiese conllevar que nos sacarán de ahí por tratarse de un ambiente familiar.

Podía ver mi leche correr por la cara de ambas, podía ver como se la pasaban de una boca a la otra, besándose y lamiéndose. Podía ver cómo me pedían más y más, chupándome para obtenerlo y yo se los daba. Mi palo como una manguera chorreando para bañarlas por completo. Pero ellas insaciables siempre quieren más.

No solo me chupan, sino que se tocan a sí mismas o tocan a la otra. Comienza a chuparme una de las dos, la otra prefiere probar de momento jugos femeninos. La que me lo chupa se traga por completo mi guebo mientras gime por el placer que está recibiendo en su entrepierna, aquella que está dando placer también gime porque se está tocando, metiéndose los dedos, deseosa de mi palo dentro de ella. Pero tengo un solo palo, tengo que compartir. Entonces le digo que se acerque, que se ponga en cuatro y me deje penetrarla. Puedo estar ahí todo el día penetrándolas por todos los orificios, con mis dedos, con mi lengua, con mi boca. Tomo a una, la penetro por detrás, la sodomizo, le meto los dedos en la totona y la pongo a que me chupe los dedos o que mi lengua se coja a la suya, que se enrolle a la suya mientras la otra nos está lamiendo y besando el cuerpo entero mientras tiramos.

Así de divino, un placer proveniente del Dios Baco, como si estuviéramos tirando el día entero. Todo el día los tres en una cama chupándonos, lamiéndonos, frotándonos y haciéndonos acabar tantas veces que perdemos la cuenta. Acabamos tanto que al final nos desmayamos y luego, cuando recobramos el conocimiento, seguimos tirando hasta que los genitales nos duelan tanto que ya no podemos más, solo para seguir.

Eso me imaginaba cuando ellas secreteaban y el alcohol le daba más realismo a lo que mi imaginación hacía. Una tortura. Quería hacerlas sufrir, sufrir tanto que se retorcieran del placer. Quería verlas rogándome por castigo, por el castigo que solo yo podía proporcionarles. El castigo divino. Me costaba contenerme para no saltar encima de ambas y arrancarles el traje de baño para tomarlas ahí mismo, en la playa, a la vista de todos. Si hubiera sido por mí, realmente lo habría hecho pero estaba la familia y eso. Tomé otro trago largo. Las deseaba tanto que el guebo me dolía de la necesidad de por lo menos frotarlo para darle algo de liberación, para sacar la leche que tenía acumulada dentro de mí. Aunque tanta leche debía estar destinada a caer en la boca o la cara de alguien, no morir tristemente en mi mano.

Simplemente me contenía e imaginaba. Participaba un poco en la conversación pero solo lo necesario. Luego de un rato se acabaron las cervezas y la botella de ron, así que había que ir a comprar más porque la reunión no podía estar más activa y todos, con el alcohol en la cabeza, estábamos divirtiéndonos mucho.

Hasta que se acabó el alcohol.

Una reunión sin alcohol, estaba muerta ya pero como todos estaban prendidos, había cue ir a comprar más. Así que muy humildemente me propuse para ir a las cercanías de la playa a comprar otras cajas de cerveza, otra botella de ron, hielo y chucherías para seguir disfrutando. Ya eran más o menos las dos de la tarde y también tenía un poco de hambre, pensé en pasar por ahí y comerme algo puesto que todo lo que habíamos llevado ya nos lo habíamos comido.

Me llevé los vacíos de cerveza, me monto en el carro y cuando lo enciendo, aparecen la mujer florero y su cuñada caminando apenas. Eso me dio la impresión de que la mayoría de las cervezas o al menos del ron se lo habían bebido ellas mientras el resto de nosotros estaba pendiente del juego de dominó o de algún otro tema de conversación.

Una sostenía a la otra, parecían dos amigas prendidas en una discoteca, solo faltaba poner música para que ellas bailaran, entregando sus cuerpos a los ritmos para darle algo más de sensualidad al asunto.

Cuando van a abrir la puerta del carro, pongo una canción de moda, con un ritmo latino bastante bailable a todo volumen, lo suficiente como para que lo escuchen. Eso las activó mucho más. Meneándose y frotándose, se notaba que les gustaba la música. Les puse dos canciones, en la primera guió la mujer florero el baile, como si fuese el hombre y en la segunda guió su cuñada, asumiendo el puesto de la dominante. Eso me entretuvo, casi se me olvida que me había ofrecido a comprar las cosas. Pero verlas me tenía embobado, sinceramente sus cuerpos para mi eran otra cosa, desde que había comenzado el día no había hecho más que pensar en tirar y tirar. En un principio tirar con la mujer florero, cogérmela a un lado de la carretera. Que la cosa fuera tan indiscreta, hacerla gritar tan fuerte que se nos acercara algún policía a preguntar si todo estaba bien. Pero luego de ver a ambas mujeres semidesnudas, me las quería coger a las dos de la misma manera, hacerlas gritar a la vez y que sus gritos se armonizaran, como las guitarras de una canción.

Terminaron las dos canciones y ambas se subieron al auto, pero a la parte de atrás. Arranqué sin darle importancia. Seguí poniendo canciones con ritmos sabrosos para bailar durante todo el trayecto.

Nosotros los latinos ostentamos el estereotipo de, a diferencia del resto del mundo, ser muy "sangre caliente", fuego en las venas. Somos apasionados, empáticos, divertidos. Hacemos una fiesta de cualquier cosa, bailamos hasta el himno nacional y nos excitamos con tanta facilidad que a veces parece que el continente entero es una orgía colectiva. Por supuesto, dándole un poco más de preponderancia a los países calientes, más aún los países caribeños. El venezolano en especial, siempre ha sido un ávido consumidor de música bailable. Ellas dos, en el asiento de atrás, no podían dejar de menearse, contonear sus cuerpos, llevar sus caderas de un lado al otro en el poco espacio que la parte trasera les permitía. Las veía desde el retrovisor con bastante gusto. Vapores salían del auto, todo adentro estaba ardiendo.

Yo ardía, tenía fuego dentro de las venas, no solamente por el calor del clima y del trópico, en especial el clima de aquella zona, sino por el calor que exudaban esas mujeres ¡mierda! Aquello era un espectáculo de striptease solo para mí, sin pedirlo. Incluso creo que ellas no se daban cuenta de que estaba observándolas, puesto que la concentración se mantenía allá atrás. Yo, como un chófer de alguna estrella de Hollywood, conducía sin hacer comentario alguno de lo que mis estrellas estuvieran haciendo en la parte de atrás.

Entre movimientos se fueron acercando, acariciando, palpando el sudor del otro cuerpo, tratando de sostener a la otra para que con el movimiento del auto no cayera. Estaban compenetradas, metidas en el papel que estaban ejerciendo. Las caricias llevaron a besos: besos en el cuello, en las manos, en los brazos. Besos en la boca, en la carne enrojecida de los labios que no hacía otra cosa que hincharse de sangre como se me estaba hinchando el guebo a mi viendo ese espectáculo. Podía chocar en cualquier momento, la carretera no tenía importancia para mí, me interesaba tan poco como las opiniones del resto de las personas.

Cuando vi la primera mancha rosada acariciando unos labios. La primera lengua que se atrevía, valiente a enfrentar la otra boca para así poder degustar la otra lengua, me dije que ya no importaba si chocaba o no. No me podía perder ese espectáculo. Por suerte la carretera estaba vacía y pude concentrarme de lleno un minuto completo en esa escena tan sexy. Si tan solo esas lenguas que se buscan entre sí buscaran mi palo. Quería a las dos ya, debía tenerlas. Si chocamos, pensaba, lo único realmente malo sería que no chocamos por estar tirando los tres, sino por estar observándolas.

A pesar de que me gusta mucho más participar que observar, no puedo negar que el voyerismo también es parte de mí y me excitan bastante ver a una mujer tratar de calentarme. Imagínate una mujer que se quita la ropa suavemente. Primero la camisa, mientras la tela se desliza suave en su piel. Luego los pantalones, quedándose en ropa interior. Se suelta el cabello, mueve la cadera de un lado a otro. Te enseña su lencería por delante y por detrás. Descubres que su pantaleta no es más que un hilo mínimo que no sostiene para nada sus dos nalgas redondas que rebotan cuando ella se mueve de acá para allá. Se quita el sostén y te lo lanza, se quita las pantaletas y te las lanza directamente a la cara para que las huelas y sientas la humedad que desde hace rato ha estado bajando desde su interior. Jugos que surgen por ti, que están ahí para tu degustarlos o, si prefieres, solo para lubricar al momento de penetrar. Entonces esa mujer desnuda frente a ti se mete dos dedos a la boca, los llena de saliva, abre un poco las piernas y se acaricia el clítoris con los dedos húmedos de saliva. Se los mete dentro, luego vuelve a subir los dedos hacia la boca, para degustar el jugo salado de su cuerpo, que no es dulce como el de una fruta pero enciende tanto la sangre que el sol no es competencia contra aquel que mira, se está tan excitado, tan encendido que se podrían tumbar ciudades enteras solo por aquello.

Pero estas dos mujeres no estaban haciendo un show privado, no, esto era mucho más espontaneo. Estas dos mujeres con varios tragos en la cabeza, ya se estaban desinhibiendo por completo, los dogmas de la sociedad desaparecían de sus cabezas, entregándose finalmente a sus deseos. Era algo hermoso. No hay nada como sentirse libre de todas las negativas que están en tu cabeza. No puedes hacer esto, no puedes hacer aquello. En ocasiones pareciera que este mundo está conformado por personas que nunca se dignaron a conocer su propia sexualidad, mucho menos a desarrollarla, demasiados tabúes como para que uno pueda dar rienda suelta a sus pretensiones.

Muchas personas consumen alcohol para poder darse valor, para dejar de ser tan introvertidos o simplemente para liberarse. Pienso que la mejor de todas las razones es para liberarse. Algunos, no tienen la suficiente fuerza como para liberarse de ese yugo por sí mismos, en eso el alcohol es increíble y los mejores polvos de muchísimas personas no serían posibles sin esos tragos de más en la cabeza. Se de muchos y muchas bastante mojigato que durante una noche salvaje de tragos terminaron inmersos en orgías, tríos, sexo en público o varias relaciones seguidas. Al día siguiente, cuando se acuerdan de lo que hicieron, por una parte se sienten apenados, pero por otra parte se sienten a gusto con aquello que hicieron porque fue posiblemente la mejor experiencia sexual de sus vidas, puesto que eran libres, no estaba ese NO constante dando vueltas en sus cabezas

Estas mujeres habían perdido ese no hace tiempo. No estaban desnudas pero ambas llevaban un bikini bastante mínimo que dejaba muy poco a la imaginación. Se besaban con un gusto que nunca había visto. No pude sino pensar que ellas se sentían ganas desde hace muchísimo tiempo, solo que no habían tenido el valor suficiente para dar rienda suelta a su deseo. Yo no iba a señalarlas, es más, disfrutaba de aquello. Quería que el camino fuera infinito pero si llegábamos a nuestro destino, pues que fuera un motel para meternos a tirar los tres.

Estuve tentado a ir, pero la familia estaba allá en playa esperando su cerveza. Me concentré en el volante otra vez y apresuré la marcha para que todo ocurriera más rápido. Quería deshacerme de las personas de la playa para cogérmelas a las dos o cogerme a alguna de ellas, cualquiera, no tenía importancia, las quería a las dos por igual y sabía que ambas desearían tener un palo bien duro como el mío dentro de su totona.

Me metí la mano dentro del pantalón y pensé en hacerme una paja, pero deseché la idea. Iba a dejar que las cosas sucedieran y luego las tomaría a ambas. La mujer florero era mía, solamente mía y su cuñada pasaría también a ser de mi propiedad. Me la cogería como nunca se la cogieron en su vida, la volvería mi esclava y haría que se dedicara a hacerme sentir placer.

No sé cómo aguanté llegar hasta la estación de gasolina sin chocar o sin detenerme a medio camino. Todo era tan rápido pero a la vez era como si el tiempo estuviera transcurriendo lento. Lo veía en cámara lenta a pesar de que el alcohol aceleraba las cosas.

Ellas, cuando se dieron cuenta de que llegamos a la estación, dejaron de besarse e hicieron como si nada estuviera pasando. Posiblemente hasta estarían pensando que yo no me había dado cuenta. O eso creía yo.

Eché gasolina al carro, luego aparqué y me acerqué a la quincallería que está en casi todas las estaciones de gasolina. Saqué los vacíos de las cervezas, compré unos nuevos. Monté las cajas, unas bolsas de hielo, unas dos botellas de ron cacique, del mejor ron del mundo y por último unas bolsas de doritos y ruffles.

Ellas se quedaron dentro del carro. Recuerdo que apenas me dieron la botella de ron, la abrí ahí mismo y me eché un palo largo. Sentí la quemazón del estómago y me regocijé en ello. Pude ver desde los cristales de la quincallería que todo hombre que pasaba, se detenía frente al carro. Tocaban corneta y esas dos mujeres ni siquiera prestaban atención al resto de las personas, solo se concentraban en su conversación. Que no daría yo por tener grabaciones de esas conversaciones. Por saber si estaban hablando de como sentían la cuquita cuando se les humedecía mucho en la calle por tener pensamientos atrevidos en cualquier situación tonta.

Salí con las botellas en las manos y un paso decidido y bastante firme. Cada paso era como si un gigante hiciera temblar la tierra, incluso aunque llevara puestas unas chancletas. Cuando la mujer florero vio que me acercaba al auto, volteó hacia mí y me esperó, dispuesta a recibirme en aquel momento. Me incliné y la besé, su boca estaba tan abierta y tan húmeda que hubiera dado igual que juntara mis labios con los suyos, que metiera mi lengua en su boca o que me sacara el guebo y se lo metiera dentro. Si hubiera hecho eso, ella me lo habría chupado con mucho gusto, degustándolo como degustó mi boca.

Paré y me dirigí hacia el otro lado donde estaba la cuñada que nos observaba expectante y deseosa mientras nos besábamos. Me incliné hacia ella, quizás esperase que le dijera algo, algún comentario pero cuando la tuve cerca pegué mis labios a los suyos en un beso que sellaría el pacto entre los tres. Ya estábamos mezclados. Ella me correspondió como se corresponde a un beso así, con tu vida entera desprendiéndose de la boca y con una lengua juguetona que haga ejercicios en la boca ajena.

Los mismos que habían estado silbándoles o tocándoles cornetas se quedaron estupefactos viendo lo que estaba sucediendo. Sus mentes estaban demasiado limitadas para entender que era lo que estaba sucediendo. Para ellos, era un gran acontecimiento.

El hombre común no puede pensar en términos de las mujeres más que para silbarles, tocarles corneta, decirles babosadas que ellas repelen y tener una actitud de imbécil frente a ellas. Cuando ven que ellas, en vez de tener una actitud repelente, se presentan dóciles y dispuestas, no comprenden que es lo que está sucediendo. En vez de ponerse a pensar cómo ellos pueden complacer a una mujer, cómo deben tratarla. Por supuesto, no estoy diciendo que todos deberíamos ser el estereotipo de príncipe azul de los cuentos de hadas. Sé que no podría estar más lejos de ello. Pero ser un imbécil no es lo que va a acercar a una mujer a ti. Simplemente hay que dejarse llevar, entender el placer y que la vida se compone de momentos que puedes pasar mirando como los demás solo disfrutan o disfrutándolos tú mismo. Pero si estas ocupado silbándole a dos chicas que están solas en un auto, realmente no estás preocupándote por disfrutar de los momentos de la vida, sino por ser un imbécil.

Luego de esto fui a buscar las ruffles y los doritos. Las personas me miraban estupefactos, no podían entender lo que sucedía. Quizás pensaran que era una especie de jeque o algo así y la verdad de todo es que éramos mi pareja y yo divirtiéndonos con una amiga, lo más normal del mundo.

Volví a subirme al auto y ajusté el retrovisor.

– ¿están listas para irnos? –Les pregunté con una sonrisa en la cara y la saliva de ambas bajándome por la garganta.

Ellas que se habían dado cuenta del alboroto, rieron

– ¡Si! –Me dijeron al unísono.

Arranqué, esperando que se volviera a repetir la escena de ida.

Cuando llegamos el hermano de la mujer florero me ayudó a bajar las cajas de cerveza. Ellas se bajaron del carro como si nada y se dirigieron directo al mar, a jugar con otros familiares que estaban nadando y riendo dentro del agua.

– ¿Todo bien? –Me preguntó su hermano de forma fraternal.

–Sí, todo bien –Le respondí con una sonrisa– mejor de lo que crees. Me estoy divirtiendo mucho. Me gustan estos viajes en familia.

—A mí también, me dijo él con sinceridad. Me alegra que ustedes también se diviertan. Lo importante es que todos lo pasen bien.

—Si… bueno, te dejo, creo que iré a echarme otro chapuzón.

—Tranquilo, me dijo dándome una palmada en el hombro. Yo seguiré jugando dominó. Vamos ganando por cierto, quizás más tarde quieras enfrentarte a mí a ver si tienes suerte. Mi hermana me cuenta que también te gusta jugar.

—Por supuesto, más tarde jugamos.

Volví al agua donde estaban las mujeres que me volvían loco y vi pasar las horas como habían transcurrido durante todo el día. Seguíamos bebiendo y jugando pero ya las cartas estaban sobre la mesa, ya sabíamos lo que los tres queríamos e íbamos a ir por aquello. Todo iba a suceder tarde o temprano. Pero como iban las cosas, sería más temprano que tarde.

Nos citamos luego los tres en mi santuario, el laboratorio de computación a una hora donde muy pocas personas están en la universidad. Yo llegué primero, así que me senté a esperar a las dos. Había llevado conmigo una botella de ron.

Cuando ellas llegaron les serví unos tragos ambas. Habían llegado juntas, parecía que habían hablado ya bastante sobre aquello pero a la vez ambas estaban un poco nerviosas. La cuñada tenía una personalidad tímida e introvertida, similar a la mujer florero. Eran dos gatas asustadas y yo un león esperando consumir mi presa. Apenas se bebieron el trago, me serví uno yo y me aparté un poco de ellas.

–Bésense. –Les ordené.

La mujer florero fue la primera en seguir mi orden, sin vacilar. Para la cuñada, en cambio, aquello era nuevo. No había recibido órdenes tan directas en su vida y se le hacía difícil procesar aquello. Mi esclava se acercó a sus labios y la besó tan apasionadamente como hizo aquel día en el auto, llevando la iniciativa. Me di cuenta allí de que estando con otra mujer, era más desenfadada. No era tímida, como conmigo, sumisa a mis órdenes. Sino que llevaba la batuta.

Pero la cuñada no se quedó atrás. El shock inicial se le pasó rápido, atacando así la boca que la besaba con sus propios labios.

Era todo un espectáculo. Ambas mujeres se besaban, se tocaban, se estrujaban. Era la misma visión que había tenido desde el retrovisor pero ahora en frente de mí.

Mientras me bebía el trago con tranquilidad pude ver como ambas comenzaron a usar sus lenguas. El morbo en el beso se intensificó, estaban inmersas en explorar la boca una de la otra. Ellas se lamían los labios y el cuello con voracidad, introducían sus lenguas con agresividad una en la otra, de vez en cuando mordían un poco.

De repente algo me molestó. Había algo estorbando en todo aquello. Ya sabía que era.

—Quítense la ropa. —Les ordené.

Esta vez ambas cumplieron sin chistar. Sin parar aquel beso empezaron inmediatamente a desvestirse. Lo que más me gustó fue que no se desvistieron por completo sino que conforme se iban besando, prenda por prenda caía al suelo. Me estaba excitando cada vez más al ver aquello.

Primero se quitaron las camisas, la cuñada primero y luego la mujer florero. Cuando la cuñada estuvo desnuda de la cintura para arriba, mi esclava no vaciló en llevar sus labios hacia aquellas tetas generosas. Chupando los pezones. La cuñada echó la cabeza hacia atrás con los ojos cerrados en un gesto de placer, gimiendo ante este contacto.

La mujer florero se estaba haciendo cargo. Mientras lamía aquellas tetas se iba desnudando a sí misma, sin dejar de gozar de ese otro cuerpo. Luego de pasar su lengua por el abdomen y el ombligo de la otra mujer bajó hacia el vientre y poco a poco llegó hacia la cuca. Le desabrochó en ese punto ella misma los pantalones, descubriendo una cuca que ya daba signos de estar despierta, deseosa.

Le bajó los pantalones e hizo que se los quitara por completo, hundiendo entonces su cara en aquella fuente de fluidos femeninos.

Podía ver los jugos mezclados con la saliva bajando por la barbilla de la mujer florero, igual a un río que desciende desde la cima de una montaña. Mientras hacía esto, mi esclava se tocaba, se masturbaba. Aquello era lo que estaba en su diario, estaba cumpliendo su fantasía. Estaba llevando a cabo lo que seguramente había estado rondando por su cabeza mucho tiempo. Gotas caían de entre sus dedos que acariciaban su propio cuerpo.

Me sentía increíble. Un calor recorría mi cuerpo mientras las veía hacer eso solo para mí. Apenas estuvieron desnudas por completo esperé un poco, deteniéndome en examinar sus cuerpos con la vista. Ambas tenían la piel de gallina y por alguna extraña razón, la cuñada vibraba.

–Paren – Dije y ambas se detuvieron al sonido de mi voz para después mirarme, expectantes– De rodillas.

Se acercaron hacia donde yo estaba, poniéndose de rodillas, mirándome con ojos deseosos, excitadas mientras esperaban la siguiente orden para continuar disfrutando. Me abrí el pantalón para sacarme el guebo, duro como una piedra, que se erigía como un arma esperando a ser disparada. Ambas tragaron saliva. Sus bocas eran agua.

– ¿Lo quieren? –Les pregunté.

– ¡Si, Si! –Gritaron deseosas, pero sin acercarse un centímetro por miedo a desobedecer a su amo.

–Chúpenlo.

Solo bastó esta palabra para que desenfrenadas se acercaran a mi palo, peleándose por él como dos gatitas. La cuñada fue la primera en tomarlo. Lo introdujo en su boca desesperadamente, mojándolo. La tomé por el pelo y me metí dentro de su boca hasta que sentí que la golpeaba en la garganta, manteniéndome ahí unos segundos. Podía ver sus lágrimas pero mi pene estaba hasta el fondo de su garganta y yo sentía la calidez de su aliento en mí. Me excitaban ambas cosas.

También veía a la mujer florero que observaba aquello con los ojos rojos, aguados, vidriosos, lujuriosos. Me salí de la cuñada, tomé el cabello de mi esclava y la obligué también a tragarme, lo metí hasta el fondo de su garganta y moví adelante, atrás, varias veces, con rudeza. Sentía su aliento cálido en mí verga.

—Lámele la cuca. —Le ordené a la cuñada, que no vaciló.

Se agachó y sumergió su cara en esa cuca que otras tantas veces yo había penetrado. Mientras ella hacía eso, yo me cogía la boca de la mujer florero.

La tenía agarrada por el cabello. La halaba hacia mí con fuerza y luego la sacaba. Al salirme de dentro de su boca, la golpeaba con mi palo en las mejillas. Le daba duro, tan duro que me dolía. Ella emitía un gritito cuando mi carne golpeaba la piel de sus mejillas. La volví a halar hacia mi guebo, se lo clavé bien hondo y, cuando salí, la cachetee duro.

— ¡Ahhj, Ahhj! —Gritaba— ¡Dame duro!, ¡Dame duro!

Y eso hice. Le di duro, hasta ver como sus mejillas enrojecían. Los golpes eran ruidosos, profundos. Estaba lastimándola y ella lo disfrutaba, le gustaba así.

El que yo le estuviera jodiendo la boca a mí antojo y haciendo con ella lo que se me antojaba mientras su cuñada le comía la cuca la tenía extasiada, fuera de sí, se le notaba en sus expresiones, sus ojos, sus espasmos.

–Paren. Dije cuando me pareció suficiente.

Ambas se detuvieron y se volvieron a poner de rodillas ante mí, expectantes a las órdenes.

En ese momento las observé con detalle. La cuñada tenía la cara húmeda, llena de una mezcla entre fluidos y saliva. Tragaba y tragaba saliva, mientras me miraba. La mujer florero, en cambio, tenía las mejillas enrojecidas y lágrimas corriendo por la comisura de sus ojos rojos, su labio inferior temblaba un poco. Aquello era indescriptible, era glorioso, admirar lo necesitadas que se veían era realmente halagador.

Decidí seguirlas castigando. Pero ahora tenía que volver a la cuñada también mi esclava.

Tomé a la cuñada por el cabello y la levanté. Cuando estuvo de pie, le apreté la cara, clavé mis ojos en los suyos y luego la cachetee. Una vez, dos veces.

– ¡Ay! –Gritó con sorpresa.

–Recuéstate del escritorio –Le ordené entonces– déjame verte el culo.

Sin hacerse de esperar se recostó de una de las mesas donde estaban las computadoras, dándome el culo, grande como un corazón, con una totona que se abría. Se abría y cerraba, mientras goteaba. Lo palpé, lo abrí y lo escupí. Lo acaricié. Aquél culo estaba totalmente a mi merced ahora. Podía disponer de él.

Tuve un repentino deseo de romperla y no lo contuve. Con fuerza, clavé mi mano abierta en su nalga derecha. Aquel contacto dejó unas punzadas de dolor en mi mano y un sonido estruendoso que se evaporó en el agua. Hice esto varias veces, castigándola. La quería volver mía, por eso le daba duro, tan duro como mi fuerza me lo permitía. Ella solo gemía y gemía.

– ¡¿Qué eres?¡ –Le gritaba–, ¡¿Qué eres?!

– ¡Soy tuya! –Gritaba ella en respuesta. Casi fuera de sí-

–Ahora eres mi esclava, puedo hacer contigo lo que quiera.

– ¡Soy tu esclava! ¡Úsame! Respondió. Esa era justo la respuesta que estaba buscando. Estaba confirmándome que era mi esclava ahora.

Cuando sus nalgas estuvieron bien rojas le ordené a la mujer florero que la lamiera. Ella lloraba. Al acercarse al culo de su cuñada ella lamió su cuca como una paleta. No solo la cuca, sino también el culo. Alternaba entre ambos agujeros, mientras su

114

cuñada convulsionaba sobre la mesa de la computadora ante la sensación de este contacto.

Halé a la mujer florero por el cabello y le aparté la cabeza del culo de su cuñada. Aparté su boca de aquellos orificios solo para meterme yo. Aquello estaba tan húmedo que me deslicé sin mucho esfuerzo. No solo eso, sino que aquello estaba tan dilatado que hubiera podido meter mi mano dentro. También se sentía caliente y rico.

No me contuve más y la embestí fuerte, como un toro. Duro, tan duro que el choque lo sintiera en mis huesos, agarrándole el culo con la mano derecha y el cabello de la mujer florero con la mano izquierda. Ambas eran mis esclavas. Me salí y acerqué a la mujer florero a mi guebo, para que me saboreara lleno de los jugos de su cuñada. Ella complaciente lo succionó como una aspiradora, tragándose esos jugos.

Me salí de su boca y le ordené que besara a su cuñada. Ella se movió rápido hacia la boca de aquella mujer y la besó con ganas. En ese punto yo me concentré en seguirla penetrando. Ambas gemían. Conforme la iba penetrando, iba aumentando la potencia y la velocidad, hasta que aquel movimiento se hizo tan violento que a ambas les costaba mantener sus labios juntos. Seguí a ese ritmo, deseando reventarla.

– ¡Me vengo! –Gritó mi nueva esclava– ¡Me vengo!

Yo también me venía, pero ella terminó primero.

Supe que terminó porque al llegar, su cuerpo reaccionó y comenzó a temblar violentamente, como un vibrador. Nunca en mi vida he estado con una mujer que temblara de tal manera al llegar al orgasmo, ni antes ni después. Podía sentir las vibraciones en todo su cuerpo, incluso en su totona cuyos pliegues abrazaban mi palo. Ese movimiento tan violento me ayudó a tener un delicioso orgasmo dentro de ella.

La llené por completo de mi leche, sintiéndome bastante satisfecho con el trabajo de mis dos esclavas y con el desarrollo de aquella fantasía que tanto había estado anticipando. Pude controlar a mi antojo y disfrutar como me gusta.

Después de ese día las imágenes de nuestro encuentro se negaron a disiparse de mi mente, me acompañaban en todo momento y lugar. Día y noche. Una cosa es fantasear, imaginárselo y otra muy distinta es sentirlo en carne propia, vivirlo. Después de que lo haces, después de que lo vives tu mente se obsesiona un poco con ello.

Yo aún podía oír los gritos y gemidos de estas dos mujeres como si estuvieran allí, conmigo, podía ver sus ojos cristalinos puestos en mí, sentir su olor, contemplarlas retorcerse de placer. Mi mente recreaba lo vivido muchas veces en un mismo día. Me transportaba a vivir esas experiencias de nuevo una y otra vez.

Yo aquel día no me contuve ni por un momento en hacer todo lo que quise, les hice a estas mujeres todo cuando había fantaseado en ese encuentro, lo había pasado increíble, me la había pasado mejor que nunca. Deseaba por eso ahora más que nada conocer los pensamientos de mis dos esclavas respecto a nuestra erótica vivencia. Aquello a veces me quitaba hasta el sueño ¿Qué pasó por su mente en ese momento? ¿Cómo lo recuerdan? ¿Cumplió nuestro encuentro sus expectativas? Ojalá pudiera adentrarme en sus mentes y averiguarlo de esa forma. Quería saber sus pensamientos en verdad, conocer si habían disfrutado de aquello tanto como yo lo hice. Aunque estaba seguro de que lo habían hecho, pues las reacciones de su cuerpo me lo habían demostrado, aún así conocer apropiadamente sus pensamientos sobre el asunto se convirtió en un anhelo para mí.

Los íntimos pensamientos de la mujer florero me serían revelados de seguro en cualquier momento de su propio diario, la vivencia de aquel trío le había permitido a ella cumplir sus fantasías más exigentes, al menos las que tenía por el momento. Lo que leería de su parte me sería de lo más satisfactorio de seguro, casi me hacía una idea de las palabras que usaría pues la conocía muy bien y ya me había demostrado antes que escribiendo era capaz de expresar muy bien lo que llevaba dentro, en lo más profundo de su interior, pero a la cuñada estaba pensando decirle que escribiera un blog sobre su experiencia. Al no conocerla del todo bien, al no conocer sus fantasías como lo hacía con la mujer florero deseaba más que nada saber de su parte lo que le había parecido la experiencia, que se sincerara, conocer si lo que vivimos ese día le había llenado, asegurarme de que la experiencia le había marcado.

Conocer las vivencias de su parte me ayudaría a aprender más y era lo que quería. Aprender cada vez más sobre el camino del placer que estaba recorriendo.

Resultó no ser necesario pedirle lo del blog ya que ella y la mujer florero tuvieron una conversación por chat en internet. Fue esta última por supuesto quien me la terminó mostrando a sabiendas de que me sentiría complacido con lo que leería:

- La experiencia más placentera de mi vida- Escribió la cuñada en la conversación.

- Pienso igual, yo la esperé por mucho tiempo. Fantaseaba tanto con que pasara, a medida que se acercaba el día estaba incluso nerviosa pero viví todo lo que imaginé. Así que valió la pena la espera, valió la pena sobreponerme al miedo que sentía. Fue como si mis pensamientos se materializaran, fue totalmente especial para mí- Contestó la mujer florero.

- Igual para mí ¿Les dije a ambos que opinaba que los hombres siempre son egoístas en el sexo, recuerdas? ¿Aquél día en la playa? Que por eso me gustaban más los orales porque el hombre se centraba en mi propio placer y no sólo en el suyo. Cambié de opinión, no todos son así. Fue tan diferente a tantas otras veces, me pasó algo con él que no esperaba, no imaginaba que pasaría jamás- Dijo la cuñada nuevamente.

- ¿Qué cosa fue?- Preguntó la mujer florero, supuse que lo hizo con mucha curiosidad.

- Bueno... es que la rudeza, la forma en que me penetró, las órdenes... Me gustó eso tanto como me gusta concentrarme en mi propio placer... Hubo momentos en los que sólo podía pensar en él. Quería complacerlo tanto, tanto. Pensar en que él estuviera complacido por sí sólo me daba placer a mí también ¿Será lo de la conexión al ser penetrado? aunque también tú estabas allí y fue todo muy rico, no me malinterpretes. Me fascinó besarte, sentirte, tocarte. Sentir a otra mujer es algo realmente único pero no sé si me explico con lo otro, no sé si doy a entender mi punto. La cosa es que no conocía eso hasta ese día- Alegó la cuñada.

- Te entiendo más que nada. Él también me enseñó lo que es el placer y yo soy feliz más que nadie solo con verlo complacido, obtengo placer sabiendo que lo puedo complacer, es indescriptible todo lo que puede enseñarte, lo que hace con su voz... Él habla, ordena y es como si no hay lugar a desobediencia, sucumbes y es lo más placentero que hay. Yo me siento totalmente plena y satisfecha tal como te comenté algunas veces. A diferencia de ti yo desde hace mucho tiempo conocía esa parte de mí que quería complacer a un hombre completamente, encontraba ya el placer supremo en eso pero no había podido sentirme satisfecha con ningún hombre antes ni tampoco había podido sentirme cómoda con ese tema porque nadie parecía poderme entender. Lo del trío por su parte... Me encantaría repetirlo una y otra vez, incomparable tantas sensaciones nuevas. No entiendo cómo puede ser tan malo en ojos de muchos. Ha sido una experiencia única que pienso que todos deberían experimentar- Agregó la mujer florero.

- Claro que sí, pienso igual... Por cierto en mi caso cumplió su promesa. Dijo que me enseñaría lo que era y se sentía ser penetrada de verdad ¿Te acuerdas? Lo hizo. Antes de esto yo no conocía realmente lo que era el placer, me doy cuenta de ello, ahora sí lo hago. Lo viví y lo hago, creo que no volveré a ser la misma. No sabía lo que era una buena cogida antes- Añadió la cuñada – Valió la pena hacerle tanta mente a lo del trío. Le hice muchísima mente porque esa vivencia era de mis fantasías más profundas. Escribió la cuñada.

- Yo lo anhelé por un tiempo también aunque no sé desde qué momento empecé a anhelarlo. Pero sí que fantaseé mucho con el tema y sí que quedé complacida con haberlo experimentado. Bueno... debo irme, continuamos hablando luego pequeña cómplice.

Y allí concluyó la conversación.

Estas palabras que leí afianzaron mi creencia de que a través del placer y más específicamente del sexo puedes llegar a conocer a una persona, pero más importante a través de ello una persona puede llegar a conocerse. Aceptarse ya viene siendo otro tema pero al menos a conocerse. Es en ese momento tan íntimo que los más oscuros deseos pueden salir a flote. Claro está, si se dan las condiciones para que la persona se sienta lo suficientemente cómoda y desinhibida, de lo contrario lo más probable es que se cohíba y no se muestre como es.

Yo me sentía ya desde hace tiempo con la suficiente capacidad de tener el control durante el acto sexual porque me nacía y me gustaba pero no sé si para ese momento me había dado cuenta del hecho de que el que yo lo hiciera permitía a la otra persona sentirse cómoda y abrirse.

La cuñada tenía una idea errónea de sí. Ella misma lo expresó. No disfrutaba plenamente del sexo porque sentía que los que estaban con ella sólo querían satisfacer su propio deseo y nada más. Me imagino que pensando en eso se cerraba un poco pero en nuestro encuentro descubrió que sentía placer en complacer. No se inhibió, se dejó llevar y le gustó. Su forma de ser un poco como la mujer florero encajaba muy bien con aquella forma sumisa de obtener placer que conllevaba ese hecho de sentirse plena dando placer a otro.

¿Acaso yo podría convertirme en una especie de maestro que guiara a mujeres como la mujer florero y su cuñada a sincerarse con ellas mismas? Sonaba interesante. La cosa es que yo me sentía animado a experimentar más, ir más allá. No quería tener límites en lo que deseara realmente experimentar. Creo que tenía una curiosidad insaciable y un deseo igual de insaciable por vivir una vida de placer.

Como esta experiencia de mi primer trío fue todo lo exquisito que pude llegar a imaginarme y aún más y la disfruté de tal manera que era imposible no desear repetirla, le pedí en un momento dado a la mujer florero que encontrara a alguien que estuviera dispuesto para participar en otro trío con ambos.

- Yo encantada. Había respondido ella.

Necesitaba volver a sumergirme en el placer de dominar a dos esclavas a la vez, necesitaba perderme de nuevo entre el vaivén de caderas de dos exquisitas mujeres, escuchar sus gemidos, ver sus expresiones expectantes a la espera de mis órdenes, deseando complacerme, disfrutando mientras lo hacían, hacerlas sumirse a mi voluntad y obtener mi anhelado placer de ello.

Deseaba verme envuelto en esta situación una vez más. Me volvía loco la espera aunque como no soy de forzar las cosas dejaría a la mujer florero a cargo de encontrar a mi siguiente esclava. De todas formas la espera haría el encuentro más interesante porque me haría aflorar mucho más mis instintos. Me limité entonces en ese punto a dar cabida suelta a mis fantasías que, contrario a los momentos previos al trío con la mujer florero y la cuñada, prometían más intensidad. Quería probar cosas nuevas y más intensas en ese próximo trío.

La mujer florero se puso manos a la obra *"estoy plena y llena con el hecho de que tu estés pleno y lleno"*. Esa era su filosofía hacia mí, era la esencia de mi relación con ella así que no se negaría a mi petición. Además, ella también estaría deseosa de revivir el morbo experimentado con su cuñada por lo que se esmeraría en encontrar a tan anhelada persona. Por lo pronto yo solo podía imaginar cómo sería.

La magia del internet y las facilidades de comunicación que ya este permitía, mismas a las que he hecho ya algo de mención le ayudaron a dar con Rubí. Una joven castaña de cuerpo voluptuoso que en alguna sala de chat anónima le manifestó gustosa su disposición a tener un trío con nosotros.

-Creo que la encontré- Me dijo la mujer florero tras conversar con ella, tomándome un poco por sorpresa.

- Eso me alegra, fue pronto. Quiero ver sus fotos- Le pedí rápidamente entendiendo de que se trataba. Ella me mostró la foto que la chica tenía publicada en la web, me gustó lo que vi, se notaba que esta mujer era delgada con grandes curvas, delicada y hermosa. Me resultó perfecta. Tan pronto la vi en aquella fotografía me dieron una ganas incontrolables de cogérmela, de hacerla mía, hacerla mi esclava. Casi babeé en ese momento (O quizás lo hice, no lo sé).

- ¿Y crees que podamos entendernos con ella? Pregunté consciente de que era ella la que estaba dirigiendo la conversación con esta mujer. A quien yo nunca había tratado a quien apenas estaba conociendo por medio de una fotografía.

- Yo le veo bastante interesada y parece simpática. Respondió. Me ha agradado bastante la conversación que hemos tenido.

Resultó que aquella mujer le había confesado a la mujer florero su orientación sexual bisexual. Incluso le comentó que las mujeres llegaban a atraerle muchísimo más que los hombres.

Me siguió pareciendo perfecto. Para que disfrutáramos plenamente de un trío nuevamente, era ideal que la mujer se sintiera bien siendo tocada tanto por mí como por la mujer florero. El que fuese abiertamente bisexual hacía prever que esto le encantaría. Así disfrutaríamos plenamente los tres.

La mujer florero habló con ella unos días después de eso hasta que se convenció de que tenía algo de química con esta muchacha.

- Citémosla- Le dije decidido. Ella asintió y se encargó de hacerlo.

Esta mujer estaba tan abierta a vivir esta experiencia que no dudó en aceptar. Fue así como el laboratorio de computación que estaba a mi cargo en la universidad se volvió nuevamente testigo de mis vivencias eróticas junto a la mujer florero. Fiel confidente de la perpetración de mis fantasías.

Nos citamos un día cualquiera en este sitio y de repente estábamos allí, los tres juntos. Cerré con llave la puerta para evitar cualquier interrupción.

Cualquier idea que hubiese pasado por mi mente como primero conversar, relajarnos juntos antes de pasar al sexo se disipó tras cerrar esa puerta y girarme para observar a estas dos mujeres porque ellas ya lucían deseosas, necesitadas. La lujuria se reflejaba en su vista a través de un brillo muy especial.

La mujer florero estaría deseando repetir una experiencia similar a lo vivido con su cuñada y la otra mujer quién sabe cuánto tiempo había estado deseando cumplir esta fantasía erótica que se le hacía imposible disimular siquiera un poco su impaciencia.

Si era necesario ya tendríamos tiempo de conocernos mejor. Pensé observando a esta chica Rubí. Lucía muy atractiva con su cabello castaño recogido en coleta y una camiseta de tirantes que marcaba la forma redonda de sus tetas. Ella estaba un poco ruborizada así que no me fue difícil darme cuenta de que estaba nerviosa. –Mejor así- Pensé-

La mujer florero por su parte lucía más segura, probablemente en respuesta a lo mucho que había disfrutado ya la experiencia similar vivida anteriormente. Ella usaba uno de esos pantalones ajustados que me permitían apreciar tan bien su hermoso culo.

Iniciaríamos de inmediato ya que yo tampoco quería darle muchas largas. Para ese momento mi erección demandaba por salir del pantalón que la aprisionaba cruelmente y dolía.

Yo quise iniciar como la experiencia pasada así que ordené a las chicas que se besaran y tocaran a su antojo alejándome un poco y sentándome en un banquito para dedicarme por un momento solo a mirar. Estaban tan dispuestas que obedecieron de inmediato. Su beso fue morboso, excitante, sus lenguas chocaban incluso fuera de su boca, intercambiaban su saliva con desesperación, se estrujaban y apretaban las tetas entre ellas. Pude ver los pezones de ambas tensarse a causa del placer incluso a través de las delgadas telas que aún las cubrían. El deseo era palpable. Si estiraba mi mano podría tocarlo o al menos así lo sentía.

Observé embelesado todo lo que quise esta escena hasta que se me antojó ser el centro de atención. Ya era momento de recibir placer.

-Paren- Demandé con voz firme, bastante ronca por la excitación. Ellas lo hicieron y me miraron. Rubí estaba respondiendo bastante bien a mis demandas, eso me encantó. No la veía dudar y al contrario la sentía totalmente dispuesta a cumplir mis designios.

-Desnúdense lentamente frente a mí- Exigí esta vez y vi gustoso que ellas obedecían. Mientras lo hacían bajé solo el cierre de mi pantalón para dejar al descubierto la creciente erección que ya me dolía demasiado. Empecé a masturbarme clavando mi mirada sobre ellas al desnudarse.

-Sus ojos en mí mientras lo hacen- Ordené pues deseaba que me miraran masturbarme mientras las observaba a ellas, quería que vieran lo que provocaban en mí mientras, veía su ropa caer y su piel descubrirse.

Ellas se fueron desprendiendo de todas sus prendas lenta, sensual, coquetamente, dejando al descubierto cada parte de su cuerpo. Rubí en este punto tembló un poco pero aún así siguió. Cada vez más estaban más expuestas hasta que finalmente ninguna prenda les vestía ya. Estaban frente a mí completamente desnudas y magníficas.

Bajé mi pantalón e interior completamente con rapidez y me abalancé hacia Rubí. No estaba pensando que hacer no tenía un plan establecido en ese momento, solo me dejaría llevar. Quería hacer a esta mujer mi esclava cuanto antes, en este momento ya no había lugar para la racionalidad.

Llevé mis manos hacia las caderas de ella y la pegué hacia mi cuerpo mientras le daba un beso húmedo, sintiendo su lengua, invadiendo con la mía toda su boca. Llevé entonces mis manos a sus nalgas descubiertas esta vez, di un fuerte apretón en estas lo que le hizo dar un leve chillido y luego la levanté impulsándola desde sus nalgas. Como acto reflejo puso sus piernas alrededor de mis caderas y sus brazos fueron a dar a mi cuello. No corté el beso hasta que la deposité sin mucho cuidado al borde de una de las mesas de los ordenadores y le abrí las piernas todo lo que se podía, dejándola expuesta por completo.

Me agaché un poco para lamer su cuca e impregnarme de su jugo, estaba húmeda, su sabor se impregnó en mí. Me gustó. Ella arqueó su espalda al contacto de mi lengua y yo me incorporé, le halé el cabello hacia atrás para que me mirara directamente a los ojos y le dije:

- Eres mía- ¿verdad? ¿De quién eres?

- Tuya, tuya- Repetía con la lujuria en su rostro.

- Así me gusta. Respondí pasando mi mano lentamente por sus piernas.

Ordené entonces a la mujer florero que le chupara la cuca. Cuando se agachó para hacerlo me provocó también a mí así que agachados uno al lado del otro se la lamimos ambos a Rubí, que se volvió rápidamente un mar de jadeos que llevaban nuestra marca por supuesto.

- aaah ahhh- Era todo lo que salía de la boca de esta mujer, que parecía a punto de colapsar.

-Sigue lamiéndosela- Le dije a la mujer florero mientras me levantada, me posicionaba tras ella, le tomaba de las caderas firmemente y levantaba su apetitoso trasero para luego meterle mi palo con brusquedad. Entró de una sola y rápida estocada gracias a que se encontraba muy mojada. Empecé a embestir rápidamente. Un gemido ahogado salió de su boca.

De esta forma Rubí se encontraba con las piernas abiertas a más no poder al borde de la mesa de uno de los ordenadores recibiendo el oral de la mujer florero que succionaba y lamía con esmero y desesperación mientras yo embestía por detrás a la mujer florero. Adelante, atrás muchas veces todo lo rudo y violento que se me antojaba. Me gustaba así y por la forma en que gemían no había lugar a dudas de que les gustaba a ellas.

Los gemidos de los tres se escuchaban en todo el lugar aunque evitábamos ser más escandalosos para no ser descubiertos en aquel sitio prohibido. No obstante inmersos en nuestra burbuja de placer aquello pasaba a segundo plano. No había tiempo de pensar.

A la mujer florero se le escapaban jadeos aún con su boca en la cuca de Rubí, no podía evitarlo. Lloriqueaba. Rubí por su parte había cerrado los ojos y arqueado un poco su espalda. Por instinto empezó a estrujarse ella misma las tetas con fuerza. Como pude alcancé una de ellas y la apreté con mucha fuerza al notar aquello.

- Pellízcate los pezones- Le ordené para así observar como presa de gemidos por el oral que estaba recibiendo, sonrojada y hermosa como era se excitaba aún más mientras daba retorcijones a sus pezones paraditos con los ojos cerrados y la boca ligeramente abierta.

Seguí las embestidas dentro de la mujer florero una y otra vez, cerciorándome de no bajar la velocidad, impulsándome cada vez más rápido.

Teniendo el culo de esta mujer a mi merced, redondito, grande como era comencé a azotarle a la vez que le embestía. No medía mi fuerza, no me importaba marcarle sus preciosas nalgas con los azotes ni la sensación de que podía llegar a partirle en dos con las embestidas.

- Ay, ay- Sus quejidos se volvieron cada vez más suplicantes y se le hizo prácticamente imposible continuar con la trabajada mamada que le venía prestando a Rubí.

Paré de embestir y salí de la mujer florero.

- Recuéstense en el escritorio dándome la espalda, ahora. Exigí a ambas. Rubí que estaba sobre la mesa del ordenador con dificultad bajó y se posicionó como le había dicho. Las piernas le temblaban. La acomodé y la mujer florero se posicionó también. Sus culos tentadores apuntaban a mí, parados, sus ojos vidriosos...

- Me gustan tanto así con ese culo al aire solo para mí- Dije mientras apretaba las nalgas de ambas obteniendo el gemido de las dos.

- ¿Lo quieren, verdad? Pregunté comenzando a masturbarme restregando mi miembro cerca de la entrada de la mujer florero para luego moverme hacia Rubí y hacer lo mismo. Cerca, muy cerca.

- Sí, respondieron al unísono pero suavemente.

- ¿Lo quieren? Volví a preguntar sin dejar de masturbarme.

- Por favor... Jadeó Rubí impaciente. Estaba tan desesperada por recibir placer que ya no le importaba nada más. Noté su respiración acelerarse.

La súplica me resultó tan excitante que no quise esperar más y le metí mi miembro duro a Rubí de una sola estocada. Se estremeció un poco, sacudió un poco su culo. Empecé entonces a embestirla rudo halando fuertemente su cabello, como si la cabalgara, esto duró poco tiempo- solté su cabello para masturbar a la mujer florero con esa mano libre a la vez que seguía embistiendo a Rubí con la otra mano puesta en su cintura para pegarla más a mí.

- Mastúrbate tú también- Le exigí a la mujer florero y así lo hizo a gran velocidad desde el principio. Estaba recibiendo placer de su propia mano y de la mía.

Las tetas de Rubí rebotando contra la mesa del ordenador, sus ojos cerrados, gemidos ahogados, jadeos, lloriqueos, música para mis oídos y satisfacción para el resto de mis sentidos. Me sentí de lo mejor, tantos deseosos de estar en mi lugar en ese momento. Tantos que sólo se atreven a imaginar aquello y allí estaba yo, repitiéndolo y disfrutándolo aún más. Esto es vivir. Pensé.

Cambié. Me salí de Rubí para penetrar a la mujer florero y esta vez masturbar a esta. Mi vaivén siguió con violencia. Dejé por un momento de masturbar a Rubí para halarle el cabello a la mujer florero y escucharla intensificar sus gemidos. La estaba montando cual potra. Rubí se empezó a masturbar por su cuenta. En eso la mujer florero prácticamente gritó que se venía y yo paré todo y les ordené ponerse de rodillas. Se les dificultó pues su mente aún seguía nublada por el placer que venían sintiendo momentos antes. Poco cuidado me daba quería que experimentáramos allí tanto como fuera posible.

Me quedé mirándolas por un instante y ellas me miraban de vuelta con los ojos vidriosos y expectantes pero parecían un poco disgustadas de que hubiese detenido el placer que hace unos instantes estaban sintiendo.

- ¿Les gusta verdad? ¿Me quieren enseñar cuál de las dos tiene la boquita sucia más juguetona?- Dije tocando un poco mi erección. Este comentario hizo que se desesperaran por mamármelo.

-Me encanta- Dijo una –Lo quiero en mi boca- Dijo la otra.

-Vengan entonces- Exclamé y se lanzaron hacia mí sin más. La mujer florero llegó primero. Yo sabía que ella sabía cómo lo quería pero se lo aclaré de todas formas:

-Chúpalo como la perra en celo que eres- Ante esto ella lo tomó casi con furia, con impaciencia, succionó, engulló, gemí duro con la calidez de su saliva. Ella cogió la base de mi pene y comenzó a masturbarme un poco mientras mamaba. Rubí le estaba apretando las tetas mientras me hacía esto.

Lo saqué de la boca de la mujer florero y se lo metí en la boca a Rubí. Quería joderle la boca también y que me probara.

-Vamos, chúpalo, chúpalo- Le decía.

Ella comenzó a mamarme rico pero yo quería que fuera más rudo porque así era como me gustaba así que apreté su cabello y hundí su cabeza hacia adelante metiendo todo mi guebo en su boca hasta tocar su garganta. Jodí de esta forma su boca embistiendo con violencia una y otra vez sin poner cuidado a sus arcadas ni a sus lágrimas o leves quejidos, que salían de ella y sonaban cada vez más suplicantes. La mujer florero se había posicionado tras de mí, sólo estaba pegada a mi cuerpo en ese momento quizás para sentir un poco de fricción mientras embestía.

Paré. La respiración de Rubí estaba entrecortada.

Las mujeres ahora tomaron la posición 69. La mujer florero posicionada boca arriba con su cara al alcance de la cuca de Rubí, Rubí posicionada encima de ella con su boca al alcance de la mujer florero. Parecían darlo todo por darse la mamada de sus vidas, concentradas, succionando. A este punto estaban sudando, podía notar las gotas de sudor que descendían lentamente recorriendo su cuerpo.

Apreté las nalgas de la mujer florero con tanta fuerza como se me antojó y luego se lo metí entero. El vaivén de embestidas violentas no tardó en iniciar. Las mujeres seguían mamándosela entre ellas mientras hacía aquello. Los tres ahogados en el placer. Nada importaba en ese instante sino la sensaciones que estábamos sintiendo. La mujer florero se ahogó en gemidos incontrolables, no podía concentrarse en mamar a Rubí no podía decir nada coherente. Sin embargo entendí que trataba de pedir más. Ella siempre quería más al igual que yo. La halé entonces de los cabellos, la apoyé un poco de la mesa del ordenador de espaldas hacia mí, dándome el culo y se lo volví a meter demasiado rudo, demasiado violento, demasiado todo. Rubí se posicionó bajo de nosotros y empezó a pasar su lengua por mi pene y la vagina de la mujer florero, nos estaba dando placer con su lengua a ambos mientras yo me concentraba en las embestidas. Lo de la lengua se sentía increíble. La mujer florero se volvió un mar de vocales y palabras sin sentido nuevamente. La sentí vibrar, temblar, acabar. Me venía también, saqué mi guebo de ella e hice que Rubí se tragara mi esencia.

- Trágatela toda como una buena perra- Exigí y ella se la tragó con gusto. De hecho parecía estar esperando que hiciera esto. Se lo tragó como si fuese su platillo favorito. Una pequeña parte sin embargo se deslizó hacia un lado de su boca pero ella se la limpió con un dedo y luego se lo chupó mientras me miraba fijo.

Quedé nuevamente satisfecho y complacido con mi esclava, la mujer florero y quien era ahora mi nueva esclava.

Debo señalar que a esta experiencia la considero la consolidación del sexo en trío en mi vida ya que a partir de ese momento se convirtió para mí en un estilo de vida permanente. Estuvo presente en el resto de mis relaciones y es que considero que las relaciones de este tipo son más sinceras, más disfrutables.

Lo de Rubí no acabó en ese encuentro. Nos fuimos conociendo mejor, las cosas se fueron dando muy bien entre los tres y terminamos afianzando una relación ella, la mujer florero y yo. No se trataba solo de sexo, salíamos abiertamente los tres como lo haría cualquier pareja de enamorados. Yo iba de la mano de ambas en la calle, salía con ambas a comer. Cuando nos sentábamos juntos en algún restaurante o en cualquier otro lugar yo estaba en el medio de forma que podía darle un beso a la mujer florero, saborear sus labios y su boca y al voltearme besar a Rubí del otro lado, intercambiando nuestra saliva.

Nos mostrábamos como pareja sin importar el sitio: en la universidad, el cine, cualquier lugar.

La gente por supuesto siempre ponía sus ojos en nosotros. Nos miraban cegados de prejuicios. A veces una que otra persona decía algún comentario despectivo.

Yo que no prestaba atención a opiniones ajenas sentí que le transmití esta confianza a mis dos esclavas. No nos importaba a ninguno de los tres el qué dirán cuando estábamos juntos. A mí me de hecho en el fondo me gustaba la atención que recibíamos, disfrutaba las miradas sobre nosotros.

Al no ser algo común en un país como Venezuela una pareja de este tipo despertábamos curiosidad, los prejuicios y envidia de casi todo el mundo y es que un hombre con dos mujeres despampanantes y hermosas a su lado y en una relación de tres es algo que muchos solo se dan la oportunidad de fantasear. Por mí parte quería disfrutar de aquello y lo hice.

Mis dos esclavas eran muy entregadas y tiernas. Me sentía pleno y bien compartiendo todo con ellas. Me dediqué también a atenderlas, darles placer. En esta relación de tres exploré nuevos límites, nuevas posiciones, nuevas formas de satisfacción. Ellas siempre fueron muy entregadas y dispuestas a experimentar conmigo todo estaba realmente bien entre nosotros pero por cosas de la vida como ocurre a menudo tuvimos que despedirnos. *A veces las cosas buenas llegan a su fin y hay que soltarlas. Es la realidad.*

Lo que ocurrió es que debía mudarme hasta Caracas, la capital, por asuntos de trabajo. Me contratarían en una trasnacional alemana y la oferta era muy buena, no la podía rechazar. Caracas está alejada de Maracaibo así que no tenía sentido mantener una relación así.

Por supuesto no pudo faltar una buena follada en la despedida:

Estaba recostado en el sofá de mi casa completamente desnudo en el medio de la mujer florero y Rubí, quienes, recostadas sobre el sofá se turnaban, por orden mía por supuesto, para mamarme el guebo erecto con dedicación y esmero. En ese momento me lo mamaba la mujer florero mientras que Rubí acariciaba mi pecho y succionaba detrás del lóbulo de mi oreja.

Había cerrado los ojos para sumergirme en el placer que me estaban dando. Golpes de calor sacudían todo mi cuerpo, placer y más placer, era lo que sentía en ese momento. Estiré una mano a cada lado para apretar una teta a ambas. Suaves al tacto, deliciosas, redonditas. No aguanté más y me incorporé, halé del cabello a la mujer florero para que dejara lo que estaba haciendo y quedara más a mi altura, succioné su cuello hasta que le dejé marca. La empujé luego hacia atrás recostándola del sofá sobre su espalda. Sus tetas rebotaron por un momento. Abrí sus piernas rápidamente y metí mi lengua en su cuca. Jadeó duro y arqueó su espalda al contacto. La penetré con mi lengua, lamí luego el clítoris hasta que sus gemidos se hicieron presentes y muy sonoros. Le di lengüetazos, la bañé con mi saliva humedeciéndola más de lo que ya estaba.

Dejé lo que estaba haciendo y ordené a Rubí que cambiara de lugar conmigo y se la mamara ella ahora a la mujer florero.

-Vamos, como la perra en celo que eres, hazla gritar- Le dije y ella se abalanzó sobre la mujer florero para empezar a succionar de su cuca y meter su lengua dentro de ella, le acarició las tetas mientras lo hacía. La probaba como si fuera lo más rico, como si saborear esos jugos fuera lo más importante y aquello me encantaba.

Golpeé entonces las nalgas de ella una vez de forma sonora, tan duro como pude. Mi mano quedó marcada en sus nalgas irritadas. Ella solo siguió con lo que hacía.

Me posicioné para penetrarla pero solo metí mi guebo de una estocada y lo saqué porque se me ocurrió en ese instante algo mejor. Chilló y juro que casi llora cuando salí de ella.

- Paren- Exigí y lo hicieron volteando hacia mí con aquellos ojos vidriosos que nunca les permitían ocultarme lo ansiosas que estaban porque me las comiera.

- ¿Me quieren complacer?- Pregunté divertido – ¿Les gusta?

- Sí- Respondió inmediatamente Rubí- Más que nada-

- Es para lo que estoy, úsame, dispón de mi cuerpo como tuyo, hazme lo que quieras. Dijo la mujer florero.

La boca de ambas segregaba mucha saliva. Prácticamente babeaban.

- Mis esclavas, mis perras... Dije complacido.

- Móntame- Le exigí entonces a Rubí mientras me ponía sobre mi espalda en el sofá. Ella no lo pensó dos veces. Se posicionó rápidamente encima de mí, sus piernas hacia cada lado. Puso su vagina en la punta de mi pene y se hundió de una estocada hasta que lo sintió dentro de ella.

- Ufff- Jadeó tocándose las tetas por la excitación y yo gemí ante la deliciosa intrusión. Estaba toda mojada, húmeda para mí y mi placer.

La cogí de los hombros y le di un fuerte apretón hacia abajo para adentrarla mucho más en mí. Dio un pequeño gritito cuando lo sintió todo dentro.

- ¿Qué esperas? Salta duro- Le exigí. Ella empezó un vaivén de caderas y embestidas desesperadas. La tomé fuerte de su cintura para mantenerla en su lugar e impulsarla aún con más fuerza. Quería embestidas aún más fuertes. No importaba si llegaba a dolernos un poco a ambos.

- Más rápido- Le dije. No me hagas hacerlo a mí.

Ante estas palabras ella se esmeró por mantener un ritmo más rápido y duro con sus embestidas. Gemía y gemía mientras saltaba. Cuando pellizqué sus pezones parados agregó mi nombre a sus gemidos y yo cerré los ojos por un instante para deleitarme con esos bonitos gemidos acompañados de mi nombre.

- Siéntate en mi boca- Le dije cuando pude a la mujer florero. Ella, que se había mantenido a la espera masturbándose mientras nos observaba se posicionó rápidamente. Se puso de cuclillas con su totona al alcance de mi boca con desesperación.

Llevé mis manos a sus glúteos y apreté. Obtuve de ello un pequeño jadeo de su parte. Luego hundí mi lengua dentro de su totona, probando su esencia mientras Rubí me daba todo lo duro que podía. Mi mente estaba en blanco en ese punto.

- Ay... Ay... Gemían ambas. Mis sentidos se centraron en esos bellos gemidos que estaba seguro, pronto extrañaría más que nada.

Mientras la masturbaba con mi boca la mujer florero se estrujaba sus propias tetas. Rubí había cerrado los ojos y había dejado caer su cabeza un poco hacía atrás por el placer. Yo había cerrado los ojos para mamársela a la mujer florero pero no dejaba de abrirlos para apreciar todo lo que podía del cuerpo de ambas.

Las tetas de rubí rebotando como bonitas pelotas, sus labios temblando, su respiración agitándose cada vez más. Estaba cerca del orgasmo que le llegó con un temblor en sus rodillas.

Cuando llegó al clímax la bajé de encima mío incorporándome. De un templón en su cabello tumbé a la mujer florero de espalda al sillón. La halé de los tobillos para ponerla al borde de este y le abrí las piernas completamente, manteniendo el agarre firme sobre una de sus piernas la penetré. Nuestras miradas estaban conectadas en ese momento. Ella me miraba con tantas ansias. Incluso una lágrima resbaló por su mejilla en ese momento. Mis embestidas rudas, tal como estaba acostumbrado, empezaron.

No aparté mi mirada de ella, miraba fijamente cada expresión. Era como un poema. Hacía alguno que otro gesto de dolor en su rostro por la violencia de las estocadas pero mostraba su lujuria con la mirada, con su boca medio abierta, con sus mejillas sonrojadas, con su totona mojada y sus gemidos cada vez más sonoros.

La cacheteé en un momento que cerró sus ojos. Ella los abrió de inmediato.

- Dime que me deseas- Le exigí.

- Te deseo... Dijo entre jadeos, con dificultad.

- ¿De quién eres?- Pregunté esta vez dándole otra bofetada.

Toda.... tuy-aaaaaah gimió.

Rubí se posicionó bajó nosotros como le encantaba hacer y empezó a lamernos a ambos desde abajo, su lengua mojada aumentaba la sensación de placer. Era exquisito. Me sentí venir así

145

que saqué mi guebo   de la mujer florero y dejé caer totalmente mi esencia en sus tetas. La bañé con mi leche. Vi como comenzaba a descender mi semen desde sus tetas hacia su abdomen y le ordené a Rubí que lo lamiera, que se lo comiera.   Ella lo hizo de inmediato, lo hizo como una perra que feliz degusta de su comida favorita, lamió hasta la última gota bajo mi atenta mirada.

Minutos después nos habíamos limpiado y estábamos abrazados en el mismo sofá donde nos habíamos comido todo antes. Las dos mujeres recostadas en mi hombro. Me resultaba dolorosa la separación y sabía que también a ellas. Conversamos mucho esa noche y a la mañana siguiente, partí.

Por supuesto le había dicho a Rubí que escribiera un blog para mí sobre todo lo que quisiera expresar desde nuestro primer encuentro y los siguientes, sobre toda nuestra experiencias juntos, la mujer florero, ella y yo como pareja. Sobre todo lo que quisiera expresar.... Me había funcionado este método antes y deseaba implementarlo siempre porque le permitía a mis esclavas sincerarse conmigo y a mí me ayudaba a entenderlas y seguir aprendiendo.

Ella lo había escrito ya para el momento en que me fui pero lo leí en el camino hacia la capital.

- Fuiste emblemático en mi vida. El hombre más emblemático de mi historia personal. Nuestro trío fue especial para mí. Siempre me sentí cómoda con ambos pero especialmente contigo. Pienso que lo que vivimos fue especial y muy lindo. Jamás podría borrarlo o apartarlo de mi mente, es algo que me marcará para siempre. No llegamos a tener una relación de pareja como tal porque no pienso que pueda llamarse así. Aún así estaba cómoda como nunca y me es imposible quejarme de algo- Había escrito.

- Eres el único hombre que me ha hecho volar los tapones. Si bien es cierto que las mujeres me atraen, incluso más que los hombres, tú fuiste la excepción. Con solo escucharte me mojaba toda, solo pensarte me excitaba. Creo que te mantendrás siendo el hombre más emblemático de mi vida por siempre, no creo que nadie me deje huella como tú lo hiciste. Quisiera ser tu esclava por siempre y que me usaras una eternidad-. Continuó.

- Estuve por mucho tiempo deseando experimentar un trío. Si me gustan los hombres y las mujeres ¿por qué no hacerlo con ambos al mismo tiempo? Eso me preguntaba a veces. Aún así era algo que me daba un poquito de miedo pero no dejaba de fantasear. Cuando vi la oportunidad que me ofreciste me dije a mí misma que debía tomarla. Estuve asustada un poco ese día pero cuando por fin conocí como se sentía en realidad no pude estar más feliz de no haber dado un paso atrás y haberme atrevido al final. Todo lo que sucedió fue como mis fantasías más profundas. Me permití vivirla contigo en todo su esplendor y eso fue fantástico, sublime, tal como me lo imaginé alguna vez".

- Tal vez no habría sido capaz de vivir la experiencia del trío al final de no ser por tu voz firme y la seguridad que me brindaste. Hay algo especial en la forma en cómo hablas y en cómo eres. Creo que agradezco eso porque en realidad sí estaba asustada y pude haber huido y de esa forma me habría perdido momentos tan especiales como los que vivimos.

- Todas las veces que lo hicimos fueron únicas y placenteras. Me mostrarte el verdadero amor y seré siempre tuya de corazón.

- Descubrí una forma de placer única que no había explorado antes. Sentí un placer inmenso al complacerte a tí. Espero que jamás me olvides porque yo realmente siempre te tendré presente. Me hiciste sentir como una joya, me exhibiste y las miradas en mí cuando íbamos de la mano los tres juntos o cuando besabas a una para después besar a la otra me dieron una seguridad que no sabía que tenía. Además todas esas miradas, muchas cargadas de envidia me hicieron darme cuenta de lo especial que era lo que estábamos viviendo. Pocas personas se atreven a algo así en este país pero yo aunque no soy del todo tan atrevida no solo me atreví a tener un trío con personas que no conocía sino que me atreví a llevar una relación en trío en público que realmente sobrepasó a lo que pude imaginar una vez.

Siempre tuya. Finalizó.

Quedé verdaderamente satisfecho con lo que leí porque me di cuenta de cuán importante fue para Rubí nuestra relación. Ella admitía haber conocido la felicidad al haber podido hacer realidad su fantasía más anhelada y vivirla de una forma que no había podido imaginar. Me sentí feliz por ella especialmente porque sé que muchas personas nunca logran hacer realidad sus fantasías por el mal llamado pudor que, encierra solo grandes prejuicios. El que dijera que yo la había ayudado a ello me hacía sentir realmente muy bien conmigo mismo.

Por otra parte no podía estar más que satisfecho con lo vivido con la mujer florero y con Rubí todo el tiempo que duró. Si bien ellas me admitían que les había dejado una marca imborrable la verdad es que ellas también me marcaron porque con ellas pude descubrirme mejor. El permitirme hacerles lo que quisiera me ayudó a conocerme mucho más. El desinhibirme con ellas en cualquier sitio me hizo aún más confiado. Sin su entrega yo habría tenido seguramente que limitarme mucho pero no fue así.

Así que sin dudas ellas fueron realmente importantes en mi vida.

Antonella

Ya instalado en Caracas compré un apartamento de soltero e inicié mi nuevo trabajo. Todo iba bien pero por supuesto, después de pasar tanto tiempo en relación mientras vivía en Maracaibo comencé a sentir la necesidad de la calidez de una pareja. Aquí me encontraba solo, rodeado de mujeres en realidad, pero sólo pues no tenía a nadie como la mujer florero, su cuñada, Rubí... Me faltaba eso. Mis instintos más básicos clamaban por encontrar a alguien. Estaba dispuesto a encontrarla pero sólo si no tenía que forzar mucho.

Internet era mi distracción fuera del trabajo. Comencé a través de él a chatear con varias chicas. Fue así como chateando Antonella entró a mi vida.

Tras tener gratas conversaciones sobre todo tipo de temas y sentir que podíamos llevarnos muy bien nos citamos un día cualquiera. Tenía grandes expectativas sobre ella porque durante nuestras conversaciones sentí que compenetrábamos bien, además me parecía una chica hermosa por las fotos de ella que en algún momento me había mostrado.

Se trataba de una cita normal, como la que tiene todo el mundo. Nos encontramos, nos dimos un beso

151

en el cachete, nos tomamos de la mano, fuimos al cine, disfrutamos en este sitio y luego fuimos a bailar.

Ella realmente amaba bailar y se movía bastante bien. Si ya había estado pensando en cogérmela antes de conocerla en persona el deseo se incrementó mientras bailábamos juntos, cada vez que rozaba su cuerpo con el mío.

Nos llevamos bien en el transcurso de la cita. La charla se daba normal entre nosotros, todo fluía solo, nos divertimos juntos. Todo fue simplemente perfecto como tenía que ser.

Finalizada "la velada" por llamarlo de alguna forma la invité a mi apartamento y accedió a acompañarme. Quería probarla por supuesto... saborearla entera y no pretendía dejar pasar la oportunidad después de haber compartido tan bien en la cita.

Ella tenía la piel oscura y los ojos almendrados, labios carnosos, buenas tetas y buen culo en general, pero lo que más llamaba mi atención de su cuerpo eran sus piernas. Tenía tremendas piernas, carnosas, bien formadas. Imposibles de ignorar. Podía pasar todo el día admirando sus hermosas piernas. En personalidad resultaba ser una mujer delicada y honesta.

Bebimos un poco al llegar, charlamos un rato y antes de que me diera cuenta estaba desabrochando los botones de su camisa mientras invadía su boca con mi lengua a mi placer.

Le saqué la camisa por completo y la arrojé hacia un lado. Siguió el brassier. Lo busqué a tientas acariciando la piel de su espalda y lo saqué rápidamente. Mientras lo desabrochaba ella estaba intentando desabrochar mi camisa. Ella parecía desear aquello con desesperación.

Me separé de ella un momento para desabrochar mi camisa por mi cuenta y arrojarla. Me quedé por un momento contemplando los rasgos de esta mujer. La excitación ya se reflejaba en sus ojos y cuerpo. Sus ojos demostraban que quería más, se mostraban casi suplicantes, estaban puestos atentamente en mí, su boca abierta dejaba escapar rápidas bocanadas de aire debido a su respiración acelerada, casi podía sentir también el latido de su corazón acelerado.

Nos encontrábamos al descubierto en el balcón de mi apartamento. Era muy noche, todo estaba solo, oscuro y silencioso afuera, parecíamos ser los únicos despiertos en aquel lugar. No sabía si era cierto o no, no había nada que nos asegurara que alguien no nos vería en aquel acto pero poco me importaba, mis pensamientos en ese momento estaban centrados únicamente en poseer a aquella mujer, en tomar todo lo que quisiera de ella y disfrutarlo a más no poder. Quería hacerla gritar de placer y estaba inmerso en ello y solo en ello. Era mi máxima prioridad en ese instante.

Volví a pegarme a ella. Puse mis manos en su cintura y la atraje a mí bruscamente. Mi boca buscó la suya y nuevamente nos sumimos en un beso acalorado. Mientras nos besábamos toqué su cuerpo cuanto pude. Acaricié sus muslos, su espalda, sus hombros, su abdomen. Aquél contacto con su piel me resultaba de lo más tentador y agradable. Su piel era muy suave.

Paré este beso para besar su cuello esta vez y luego detrás de su oreja. Al besar se pinto tan sensible, se le escapó un gemido que me hizo querer morderla. Mordí un poco su oreja para probarla.

Volví a besarle el cuello. Succioné cuanto quise hasta dejar una ligera marca. Fui bajando los besos hasta sus tetas, estrujé mi nariz en ellas, las lamí luego, lamí también sus pezones redondos, oscuros, deliciosos. Fui testigo del momento justo en el que su piel se erizó. Aún no había hecho nada del otro mundo pero ella ya estaba gimiendo ante mis besos y contacto. Perdida en el deseo desabrochó el botón de mi pantalón, bajó el cierre y metió su mano en mi interior, tocando mi pene, apretándolo, dejándome claro con ese gesto cuanto me deseaba dentro de ella. Yo también deseaba penetrarla, partirla de ser posible, deseaba follarla duro y fuerte, demostrarle cuanto placer tenía por ofrecerle.

Tras su gesto la empujé justo en ese instante de espaldas sobre la barandilla del balcón para exponer su culo más hacia mí, lo quería más cerca, más a mi merced. Ella estaba usando una falda muy corta por lo que sus piernas estaban descubiertas. Posé mi mano en su culo, lo apreté, luego deslicé las manos por sus piernas, quería sentirlas, tocarlas... Lo había estado deseando desde el mismo instante en que la conocí.

No le quité la falda solo la levanté, luego le di un azote duro, como me gusta. Gimió así que la azoté más y más. Cuando me pareció suficiente pasé mi mano por su totona para sentirla. Estaba muy mojada. Su esencia quedó en mis dedos así que los lamí. Luego halé su cabello hacia atrás, obligándola a encorvar un poco la espalda y cuello. Así, sin soltar mi agarre de su cabello la besé y luego le susurré al oído que esa noche sería mi perra.

- Quiero que seas mi perra esta noche, más de lo que hayas sido nunca ¿Entendiste?- Le dije

- Sí, lo seré, lo seré, hazme tuya, hazme tuya. Decía desesperada, desenfrenada. Estaba caliente y húmeda. Su respiración agitada.

Ante su respuesta metí varios dedos en su cuca bien mojada y ella chilló alto ante esta invasión.

- ¿Entonces quieres ser mi perra hoy? ¿Mi esclava?- Continué preguntando.

- Sí, ya no aguanto- Dijo totalmente perdida en la calentura del momento. Deseosa de que me la cogiera de una vez.

- Entonces te va a tocar demostrarlo- Le dije mientras bajaba por completo mi pantalón e interior liberando mi dura erección. Me introduje dentro de ella y gimió ante la intrusión. Lo empujé hasta el fondo y empecé inmediatamente a embestir fuerte, llevé mis manos a sus tetas, las apreté y las mantuve apretadas un rato mientras embestía. Adelante, atrás, muchísimas veces. Ella solo se sostuvo más fuerte de la barandilla. Se sostuvo tan fuerte que las venas de sus manos se marcaron un poco.

- ¿Cuánto te gusta? Dime ¿Cuánto te gusta?- Le preguntaba manteniendo mi ritmo y apretando los dientes ¿Te habían cogido así antes? Insistí pero ella parecía no poder organizar sus ideas para responder, su cabeza parecía estar en blanco, gemía y gemía cada vez más alto. Yo solo me concentré entonces en continuarla embistiendo todo lo agresivo que se me antojaba en ese instante.

Allí fue cuando levanté un poco mi vista hacia el balcón del frente.

Dicen que todos tenemos la capacidad de sentir cuando nos miran. Pareciera verdad ya que lo que miré del otro lado eran siluetas. Personas observándonos tirar. Solo pude sonreír al verlos.

- Tenemos público. Le dije a ella y sonrió un poco divertida al darse cuenta también de las personas que nos miraban. Noté así que tampoco le interesaron los intrusos.

Bien, esto va muy bien. El inicio de algo excelente. Pensé.

Como pude recogí mi cinturón del piso y lo pasé alrededor de la cintura de ella para apegarla más a mí, mantenerla en su lugar y cogérmela más duro. Si el público quería seguir observando que tuvieran su espectáculo, yo solo quería disfrutar. Mis embestidas fueron aún más fuertes y rápidas que antes.

- Así...Así...Así- Repetía ella- Dame ahíiiii-

Yo, completamente sumergido en el placer le daba más y más rápido, más y más fuerte, más y más. Si ella lo pedía tenía que dárselo ¿no? Mi verga dolía pero yo no bajaría el ritmo de mis embestidas.

- Mastúrbate con tus dedos. Le exigí y ella de inmediato como pudo empezó a hacerlo pero apenas porque su cuerpo se movía y movía.

En un momento dado comenzó a estremecerse, sus piernas flaquearon

- Estoy cerca... me vengo... me vengo... Logró articular. En respuesta saqué mi guebo de su interior y tiré de ella abruptamente sobre una silla que se encontraba cerca de nosotros.

- No quiero que te vengas todavía, tienes que venirte mientras me miras, quiero que me veas a los ojos para que grabes en tu mente quien es el que te está haciendo sentir así. Para que me grabes en tu mente siempre. Le expliqué entonces, ya que me miraba confundida y tal vez algo decepcionada de no haber obtenido la liberación que estuvo a punto de llegarle.

- Sobre mí- Dije luego. Ella entendió. Se levantó de la silla y cambiamos de lugar. Me senté en la silla y ella subió sobre mi regazo, sus piernas rodeando mi cintura. Me dio un beso lujurioso mientras pasaba sus manos detrás de mi cuello.

Luego, desesperada como seguramente se sentía se autopenetró. Metió mi pene hasta el fondo en su interior como si quisiera que este formara parte de sus entrañas y con sus manos sujetas a mis hombros empezó a moverse contra mí, a saltar, embestir...

En esta posición podía ver claramente sus tetas rebotando seductoras con cada embestida. En ese momento le saqué su vestido de un solo tirón. Prácticamente se lo arranqué, dejando al descubierto su deliciosa piel oscura.

Mientras ella saltaba y saltaba yo le apretaba las tetas, hundía mi cara entre ellas, apretaba sus nalgas. Lamía por aquí y por allá. Ella gemía y gemía. La vi llegar al clímax, pues tembló, vibró, sus uñas se clavaron con fuerza sobre mi espalda, la expresión de su cara cambió, se mordió con fuerza el labio inferior, tanto que pensé que se haría daño, arqueó su espalda, giró su cuello hacia atrás y cerró los ojos. No sé porque en ese momento ahogó su grito, siento que quería gritar con más fuerza. Fue excitante para mí mirarla acabar de esta forma. Se mantuvo temblando varios segundos y aún cuando el temblor paró tuvo pequeños espasmos.

En este punto sentí mi leche subir también, la visión de aquella mujer sudada llegando al orgasmo hizo que me corriera.

Rápidamente la levanté de mi regazo y le indiqué que se pusiera de rodillas mientras me levantaba de la silla. Mi leche ya estaba goteando cuando eso sucedió. La unté en sus mejillas, la esparcí por su cara mientras le daba golpecitos con mi guebo. Finalmente le dije que abriera la boca, ella lo hizo y limpió lo que quedaba, tragándoselo gustosa.

Este encuentro fue muy rico y placentero. Había encontrado a mí nueva esclava, no tenía dudas ya al respecto. Esta mujer se había mostrado sumisa a mí y habíamos disfrutado de una excelente follada juntos. Sólo tenía que conocerla un poco mejor y sería mía.

Y así fue. Después de ese día nuestros encuentros fueron cada vez más frecuentes y nuestras escapadas para follar más duras e intensas hasta que finalmente nos envolvimos en una relación.

Recuerdo esta relación muy intensa. De hecho lo fue mucho más que mi relación con la mujer florero y Rubí. Lo hacíamos en donde sea que nos provocara. Hacerlo en lugares públicos se volvió un juego cómplice entre nosotros. La emoción de hacer esto es intensa, la adrenalina que sientes hace que el sexo sea más poderoso, que sientas más. Es como si te hiciera consciente más de tus sentidos. Verte descubierto no supone absolutamente ningún problema cuando llegas a este punto. Vale la pena el susto a cambio de tanto placer.

Mi relación con esta mujer fue intensa además porque cada vez tenía más fetiches a la par de que me gustaba hacerlo cada vez más rudo con ella. Llegamos a explorar muchísimo, a ella le encantaba el sexo y resultó ser bastante desinhibida con casi todo.

Antonella lo hacía todo para complacerme y llegaba lejos experimentando conmigo, me gustaba su entrega pero no se terminaba de entregar por completo.

El problema radicaba en que ella no sentía atracción hacía las mujeres ni tenía interés particular en los tríos. Yo debía trabajar sobre eso si quería repetir la experiencia de vivir una relación de trío como una forma de vida o al menos si quería experimentarla con ella. No la forzaría, no la presionaría, pero trataría de trazar un terreno, de tratar de despertar fantasías al respecto de manera sutil.

Con el propósito de irla preparando lentamente la convencí de que frecuentáramos night clubs donde mujeres desnudas o con escasa ropa hacían strip-tease, se besaban y participaban en shows similares.

Estaba consciente de que estos sitios eran los lugares perfectos para despertar el interés de una mujer por vivir la fantasía de un trío. Ver a estas mujeres desnudarse, bailar, besarse, podría hacerla fantasear con que se lo hicieran a ella también. Además había mujeres en estos lugares para todo tipo de gustos.

Ya le había explicado que un trío no afectaría nuestra relación porque efectivamente nunca lo había hecho en mis relaciones anteriores y no me suponía que este caso fuera distinto. Al contrario de lo que muchos piensen, este tipo de relaciones permiten crear un vínculo que otras parejas no llegan a crear. No obstante ella aún no estaba convencida y yo debía probar convencerla lento para no ofuscarla.

Como a ella no pareció disgustarle la primera vez que visitamos estos lugares (night club) comenzamos a frecuentarlos más y más seguido. Bebíamos allí, hablábamos, bailábamos, la pasábamos bien. Íbamos a veces nosotros solos y otras con amigos. Yo por supuesto tocaba a las mujeres del night club delante de Anto, las palpaba, las nalgueaba, les metía mano como podía y la miraba a ella para analizar su expresión. No me reclamaba esto porque nuestra relación era abierta a pesar de todo pero aún no lo suficiente para lo que yo quería.

No obstante a pesar de tocar a estas mujeres delante de Anto a ella no la descuidaba, le daba toda la atención que le podía dar y es que no se trataba de eso. Yo quería demostrarle que no la dejaría a un lado ni pasaría a segundo plano si iniciábamos una relación así. Si la descuidaba no probaría mi punto. Además ¿Por qué descuidarla? Ya tenía una experiencia previa con una relación de tres y jamás descuidé ni a la mujer florero ni a Rubí. Mis mimos, cuidados y placer se los repartía a las dos por igual.

De vuelta a casa cuando salíamos de los night clubs Anto y yo teníamos sexo rudo siempre. A Antonella realmente le gustaba experimentar y disfrutaba complacerme y someterse a mí. Encontraba el placer en ello.

Usaba disfraces, ligeros y accesorios de ese tipo. Se valía de elementos para seducirme y demostrarme que podía ser creativa. A veces incluso llegaba a sorprenderme con algo nuevo que se le ocurría y que me sugería experimentar. Era tan perfecta, solo le faltaba el empujoncito que le convenciera de querer acostarse conmigo y otra mujer a la vez. Estaba convencido de que a ella le encantaría, que disfrutaría cumplirme esta fantasía. Estaría lista para la acción en cualquier momento. Si

163

había aceptado acudir a los night clubs y toleraba verme tocar a otras mujeres lo del trío no sería la gran cosa. Ella lo quería desde el principio solo que no se daba la oportunidad. Al menos es lo que pienso. Yo quería darle la oportunidad de que probara lo delicioso que es una relación entre tres. A veces le hablaba de todo lo que podría pasar en un encuentro de ese tipo, le pedía que me imaginara follándola durísimo mientras una mujer le daba la mamada de su vida o situaciones similares.

Finalmente tomamos la decisión un día tras una noche de sexo muy rico.

Volvíamos a casa luego de beber bastante y pasar una noche divertida. Yo conducía y ella iba sentada en el asiento del copiloto mirando por la ventana de forma distraída.

- Mámamelo- Le exigí entonces. Ella se giró hacia mí y procesó aquello de inmediato ya que no era la primera vez que lo hacíamos.

Se hizo el cabello a un lado, se inclinó hacia mí, bajó el cierre de mi pantalón, sacó mi erección y la engulló en su lengua muy complaciente. Lamía la punta, lamía todo lo largo para volver a engullirlo y succionar. Allí empezó a embestir. Conducir sintiendo este calor sobre tu guebo es lo máximo.

No acabé antes de llegar al apartamento. Cuando llegamos aparqué el auto y nos bajamos deprisa. Necesitábamos tirar.

Estábamos excitados y queríamos llegar de prisa así que la levanté en mis brazos mientras nos besábamos acaloradamente. Ella puso sus piernas alrededor de mí cintura y yo las manos en sus glúteos. Así subimos.

Dentro del apartamento ella me sirvió una bebida, me la entregó, puso música y ya yo sabía lo que significaba, así que me recosté del sofá con la bebida en la mano listo para su pequeño espectáculo erótico.

Llevaba puesto un vestido negro corto que apenas tapaba sus glúteos y accesorios y tacones rojos.

Al ritmo de la música empezó un movimiento sensual con sus caderas. De arriba a abajo, lento. Mientras danzaba se deshizo del vestido dejándolo caer a mis pies. No apartaba la mirada de la mía en ningún momento. Se acercó al sofá para bailar en mi regazo por un momento. La nalgueé cuando se levantó a lo que ella solo se rió. Volvió a quedar frente de mí y sin dejar de mover sensualmente sus caderas se deshizo de su propio brassier y lo arrojó hacia mí.

Se había acostumbrado a hacerme pequeños espectáculos de Strip-tease que me dejaban en trance.

Me levanté y me deshice de la última prenda que le quedaba. Le arranqué su hilo de encaje negro. Ella pareció sorprenderse ante lo salvaje que fui porque por un instante abrió los ojos como platos.

Ahora estaba allí parada frente a mí vistiendo solo tacones rojos, totalmente desnuda. Necesitaba hacerla mía de una vez, esto era demasiado erótico.

La guié hacia el borde del sofá e hice que se inclinara hacia abajo. Su cabeza fue la que vino a reposar en el sofá, su espalda quedó completamente arqueada y sus piernas quedaron hacia arriba.

Me desnudé de la cintura para abajo. La cogí de las piernas, la impulsé un poco más hacia adelante y se lo metí. Mantuvo su mirada en mí y gimió. Esa posición debió resultarle algo incómoda pero a mí no me importaba. Embestí y embestí pero finalmente salí de ella al poco tiempo, me senté en el sofá y le ordené que me montara. Lo hizo deprisa y ágilmente. Ya se encontraba saltando sobre mi pene cuando se me ocurrió cogerla del cuello y apretar. Le robaba el aire, estaba siendo brusco. Su piel comenzó a tornarse un poco roja y pequeñas lágrimas comenzaron a caer.

- No reduzcas la velocidad de las embestidas, salta duro, salta rápido. Le exigí.

Ella obedeció. Se mantuvo saltando, hundiendo una y otra vez su cuca en mi guebo aún con mi mano opresora en su cuello. Las lágrimas no dejaban de resbalar por sus mejillas.

- Dame más duro perra, aguanta, salta rápido. Continuaba y ella parecía sumergida en aquella orden. Creo que se olvidaba que apenas podía respirar, saltaba y saltaba rápido y fuerte sobre mi verga duro y rápido, como si estuviera cabalgando un potro a gran velocidad.

Su cuerpo vibró entonces. No aguantó más y se liberó en su propio orgasmo. Arqueó su espalda hacia atrás y gimió. Solté su cuello para seguir embistiendo yo pero en esa posición era más difícil embestir así que decidí cogérmela en 4.

- Ponte en cuatro ahora- Ordené. Te quiero coger en tus manos y rodillas.

Ella obedeció rápidamente y se puso en cuatro. Su culo al aire, su cara hundida en el sofá, a mi merced completamente.

167

Agarré sus brazos y los mantuve firmemente atrás de su espalda cuando lo metí hasta el fondo.

- Mantén las manos atrás- Le exigí soltando el agarre mientras le daba rudas embestidas. Adelante, atrás, uno, dos, quien sabe cuántas veces... Fueron muchas. Ella soportó las embestidas con las manos hacia atrás como le pedí, como pudo. Tenía los ojos vidriosos y gemía bastante fuerte. Su culo saltaba a mi ritmo.

Mientras embestía no podía dejar de observar aquellas trabajadas nalgas. Las azoté una y otra vez, no pararía de hacerlo hasta llegar al clímax. Aquellas nalgotas revotando me dieron todo el impulso que necesitaba. Acabé finalmente, saqué mi pene de ella rápidamente derramando mi leche en la entrada de su culo el cual luego lamí.

Fue excitante, como siempre fue el sexo con ella.

Después de esta cogida ambos nos limpiamos y luego nos sentamos a hablar tranquilamente. En medio de la conversación surgió el tema del sexo así que hablamos de algunas fantasías que aún no habíamos podido experimentar. Lo hacíamos a menudo y yo siempre aprovechaba para tocar el tema del trío. Siempre me decía algo así como "Ya vienes tú otra vez con eso" o simplemente me decía que no era algo que le interesaba pero esta noche fue diferente. Esta noche aceptó finalmente que experimentáramos el trío.

- ¿Te haría feliz? Preguntó

- Por supuesto que sí. Ya te lo he explicado antes, será divertido para los dos, te encantará. No es solo por mí sino que a ti te encantará también ¿Acaso no confías en mí?- Le dije y ella solo se inclinó hacia adelante y me dio un beso en señal de aprobación.

No estoy seguro de qué cambió esa noche pero creo que ya le había estado haciendo mente a ese asunto del trío antes.

- ¿Cómo encontraremos a alguien para hacer el trío? Me preguntó.

Decidimos que la mejor forma de encontrar a alguien disponible para materializar nuestro trío era a través de los night club. Simplemente seguimos frecuentándolos y así conocimos a una de las chicas que trabajaba en estos lugares. Era de origen Brasileño y haciendo honor a las mujeres de este país tenía un cuerpo bien trabajado y un culo grande y duro, como una piedra. Recuerdo que su culo fue lo que más me impactó de ella. Tras conocerla bebimos juntos, charlamos y luego de hacerle la propuesta, aceptó.

Nos citamos y el día llegó finalmente.

De este encuentro debo resaltar el hecho de que Antonella y la brasileña eran completamente distintas físicamente. La piel de una tan blanca como la nieve y la de la otra oscura como la noche. Ying y Yang. Me resultaba fascinante el hecho de que en un instante podría perderme entre dos pieles tan distintas, entre los encantos de dos mujeres tan diferentes.

Me aseguré de que Anto bebiera antes del encuentro para que así se sintiera más desinhibida. Sabía que en el fondo podría costarle pero solo al principio. Me aseguraría de que se perdiera en el placer y que dejara atrás los vanos prejuicios que no la habían dejado disfrutar de un momento como este hasta ahora.

De todo lo vivido en la relación que llevábamos manteniendo juntos conocía a esta mujer. Sabía lo desenfrenada que podía llegar a ser, lo curiosa que era, lo creativa, lo complaciente. Después de todo el sexo duro y las folladas en lugares públicos con ella parecía incluso extraño que ella no hubiese experimentado esto del trío.

Después de este encuentro ella se daría cuenta de todo el placer que se había perdido hasta ahora. Quería empujarla, quería hacerla competir. Que me mostrara cuan dispuesta estaba por complacerme ante la aparente amenaza de quien ella posiblemente veía como una intrusa para luego enseñarle todo lo que se podía disfrutar tirando entre tres. Me encontraba particularmente excitado ese día y tenía expectativas muy grandes hacia lo que podría suceder.

- Hagan un strip-tease para mí, convénzanme de que les de esto. Dije apretando el bulto en mi pantalón que ya no podía disimular más y mirando a ambas mujeres.

Ellas sonrientes iniciaron un suave vaivén de caderas y pronto la ropa estuvo fuera. Yo me había quitado mi propia ropa y aún sin darme cuenta estaba manipulando mi propio miembro mientras las miraba de arriba hacia abajo. Analizando cada parte de su cuerpo, observando todo lo que me gustaba de ellas.

Ya desnudas se quedaron observándome con deseo, impacientes por iniciar el encuentro. Noté que la brasileña se sintió curiosa de mi guebo pues se le quedó mirando más tiempo del que debería. Sus miradas expectantes me confirmaron lo que por supuesto ya sabía. Estaba a cargo aquí.

- Vengan y chúpenmelo perritas. Les dije haciendo ademán con mi dedo índice apuntando hacia ellas para que se acercaran. Prácticamente corrieron hacia el sofá y se pusieron una al lado de la otra a cada lado de mí para turnarse para chupármelo una y otra vez.

Lamían, engullían, me masturbaban. Estaban esforzándome para darme la mamada de mi vida. Eso era lo que querían, complacer al hombre a cargo, complacerme. Eran mis esclavas allí y en ese instante.

Les dejé que siguieran estimulándome a su ritmo y antojo hasta que quise algo más a mi estilo, más rudo, más violento. Anto era quien me lo estaba mamando en ese momento así que la agarré fuertemente del cabello. La sorprendí porque dio un brinquito. Sin ablandar mi agarre hundí con fuerza su cabeza hacia abajo introduciendo su boca hacia el fondo para que todo mi miembro entrara en ella. Marqué entonces yo así el ritmo de las embestidas, rápido y como me daba la gana. Por supuesto las arcadas comenzaron y las lágrimas se le escaparon de los ojos.

- Chúpasela- Le dije a la brasileña y ella sin dudar se posicionó por detrás de Anto, quien estaba de rodillas ante mí mientras le jodía la boca duramente. Ella separó las nalgas de esta e introdujo su lengua. Vi como le lamía la cuca y la entrada del ano por igual. En esta última se quedaba haciendo pequeños círculos con su lengua.

Aquella mujer era muy desinhibida y desenfrenada, bastante abierta al sexo, se le notaba.

Ya en ese punto sentía como Anto gemía en mi pene pero ella no tenía el control de nada, no podía hacer nada más que disfrutar. Yo la estaba embistiendo con fuerza, haciéndola tragarse todo mi pene y la brasileña se la mamaba con esmero. Ella no podía moverse, ni articular palabra y esos gemidos contra mi pene eran sin duda muy bajitos a los gemidos que seguramente deseaba dejar escapar.

Cuando puso sus manos en mis caderas intentando apartarse paré y le dí un momento para que tomara aire, ella tosió y respiró desesperada, buscando el aire que hace unos instantes le faltaba. Halé entonces su cabello y la lancé en el sofá.

- Abre las piernas- Le exigí y ella, excitada como estaba y sin posibilidad de pensar ni negarse lo hizo. Quedando abierta, hermosa, expuesta... Lucía tan excitada.

- Mantenlas así- Advertí mamándosela porque me provocó muchísimo probar esos jugos que se

173

habían acumulado allí. Me separé entonces y le pedí a la brasileña que continuara ella. Ella pasó por un lado mío, se arrodilló frente a Anto y comenzó a mamársela nuevamente pero también empezó a estimular sus tetas, apretándolas y jugando con los tensos pezones de ella. Anto respondía a estos estímulos. Quizás aún estaba un poco tensa pero respondía bien al contacto con otra mujer. Pude notarlo, ya lo estaba disfrutando.

Me acerqué por detrás a la brasileña para azotarle el culo una, dos, diez veces... Aquello era enviciante, no quería parar, sus nalgas me resultaban encantadoras. Como eran duras como una piedra las golpeaba incluso con más fuerza de lo que lo había llegado a hacer en otras ocasiones. Paré cuando esas nalgas estaban rojas cual cereza debido a la piel blanca y delicada de aquella despampanante mujer.

Ella había soportado todo con apenas uno que otro quejido y nunca dejó de estimular a Anto mientras le azotaba el culo, aunque estaba llorando o al menos sus ojos estaban casi tan rojos como su culito lastimado.

Llegó el momento de avanzar. Las hice adoptar la posición del 69. Anto encima con su boca a la altura de la cuca de la brasileña y esta debajo con su boca en la cuca de Anto. Tal como había experimentado en otras ocasiones se lo metí a Anto y empecé a embestir tan fuerte como quise mientras ellas se comían la cuca de la otra, mientras se saboreaban. Los gemidos se hicieron presentes, fuertes.

- aaaay, aaaay... ricooo- Gritaba Anto sin poder decir realmente palabras coherentes. Lo estaba disfrutando tanto que pensé que seguramente estaría arrepentida de no haberse dado la oportunidad de vivir esto antes-

- Te dije que te iba a gustar perra- Le dije dándole un azote duro en su nalga obteniendo un pequeño sollozo de su parte.

- Canten para mí- Les dije cerrando los ojos para escuchar sus gemidos. Me causaba gracia ver el estado de Anto en este momento para el cual la había estado preparando. Ella se retorcía, lloraba... Estaba experimentando sensaciones nuevas tal como le había prometido que sería. Cuando llegó al orgasmo se sacudió muy fuerte, los temblores no pararon hasta después de varios segundos. Prácticamente vibró.

Era tiempo de metérselo a la brasileña. Ese culo no podía escaparse de mí, tenía que cogérmela en cuatro para apreciarlo más.

La levanté de donde estaba templándole el cabello y la puse contra la pared, su culo expuesto a mí. Así se lo metí. Estaba mojada por lo que fue sencillo.

A Anto por lo pronto le pedí que observara y que se masturbara mientras lo hacía. Desde muchas posiciones podía haberles estado dando placer a las dos pero de esta forma quería que Anto asimilara que ser mi esclava y mantenerme satisfecho y complacido significaba que su le metía el pene a alguien frente a ella para luego sacárselo y darle de beber a ella la semilla resultante de ese polvo tenía que abrir la boca, tomarlo y ya. Se trataba de entrega.

Embestí duro ese culo. Unas cuantas embestidas rudas y sentí el semen impulsarse. Saqué mi pene de la brasileña rápidamente e hice que Anto se pusiera sobre sus rodillas para beber mi esencia en su totalidad.

- Me gusta así, me gustas perra y complaciente- Le dije.

- Dime ¿Qué eres para mí? Le pregunté mientras le daba una cachetada.

- Tú esclava- Respondió rápidamente.

- Dime ¿De quién eres? Pregunté dándole otra cachetada

- Tuya... tuya. Repetía extasiada.

Y este fue solo el principio. La noche continuó con varias rondas más. Aquella noche todos disfrutamos muchísimo.

Después de este encuentro Anto empezó a apreciar por fin las relaciones en trío. Se volvió parte normal de nuestra relación casi tanto como un día lo fue en mi relación con Rubí y la mujer florero aunque no hubo una mujer en específico en este caso que siempre participara en nuestros encuentros de este tipo. Simplemente si conocíamos a alguna chica dispuesta a acostarse con nosotros dos y disfrutar lo tomábamos. En los night club era sencillo encontrar mujeres dispuestas para ello.

Anto se volvió tras esto incluso más abierta de lo que ya era al sexo.

Cierto día Rubí me contactó. Me encontraba descansando en el sofá una tarde sin hacer nada en particular mientras Anto miraba televisión cuando recibí un mensaje de ella. Conversamos brevemente sobre cómo estábamos y qué hacíamos hasta que finalmente me manifestó su intención y deseo de visitarme a la capital.

- Quiero verte. La verdad es que te extraño bastante. Dijo.

- Bueno, yo aquí te recibo si vienes. Me encantaría verte también. Le respondí.

Ella preparó todo lo necesario y se encaminó a la capital. Yo la recibiría cuando llegara. Por supuesto le dije a Anto de todo aquello y pareció emocionarle la idea.

Rubí llegó finalmente, la recogí junto a Anto en el terminal y pasamos un día agradable todos juntos. Fuimos a comer fuera y mientras esperaba que nos sirvieran la comida se me ocurrió revivir un viejo momento de mi antigua relación con la mujer florero y Rubí en aquel lugar.

Sentado en el medio de estas dos mujeres le di un beso corto a Anto para después voltearme y hacer lo mismo con Rubí. Varias miradas se dirigieron a nosotros y yo solo pude reír. Ellas también rieron. Salimos de allí los tres tomados de la mano rumbo a mi apartamento. No podía dejar pasar esa noche sin tirar con ellas. No habría podido dormir noches enteras pensando en lo que me había perdido si lo hubiera hecho.

La noche transcurrió espectacular y yo reviví momentos memorables de mi pasado en Maracaibo.

Me encontraba cogiéndome a Anto por detrás quien estaba apoyada contra la pared de la sala. Estábamos ya desnudos en su totalidad. Anto era un mar de gemidos y ruegos que me pedían más y más. Rubí en ese momento, enteramente desnuda también se posicionó estratégicamente bajo nosotros para mamar mi pene y la totona de Anto desde abajo como solo ella parecía saber hacerlo tan rico, tan especial. No tendría palabras para definir esa rica sensación placentera que me invadía cuando ella hacía eso y me daba placer a lengüetazos mientras me encontraba sumergido en una totona apretada y húmeda.

Gemí fuerte. Después de esto salí de Anto para levantar a Rubí del piso halándola por el cabello y pegarla contra la pared mientras la besaba y le acariciaba apasionadamente las tetas, la espalda, los muslos y el abdomen. Me alternaba en todos estos lugares porque quería sentirla toda. De haber podido hacerlo me habría fundido en esa rica piel. Luego la forcé a voltearse apoyada así en la pared como hace unos instantes me había estado cogiendo a Anto. Le dije a esta última que hiciera lo mismo que Rubí hizo momentos antes.

Que nos mamara por debajo. Así lo hizo y los gemidos volvieron a invadir aquel lugar.

- Tan rico. Decía entre gemidos ante la sensación deliciosa que estaba sintiendo.

- Dame duro, más duro. Me pedía Rubí. Y le di duro con todo lo que tenía. También a Anto le di duro y rico. Sería una noche que no nos íbamos a permitir olvidar. Debíamos hacer que el placer se encargara de aquello.

- Mis esclavas. Gemí sumergiéndome en un profundo sueño cargado de cansancio cuando tuve el último orgasmo de esa noche sobre la cama.

A Anto por supuesto le pedí que escribiera un blog sobre sus experiencias y encuentros sexuales desde que me conoció. Ya le había desnudado el cuerpo y le había ayudado a ser más libre. Ahora quería desnudar su alma. Conocer nuestra historia a través de sus ojos, saber cómo se sentía, justo como con la mujer florero y Rubí.

- No sé si podré expresarme bien. Me confesó ella. Parecía algo dudosa al respecto.

- Claro que sí lo harás. Tan pronto empieces a escribir las palabras saldrán solas. Le dije.

- Bueno... Suena bien, es como una forma de sincerarse completamente así que lo intentaré. Me prometió y nos dimos un corto beso.

No la presioné ni le hablé del tema del blog otra vez. Si la presionaba no surgiría espontáneo y me interesaba esa espontaneidad. Me interesaba que si escribía realmente un blog sobre nosotros lo hiciera expresando la verdad de sus sentimientos y emociones.

Tardó en hacerlo pero cierto día puso una laptop en mis rodillas encendida y abierta en un archivo Word y sin decirme nada se marchó para seguir en sus actividades. Sabía de qué se trataba aunque no me lo hubiese dicho así   que leí el archivo con muchísima atención:

"Complacer a un hombre siempre fue algo que me gustó. Además, consciente de que una relación se daña por la monotonía siempre me sentí libre de experimentar, innovar. Dejar fluir la creatividad a la hora del sexo no sólo para satisfacer a quien fuera mi pareja sino también para satisfacerme a mí. Me gusta coquetear. Si puedo hacer que un hombre me mire como un caramelo me siento realmente satisfecha. Por eso lo de usar ligeros, meterme en roles, disfraces... Estos elementos me ayudan a sentirme coqueta y siempre me funcionaron. Me siento feliz porque sé que a ti te gusta todo eso también y pude complacerte".

"El sexo me gusta, claro, creo que es algo que a todos nos gusta pero no todos le dan la importancia que se merece. Para mí si es importante y lo ha sido siempre. Cuando te conocí ese día en nuestra primera cita la pasamos muy bien, bailamos y yo solo podía pensar en que me tomaras duro por la cintura y me dieras duro. Ya estaba anticipando el encuentro antes de que llegáramos a tu apartamento. Estaba más que dispuesta a hacerlo como tantas veces pero me sorprendió todo lo que pasó. Cuando lo hacíamos y te diste cuenta de que nos miraban pero aún así no paraste me sentí especial. Como la protagonista de una novela o algo así. Eso me excitó más, jamás alguien me había follado mientras alguien miraba. Creo que fue muy erótico e incluso bonito. Fue tan erótico que no pude decir no las otras veces que lo hicimos en sitios públicos. Se volvió como un vicio que me dio mucho placer y felicidad compartir contigo".

"Me sentí siempre desinhibida pero nunca en los niveles que me mostraste que podía llegar a ser. Hacerlo en la calle, en lugares públicos, hacerlo rudo, compartir el sexo con un tercero. Estas experiencias me ayudaron a conocerme a mí misma. Pensé que era libre antes pero no lo era. Ahora lo soy, después de ti. Nadie antes me había empujado a vivir experiencias como estas. Hiciste surgir una parte de mí que estaba escondida".

"Rudo, placentero. Así debería ser el sexo siempre. Ese día cuando me tomaste por primera vez me di cuenta de que tus necesidades eran bastante demandantes pero no estaba asustada, estaba dispuesta a complacerlas porque eso me daba también placer a mí. No creo que vuelva a ver el sexo de otra forma ahora. Necesito la rudeza, necesito la inflexibilidad y necesito la adrenalina para sentir que disfruto al máximo. Conocerte fue lo mejor que me pudo haber pasado. Al principio en nuestra primera cita llegué a pensar que solo serías otro hombre más y ya, pero nada más alejado de la realidad. Eres el que me marcó el alma de por vida. Me diste lo que yo necesitaba incluso cuando yo no sabía que lo necesitaba. Seré siempre tuya, tu esclava. Te complaceré cuando lo desees porque eso también me complace a mí, me hace tan feliz. Siempre que pase por los lugares en donde tuvimos sexo tan desenfrenado volveré a revivir esos momentos preciosos en los que mi mente se olvidaba de todo y sentía solo placer, en los que mi cuerpo sentía tanto que me hacía creer que me iba a reventar, en los que quería gritar. Espero poder gritar siempre tu nombre".

"Algo que siento que debería confesar es el hecho de que lo del trío sí había formado parte de mis fantasías en algún momento. No tenía realmente un problema con experimentar esta experiencia pero no quería que las cosas entre tú y yo acabaran tan pronto y sentí que una mujer extra de esa forma en nuestra vida haría que me dejarás a un lado. También de esa experiencia me enseñaste que es posible disfrutar mucho de esa forma sin dañar una relación. Lástima que la mayoría de las personas no lo vean así. Si lo hicieran se acabarían los problemas de pareja jajaja".

"Te dije que tal vez no podría escribir lo del blog y mira cuanto me he excedido. Sólo puedo finalizar con la promesa de que siempre estarás grabado en lo más profundo de mi mente y corazón como un ser muy especial. Mi guía"

Tras leer este escrito cerré la laptop y me quedé reflexionando por un rato largo porque comencé a hacer comparaciones entre lo que escribió Anto y lo que escribieron en su momento la mujer florero, Rubí e incluso la cuñada de la mujer florero.

Pude darme cuenta de que de una u otra forma ellas me habían admitido que les había ayudado a conocer de lo que eran capaces, había desenmarañado sus fantasías, las había hecho realidad aún cuando ellas mismas habían sido incrédulas al respecto. Habían llegado a pensar que esas fantasías morirían en su imaginación como mueren las fantasías de la mayoría de las personas. Ya en este punto yo no podía negar que sí me sentía responsable de guiarlas por ese camino del placer que parecían tan felices de haber descubierto. De alguna forma sí les había guiado pues yo estaba muy abierto a experimentar y siempre las empujaba a hacerlo conmigo y ellas se habían mostrado más que dispuestas a que les guiara por ese camino.

Controlar, dirigir, guiar, dominar... Era eso lo que más me excitaba en el mundo y al parecer, me ayudaba a trazar un rumbo para que aquellas personas que disfrutaban ser controladas, dirigidas, guiadas y dominadas, aquellas a las cuales esto les excitaba, aquellas para las cuales la entrega lo era todo pudieran conocerse y aceptarse más allá de todo prejuicio. Para que pudieran dejarse llevar y entregarse a sus más bajos instintos. Pensar en esto me gustaba

¿Realmente había ayudado a las mujeres qué habían estado conmigo a alcanzar una felicidad plena? Eso era algo en lo que pensaba constantemente.

Moza

Un día cualquiera me aburría en mi apartamento, así que decidí navegar por internet un rato para despejar la mente. Estando en ello conocí a una chica para mi suerte. Platicamos por bastante rato y además de sentir que tuvimos cierta química por el desenlace de la conversación me pareció realmente bella por la foto que mostraba pública en su perfil del chat.

Parecía bastante joven, incluso aniñada. Su rostro era terso y radiante, su mirada se percibía profunda, sus ojos eran azules y penetrantes, su piel blanquecina y su cabello amarillo y sedoso. Una catira buenísima que además parecía tener una sonrisa muy tierna.

Tan pronto vi su foto me dieron unas ganas tremendas de conocerla en persona y por supuesto, de comérmela si tenía la oportunidad. Despertaba fácilmente en mí mi lado lascivo.

Me dijo que vivía en Punto fijo, estado Falcón. Retirado de donde vivía pero eso no sería un impedimento. Me aseguré de mantener el contacto con ella y tan pronto tuve unos días libres planifiqué un viaje para conocerla. Estaba dispuesto a viajar lejos con tal de ver de frente esos bellos ojos y perderme en ellos de ser posible.

Al llegar a Punto Fijo alquilé una habitación en un hotel y fui a buscarla para pasar el día juntos como ya lo habíamos acordado previamente. Paseamos, reímos, todo fluyó muy bien. Compartimos un día realmente agradable y ella me agradaba de verdad.

Comprobé en persona su belleza. Su personalidad por su parte me resultó tímida, nerviosa, tal vez debido a que venía de una familia de escasos recursos, lo que me había confesado pero era una ternura andante, suave, delicada, alegre. Realmente me ponía deseoso.

Ya terminada la tarde le ofrecí acompañarme a la habitación del hotel que alquilé y ella accedió con una sonrisa marcando su terso rostro.

- No he tenido suficiente de ti, así que claro que quiero acompañarte. Dijo.

Por supuesto no pensaba perderme la oportunidad para cogérmela después de tanto tiempo de esperar por conocerla. Ella sabía lo que pasaría pero también lo quería. Follamos. De nuestro primer encuentro no tendría más que resaltar que el hecho de que esta mujer parecía inexperta o tal vez estaba algo nerviosa y el de que se mostró bastante sumisa y complaciente conmigo.

La hice mía como quise. Probando el sabor de su cuerpo y su esencia por la forma en cómo gemía supe que le encantó. Esos gemidos prec osos se mantienen grabados en mi memoria. Me sorprendió descubrir de su piel desnuda un tatuaje ubicado por su cintura. Lucía hermoso en su piel delicada así que lo lamí, lo toqué, lo palpé.

Tuvimos un encuentro de sexo duro, claro está, porque es la forma en que me hacía sentir pleno. Además ella era como un pequeño conejito en las fauces de un lobo hambriento por lo que no podía ser de otra forma.

Como su piel era tan blanca quedaba marcada de rojo intenso con apenas un apretón o una nalgada. La nalgueé para que la marca de mi mano quedara en sus nalgas y así fue. La penetré mientras veía maravillado como su carita se tornaba roja también en una mezcla quizás de algo de timidez o nerviosismo con el placer que estaba sintiendo. Lágrimas resbalaban por sus mejillas mientras la embestía. Ella estaba sobre mi regazo y trataba de saltar sobre mi verga pero lo hacía a un ritmo suave y yo como necesitaba más que eso empecé a forzarla con mi agarre a que siguiera el ritmo que quería.

Se mordía los labios y los relamía de vez en cuando. Se sostenía con sus manos a mis hombros, más que eso se aferraba a ellos. En el momento en que sintió el clímax llegar a ella apretó con tanta fuerza sus manos que me dejó la marca de sus uñas.

Quería cogermela por todos los agujeros donde me fuera posible así que metí también mi verga en su boca e hice que se la tragara. Su cara estaba más roja y sus lágrimas se tornaron más grandes cuando esto sucedió. Su boquita perecía ser muy pequeña para mi verga pero no lo fue. Ella se lo tragó como buena niña y acabé en su boca. Nunca olvidaré esos ojitos vidriosos mientras embestía con su boca mi verga una y otra vez.

Después del sexo conversamos un rato, pegostosos y sudorosos abrazados en la cama, arropados entre sábanas y muy juntos. Yo quería seguir sintiendo la calidez de su piel toda la noche pero me dijo que tenía que irse así que sin muchos ánimos tuve que luego llevarla hasta su casa. A la mañana siguiente partía de nuevo hacia Caracas por lo que sentí que no tuve suficiente de ella, quería más.

Para mi sorpresa llegó para despedirse y me trajo algo para que desayunáramos juntos antes de que me fuera.

-Espero que vuelvas- Me dijo dándome un suave beso.

Sólo debemos mantenernos en contacto - Le dije yo-.

Como era de esperarse ese fue solo nuestro primer encuentro. Después de ese viaje regresé a Caracas para continuar con mi vida allí, mi trabajo, Antonella... pero no significó que perdiera el contacto con esta chica de Falcón. Como lo habíamos acordado mantuvimos el contacto y conversábamos mucho por chat. De hecho, comenzamos a chatear con mayor frecuencia y de alguna forma la terminé convirtiendo en mi "mujer de viajes" al principio sin darme cuenta.

El paracaidismo es uno de mis grandes hobbies. Cada vez que tenía tiempo disponible viajaba a algún lugar donde pudiera practicar este deporte extremo y emocionante. Me gusta sentirme libre y aparte de follar, volar por los cielos sintiendo como la brisa acaricia mi cara y observando todo desde lo alto, también me ayuda a sentirme así, libre.

En estos viajes solía llevarme con frecuencia a esta mujer de acompañante. Para entendidos la llamaré de ahora en adelante "Moza" haciendo referencia a la jovialidad que la caracterizaba y con la cual la recuerdo tanto.

Como viajaba con frecuencia nuestra relación empezó a tornarse más cercana cada vez y por supuesto, más íntima y caliente.

Tuvimos sexo en distintos lugares y de diferentes maneras pero si hay algo que debo de resaltar de mi relación con ella, algo que me marcó fue que esta fue la primera mujer a la que oriné. La lluvia dorada, así se llama esta práctica. Consiste simplemente en obtener placer sexual al ser orinado u orinar a la persona con la cual te encuentras manteniendo un encuentro sexual.

En el momento en que esto ocurrió no recuerdo si sabía de la denominación de tal fetiche. De hecho creo que no, pero todo fluyó por instinto, no por conocimiento. La anécdota de este encuentro fue así:

Habíamos compartido juntos un día relajado, nos encontrábamos en la habitación de un hotel que había alquilado para la ocasión, en alguna ciudad, lejos de todo lo que consideraba cotidiano. No había terminado de cerrar la puerta de la habitación cuando ya estábamos sumidos en un profundo y húmedo beso. Ella tenía las manos puestas en mi cuello pero las bajó hacia la parte media de mi pantalón, palpando mi ansiosa erección. Sentí de inmediato como una descarga eléctrica recorría todo mi cuerpo.

La hice retroceder entonces poco a poco hacia la cama sin cortar el beso y ya al borde de ella la empujé sobre esta, haciéndola rebotar en ella. Me fijé instantáneamente en cómo sus tetas redonditas y bonitas rebotaban también sobre la cama. Ella solo me miraba en ese instante, como ansiosa. Sus ojitos estaban dilatados y vidriosos.

Me subí a la cama gateando para atraparla de nuevo entre mis brazos y saborear su boca nuevamente. Metí mis manos en el interior de la blusa de tirantes que usaba y palpé sus tetas. Ante el gemido que escapó de sus labios carnosos las estrujé esta vez con fuerza y deseo. Gimió más fuerte y me pidió más, como desesperada. Quería que le hiciera lo que quisiera, quería que la llevara a la cima del placer donde ya la había conducido en tantas otras ocasiones. Su cuerpo me lo estaba demostrando con sus reacciones.

Ella era complaciente y sumisa. Le encantaba que tuviéramos sexo todo el tiempo y caía rendida ante mi contacto. Siempre quería más y yo también. En ese momento sentía que nunca podría tener suficiente de ese cuerpito bien esculpido y esa melodiosa voz que cantaba con gemidos bajitos.

Mi mente estaba en blanco en ese instante, solo me importaba allí y en ese lugar poseerla de todas las formas que me resultaran posibles. Quería entrar en ella y embestirla hasta casi partirla.

Con la poca paciencia que tenía en ese momento y las pocas ganas de contenerme desabroché su pantalón para prácticamente arrancárselo y dejar al desnudo sus piernas delgadas y albinas. Ella como pudo se alzó un poco y desabotonó mi pantalón, bajando también el cierre de este. Yo mientras tanto bajé despacio el hilo de encaje que cubría aún su fruta prohibida, su deliciosa cuca y metí mi lengua entera allí, penetrándola con esta. Su humedad me confirmó lo excitada que se encontraba aunque el resto de su cuerpo ya me daba signos de ello, especialmente el hecho de que instintivamente empujaba sus caderas hacía mí como si esperara que la penetrara de una vez; parecía impaciente por ello. También relamía sus labios como si su boca se hiciera agua.

- Así me gusta... tan bella, tan necesitada- Le susurré arrojándome hacia su cuello para besarlo, lamerlo, succionarlo y morderlo. Sus jadeos se intensificaron.

- Termina de desvestirte- Le dije para luego separarme un poco de ella con el propósito de bajarme el pantalón y el interior, que aún me cubrían. Mientras lo hacía ella se deshacía de su blusa e intentaba desprenderse del sostén. Como terminé primero de desvestirme me arrojé hacia ella y me deshice del molesto sostén de forma brusca, tal vez incluso lo dañé pero no me importaba porque el premio fue descubrir a mi vista esas redondas tetitas cubiertas con pezones esbeltos y deliciosos que ya en ese punto estaban duros.

Jugueteé con los pezones a sabiendas de lo sensibles que son las mujeres en esta zona. Eran rosados y delicados. Estaba tan excitado que también los mordí. Lo hice con fuerza. Ella gimió de dolor y placer. Luego besé sus tetas y las lamí para continuar lamiendo por todo el camino de la piel hasta llegar a su abdomen.

Ella intentó llevar su mano hacia mi erección pero esa noche se me antojaba darle tanto placer que me rogara para que me la follara todo lo duro que se me antojara. Quería hacerla gritar mi nombre, enloquecerla... así que tomé con una de mis manos sus muñecas, las coloqué por atrás de su cabeza, hacia arriba y presioné para que no pudiera liberarse. Mientras tanto con la otra mano comencé a masturbarla a ritmo rápido y agresivo deleitándome de mirar cómo se retorcía de placer.

- ¿Quieres que te lo meta?- Pregunté soltando el agarre de sus muñecas y dejando de masturbarla para volver a jugar con sus pezones y pellizcarlos. Ella no respondió, solo se estremeció y gimió. En sus muñecas había quedado la marca de mi agarre. Su piel realmente era muy delicada.

- ¿Qué si quieres que te lo meta?- Pregunté nuevamente apretando esta vez sus tetas con fuerza y besando su cuello.

- Sí... métemelo, métemelo, quiero sentirlo todo dentro de mí. Pidió mientras le mordía el lóbulo de su oreja esta vez. Para ese instante creo que estaba pérdida entre sensaciones, que no podía contestar con claridad, se le dificultaba mucho.

- ¿De verdad lo quieres?- Dije sonriendo divertido para luego volver a succionar la piel de su cuello, dirigir mi mano a su cuca y empezar a masturbarla de nuevo muy rápido. Estimulando su clítoris.

- Sí... aah... Por favor.... Dijo entre gemidos. No podía parar de gemir, lo hacía cada vez más rápido y su respiración comenzó a acelerarse. Además arqueó su espalda.

Aquello era todo lo que necesitaba escuchar. La cogí de los tobillos, levantando sus piernas hacia mis hombros con brusquedad. Ella, sin más opción tuvo que apoyar las manos en la cama haciendo fuerza y sosteniéndose para no caer. Me miraba ansiosa.

Metí mi guebo de una estocada en su cuca y empecé a embestir rápido, fuerte... incluso violento. Había esperado un poco por penetrarla y ahora me encontraba en una especie de frenesí, no podía ni quería reprimir mis ganas de follarla duro.

- Así... Así... Ahhh- Me pedía ella entre gemidos. Podía sentir que cada vez se excitaba más porque cada vez la sentía más húmeda y cálida en su interior,

Aumenté el ritmo de las embestidas y ella el volumen de sus gemidos. Podía ver sus tetas saltando, sus ojos lagrimeando, las gotas de sudor bañando su precioso cuerpo... Después de un tiempo paré, me levanté de la cama y halándola de su cabello tiré de ella para ponerla contra la pared, dándome el culo. Me metí en ella de nuevo y las estocadas rápidas siguieron. Ahora podía ver sus nalgas bailar al ritmo de mis embestidas.

Ella era bastante delgada así que se me ocurrió levantarla y lo hice sin sacar mi palo ella. La tomé de la cintura y la elevé.

- Sostente las piernas- Le dije con voz imperativa y ella de alguna forma logró hacerlo. En esta posición la levantaba y bajaba sobre mi miembro hasta que ella tembló con ímpetu y dijo mi nombre con dificultad. Supe que había alcanzado el clímax.

Cuando sus temblores cesaron la puse en el piso, tiré de nuevo de su cabello y la conduje así hasta el baño. Se me antojaba hacerlo dentro de la ducha. Aquello en mi mente resultaba realmente caliente.

Abrí la tina y el agua caliente comenzó a descender en nuestros cuerpos, refrescándolos pero sin disminuir nuestra excitación. Nos fundimos en un beso profundo bajo el poderoso efecto de aquellas gotas relajantes y un humo denso que comenzó a surgir de ellas.

Luego la empujé contra la pared del baño y allí entre esas lozas se lo metí y la embestí aún más rudo que hace un momento. La empotré en ese lugar hasta que me sentí venir. Entonces salí de ella y la hice arrodillarse.

Cerré la tina, masturbé mi miembro un poco ante su mirada, que no ocultaba las ganas de tragarse toda mi leche y cuando el semen salió lo dirigí a su boca y ella lo tragó mientras las gotas de agua aún resbalaban por su rostro, cabello y cuerpo. Otra buena parte de mi semen la unté en su rostro, incluso en sus ojos, los cuales cerró.

- ¿Así te gusta verdad que sí putita?- Le dije mientras hacía aquello y ella asintió.

En ese instante, al verla allí de rodillas, con sus ojitos cerrados y cubierta de mi semen despertó en mí un lado animal que todos tenemos, esa parte de nosotros que actúa solo a base de los instintos más básicos.

Resulta que cuando entramos a la habitación yo tenía bastantes ganas de orinar porque había bebido pero como tan pronto entramos a la habitación comenzamos a tirar dejé de lado por completo esta necesidad básica para satisfacer mi lujuria. Ahora que había acabado las ganas de orinar me invadieron de nuevo y surgió en mí el deseo de orinar a la "Moza", era como marcarla mía, como ya era, mi esclava complaciente, como hacen los animales que impregnan los lugares con su orina para marcar su territorio. Así me sentí en ese momento, como un animal que quería marcar algo como suyo.

No me contuve estas ganas o este deseo y lo hice, la oriné, dejándome llevar por lo que sentía y aquello me excitó, lo sentí un momento muy íntimo. El ver que lo aceptaba sin más me excitó aún más ¿Tan entregada estaba que podría hacer lo que quisiera y ella aceptaría complaciente? Sabía que sí. A ambos nos gustaba así y esa era prácticamente la energía que impregnaba todas mis relaciones.

Más tarde ya limpios y relajados conversamos sobre lo sucedido y me dijo, sentada en mí regazo que le encantó para después abrazarme y esconder su cabeza sobre mi cuello. Como si aquello le diera vergüenza- Había aflorado en mí otro fetiche que formaría parte de mi placer sexual en otras ocasiones.

- A mí también me gustó mucho. Eres mía. Le dije suave y cuando ella descubrió su rostro para mirarme la besé profundamente, comiéndome su boca e impregnándome de su cálido y delicioso aliento.

Moza y yo seguimos en contacto después de ese viaje y tuvimos más encuentros, más viajes... practicamos más y más poses para tirar y nuestra relación iba en sí bastante bien. Ella me gustaba mucho, era muy complaciente y fuera de la parte sexual era una chica con pocos conocimientos que tenía muchas ganas de aprender y se apoyaba en mí para aprender sobre muchas cosas. Me gustaba enseñarle, ver como superaba sus límites y también me gustaba ver su cara de felicidad cada vez que aprendía algo de mí. Esto me gustaba tanto como verla ruborizada, retorciéndose y gimiendo.

Todo iba bien hasta que cierto día, practicando paracaidismo sufrí una fractura de fémur. El dolor era insoportable. Tuvieron que llamar a una ambulancia para trasladarme y Anto, que estaba conmigo en ese momento me acompañó en la ambulancia hasta el hospital al que me llevaron para atender mi lesión. Para mi pesar me ingresaron allí por algunos días. Yo realmente no quería quedarme pero no tenía opción si quería mejorar.

Moza supo sobre mi accidente porque lo conversamos por chat en un momento en el que me aburría.

Por supuesto Anto estuvo cuidando de mí en esta situación en todo momento. Ella me atendió, me dio las medicinas, habló con el doctor, me habló con palabras dulces para que estuviera tranquilo... Seguía siendo mi pareja en este momento así que realmente me atendió con mucho esmero haciendo que mi estancia en ese lugar fuera más fácil de sobrellevar.

Moza vivía retirada de Caracas, como ya bien he explicado, así que en mi mente estaba la convicción de que ella no podría atenderme como Anto lo hacía en aquel momento.

- Estoy realmente aburrido aquí- Le confesé a Anto en un momento dado allí, prácticamente postrado en la infernal camilla del hospital porque no podía moverme mucho. La pierna ya no me dolía a horrores en ese momento porque estaba sedado y tranquilo.

- No te preocupes amor, yo estoy aquí contigo. Me aseguró dulcemente- Me aseguraré de que no estés tan aburrido. Agregó en ademán insinuante para después subirse en la camilla y sobre mí con extremo cuidado de no lastimarme pero sin ningún reparo en detenerse a pensar que alguien podría entrar en ese momento y vernos.

En esa posición comenzó a besarme apasionadamente. Yo estaba algo sorprendido de su acción pero aún así apreté sus nalgas y me dejé llevar por el beso. Fue demasiado excitante este momento pero no hicimos nada más porque aún era temprano y no había acabado la hora de visita por lo que en cualquier momento seríamos interrumpidos. No obstante aún sin hablar de ello nos mantuvimos expectantes a la llegada de la noche, donde seguramente podríamos hacer algo más que besarnos en aquel cuarto de hospital sin tanto riesgo a ser descubiertos.

Efectivamente al caer la noche Anto volvió a subirse sobre mí en la camilla esta vez completamente desnuda. Se había desnudado lentamente frente a mí haciendo movimientos de cadera lentos, sensuales e insinuantes para calentarme.

Luego al subirse sobre mí me besó profundamente y con deseo de nuevo pero asegurándose de mover suavemente sus caderas sobre mi guebo creando una fricción que por supuesto lo animó y levantó. Ella continuó con esto acariciando mi cuerpo, besando mi cuello y dejando otros besos más por donde podía.

- Empálate en mí. Házmelo rico como la perra que eres, hazme olvidar que estoy en este tedioso lugar. Le susurré en el oído en el clímax de mi excitación. Deseaba tanto cogérmela todo lo duro que pudiera pero no podía en ese momento, mi pierna no estaba bien y simplemente no podía moverla mucho, era imposible.

Ella no se hizo de esperar ante mis palabras, sonrió, liberó mi miembro ya erecto por el hecho de tener sobre mí aquel cálido cuerpo clamando por tenerme y ella misma se autopenetró hasta el fondo a sabiendas de que estaba totalmente húmeda. Comenzó a embestir con fuerza pero sin olvidar que debía tener cuidado de no lastimarme.

Fue glorioso, no tuve que hacer nada ese día más que apretar sus ricas tetas, jugar con sus pezones, apretujar y nalguear sus nalgas siempre tratando de no hacer mucho ruido y por último dejar que el placer me abrumara gracias a las atenciones que estaba recibiendo de aquella preciosa mujer que tanto me había entregado de ella misma con el único propósito de hacerme feliz porque aquello le hacía sentir plena, como siempre solía decirme.

Ahora bien, en este punto debo resaltar que por alguna extraña razón que vine descubriendo después pero que en ese momento no me explicaba del todo, Moza se distanció en trato conmigo. Resultó que la chica había ido a visitarme por mi lesión al hospital durante la tarde, sin decirme nada porque quería darme una sorpresa sólo para llevarse la sorpresa ella de observar, apenas abrió la puerta de mi habitación sigilosamente como Anto me besaba. Impresionada ante esta imagen pues ella nunca me había visto con otra mujer se marchó sin dejarme saber de su presencia. Algo que me confesaría más tarde porque como comprobarán en líneas subsiguientes, por azares de la vida ella volvió a estar conmigo y siguió formando parte importante de mi historia personal.

El tiempo fue transcurriendo entonces después de esto, salí del hospital, mejoré poco a poco con mis terapias y con los cuidados de Antonella y seguí mi vida normal.

La Colombiana

Se me presentó entonces en un momento dado la oportunidad de viajar a otro país, Colombia, el país vecino de Venezuela. Allí fue donde conocí a otra mujer emblemática en mi vida, otra de mis sumisas a quien llamaré "Chon mami" ya que era el apodo que le tenía pues ella solía llamarme "Chon papi" de manera cariñosa.

Ella era de origen colombiano por supuesto, la conocí en la ciudad de Barranquilla durante este viaje.

Este viaje a Colombia lo hice con un amigo. Una noche planificamos salir a beber unos tragos para divertirnos. Una amiga en común nos acompañaría y esta fue la que invitó a "Chon mami" y nos la presentó a ambos. Una mujer preciosa de piel bronceada que de inmediato captó mi atención.

Esa noche transcurrió divertida; todos reíamos y bromeábamos. La colombiana por su parte coqueteaba abiertamente conmigo y en un momento dado me besó, así sin más. Fue un beso cargado de deseo en el que no hubo vacilación o timidez. Me tomó un poco desprevenido ya que yo suelo ser el que tomo la iniciativa pero lejos de desagradarme o algo la iniciativa de esta mujer logró ponerme realmente duro y contento. Correspondí el beso por supuesto y aproveché para sentirla, tocando y acariciando cuanto pude para provocar más deseo en ella. Quería hacer que si ya me deseaba me deseara aún más.

Nos pusimos de acuerdo entre todos para salir a dar un paseo al día siguiente y así, alquilamos una casa en la playa. Pasamos un día realmente agradable entre tragos, música, sol, mar y arena.

Poco pude disimular el deseo que sentía por esta mujer a sabiendas de que seguramente me la cogería al anochecer. Por supuesto, el pequeño traje de baño que usaba, el cual no daba lugar a la imaginación en lo que a su cuerpo respectaba y que me dejaba apreciar todas sus curvas lejos me ayudaría a disimular. Pero es que esto no era necesario tampoco. Aquella mujer estaba interesada en mí, se le notaba, rozaba mi verga cada vez que tenía la oportunidad, tocaba mi pecho o mis manos al hablar y además, la noche anterior me había besado. Yo sólo podía ser receptivo con ella porque también me gustó muchísimo.

Llegó la noche, volvimos a la casa rentada y esta mujer y yo ya sabíamos que dormiríamos juntos y lo que ocurriría aún sin haberlo discutido.

Antes de entrar siquiera a la habitación que nos correspondía ya yo estaba apretando sus nalgas casi posesivamente y ella me estaba besando con mucho afán.

- Méteme la mondá hasta el fondo- Dijo ella refiriéndose a mi verga cuando ya estuvimos dentro, incapaz de contener el deseo que estaba sintiendo y demostrándome con esas simples palabras lo ansiosa que estaba de que le diera placer. Seguramente había estado fantaseando con este momento y por eso parecía no poder esperar un segundo más. Yo realmente también había fantaseado con ello desde el mismo momento en que me besó la noche anterior.

- Me pones realmente duro, me excitas mucho. Le dije al oído y ella respondió que yo tenía ese mismo efecto en ella.

- Te voy a coger con todo para que nunca te olvides de mí. Le dije sonriendo para después tomarla de la cintura y atraerla a mi cuerpo para sentir su piel cálida, suave y sudorosa. Así nos sumimos en un beso largo, húmedo y lascivo. Me la estaba cogiendo ya por la boca prácticamente porque no dejé un solo sitio sin explorar con mi lengua intrusa y mientras lo hacía la fui desvistiendo con rapidez para poder palpar cuanto antes su piel desnuda la cual puedo jurar, estaba caliente. Tal vez lo estaba por la exposición al sol en la playa pero yo no se lo atribuyo a eso, estoy seguro de que su temperatura se debía a la calentura y el deseo que la sacudían.

Esta mujer era impetuosa y apasionada, por eso además de corresponderme el beso con la misma pasión con la cual yo estaba explorando su boca y sus labios ella también aprovechó para deshacerse de mi ropa, tocar y apretar mis muslos, mis nalgas, mis hombros, mi abdomen y finalmente mi erección, dura como una roca, venosa, necesitada también. Sentir su toque sobre mí en ese momento fue como el cielo. Recuerdo la sensación que recorrió todo mi cuerpo, como una descarga eléctrica.

- Tienes la verga grandísima- Dijo divertida cuando la separé de mis labios para sentarla al borde de la cama.

- ¿La quieres probar?, Pruébala- Le dije acercando mi guebo a su boca y ella no necesitó ninguna otra invitación. Casi frenética metió mi pene en su boca, lo engulló, lo envolvió con su aliento cálido y lo llenó con su saliva mientras movía su cabeza con rapidez para embestirlo. También lo tomó de la parte baja y comenzó a masturbarlo. Su pequeña boquita hermosa se veía aún más hermosa mientras se comía mi palo con lujuria manteniendo en todo momento contacto visual conmigo mostrándome sus ojos vidriosos, no queriendo ocultarme su lujuria.

Cerré los ojos en un momento para dejar que mi cabeza flotara con el placer que sentía hasta que me vencieron las ganas de penetrarla y embestirla con toda la violencia que mi cuerpo demandaba. Entonces la cogí del cabello y la separé de mi pene bruscamente.

- Ponte en cuatro. Sobre tus manos y rodillas mi putita- Le exigí con la voz ronca de excitación y su cara realmente cerca de la mía.

En ese momento quería cogérmela toda la noche en todas las posiciones que fueran posibles, quería correrme en su boca y luego correrme de nuevo para esparcir mi semilla por todo su cuerpo, quería que se corriera muchas veces para que no olvidara ese momento jamás y estaba más que dispuesto a hacerlo.

En cuatro me pareció una buena forma de comenzar porque así podía cogérmela mientras apreciaba sus nalgas pomposas bailar.

Ella rápidamente se subió sobre la cama y se puso en posición. Ver sus nalguitas levantadas a mi disposición me inundó de un deseo ardiente por nalguearla y así lo hice. La nalgueé tan fuerte que incluso a mí me dolieron las manos, la nalgueé una y otra vez jactándome de sus grititos, de sus gemidos, de lo roja que se iba tornando su piel que indicaban que en ese momento era mía y solo mía. La nalgueé como un amo que castiga a un esclavo merecidamente por haber desobedecido. Estaba incluso algo fuera de mí, no podía soportar ese deseo ardiente de nalguearla todo lo duro que pudiera, de marcar ese culito.

Aunque desde esa posición no podía ver su cara sabía que seguramente se le escapaban pequeñas lágrimas. Supuse que tendría la boca al menos ligeramente abierta por lo acelerada que se sentía su respiración, tal vez se escapaba de su boca algún hilo de saliva mientras gemía y gemía sin parar, el sudor también recorría su cuerpo lentamente ¿Serían nervios? No importaba, yo no podía pensar.

Cuando estuve satisfecho dirigí mi mano a su cuca, estaba dilatada, húmeda. Perfecto, seguía excitada y lo estaba quizás incluso aún más que antes. Comencé a estimular su clítoris y cuando sus gemidos se hicieron más sonoros sin esperar más me metí dentro de ella gimiendo grueso por la calidez y lo apretado que sentí mi palo en su interior. Comencé a embestir en un vaivén agresivo mientras apretaba sus tetas que rebotaban al ritmo de mis embestidas.

- Ayyyy, Ahhhh- Gemía ella sin parar.

Luego hice un poco de presión sobre su espalda para darle a entender que se agachara completamente sobre su estómago. Lo hizo. Posicioné así mi peso sobre ella y mi verga se hundió aún más adentro, aún más profundo. Quería enterrársela completa.

- ¡Hijo e'puta! -exclamó al sentir mi palo completo dentro de ella. Era su forma de expresar que le volvía loca lo que estaba sintiendo. Embestí nuevamente, rápido, duro, completamente extasiado...

- Más duro, más duro... Me pedía ella casi rogando que la partiera. La cogí del cabello bruscamente y seguí embistiendo sin descanso hasta que acabamos juntos. Saqué mi miembro y dejé que mi semilla resbalara por sus muslos mientras sentía sus espasmos bajo mi peso, ella temblaba, vibraba y seguía gimiendo.

Esa sería la primera ronda de esa noche. Follamos después y seguimos follando hasta caer rendidos en los brazos de Morfeo. Su piel sudorosa entre mis brazos. Aquello sería inolvidable. Me dije a mí mismo y así fue. Tanto así que me encuentro inmortalizándolo en este escrito.

Esta sería también nuestra primera vez tirando pero en lo que restó de mi estancia en ese país continuamos saliendo y cogiendo cada vez que teníamos oportunidad: Cogimos en la habitación del hotel donde me hospedaba, en el baño de alguno que otro restaurant, en el carro que había alquilado para movilizarme por el lugar, en su casa, en cualquier parte en donde se presentara la ocasión. Era algo adictivo y ella era algo ninfómana para mi suerte, porque yo no quería dejar de tirármela cada vez que se presentara una pequeña oportunidad.

Ella me entregaba cartas de vez en cuando. Le gustaba expresar sus sentimientos y emociones de ese modo algo romántico. Me hablaba a través de ella sobre lo bien que se sentía a mi lado y sobre lo bien cogida que se sentía también, sobre lo emocionante que le resultaba tirar conmigo, sobre lo plena que le hacía sentir a pesar de que llevábamos saliendo poco tiempo y de que tendría que irme pronto..

- *"Alucino contigo, quiero tenerte para mí todo el tiempo y para siempre desearía que no te fueras nunca"*

- *"El mundo deja de existir para mí cuando me follas. Me siento tan bien contigo, siento sensaciones únicas y placenteras"*

- *"Si por mí fuera azotarías mis nalgas cada día. Esta es una experiencia única y enviciante. Eres el único hombre que me ha hecho eso, ni siquiera preguntaste y Dios... Estoy feliz de que no lo hayas hecho"*

- *"Creo que incluso te amo aunque nos acabamos de conocer"*

Fue lo que escribió en algunas de estas cartas.

- No quiero que te vayas, te voy a extrañar mi Chon papi. Nadie me había hechos sentir como tú- Me dijo para luego lanzarse cerca y besar mi cuello.

- Nos volveremos a ver mi Chon mami, mi perrita caprichosa- Le dije yo para luego descubrir sus tetas y chuparme una de ellas con deseo, se la succioné por un rato hasta sentir que su pezón estaba completamente duro. Allí me aparté de ella y me di cuenta de que le había dejado esa teta totalmente roja. No importaba. Estaba dejando una marca en ella así. Sonreí al pensar esto.

215

En ese momento nos encontrábamos en un lugar apartado de la gente en el aeropuerto pero podrían vernos en cualquier momento así que nos separamos, volvimos hacia la multitud y esperamos hasta que tuve que abordar el avión. Ya era momento de partir y hacer mi vida de nuevo en Venezuela lejos de esta pícara mujer que tan placenteros momentos me había regalado.

Llegué a mi país y todo nuevamente siguió transcurriendo a un ritmo normal aunque el contacto con la colombiana no lo perdí. Hablábamos mucho por mensajes de texto y ella no paraba de decirme una y otra vez que me extrañaba demasiado. Un día uno de estos mensajes logró sorprenderme de verdad, creo que casi escupo el café que me estaba bebiendo en ese momento:

"Chon papi estoy en Venezuela, me vine a Maracaibo y me quedaré mientras tanto en casa de una amiga. Es que no podía dejarte ir, eres como una droga y necesito más de ti. Me siento hasta enamorada, nunca antes me había sentido así. Eres el único que me ha hecho así tan feliz, me dejaste realmente impactada por cómo me nalgueaste a tu antojo, por cómo me hiciste tuya, por cómo me hablabas y mirabas. Yo simplemente necesito más de eso y aquí me tienes. Comunícate pronto

conmigo por favor y espero que te haya gustado mi sorpresa, quiero verte muy pronto por favor sólo ven... Siempre tuya"

No podía creerlo. Creo que estaba sonriendo sin darme cuenta al terminar de leer aquel mensaje. Esta mujer era realmente impredecible. Si bien aquello me tomó por sorpresa también me gustó. Muy dentro en mi interior sabía que al mantener contacto con aquella mujer en cualquier momento volvería a verla y volveríamos a coger. Después de todo Colombia no es tan lejos de Venezuela y en alguna cue otra ocasión seguramente tendría que volver a viajar hasta allá. La habíamos pasado tan rico y bien juntos que tendríamos que hacer que la experiencia se repitiera algún día, más no me esperaba que ella llegara a Venezuela para vivir allí y que además me pidiera que la hiciera mía con tanta pasión o vehemencia a través de un mensaje que evidentemente no me esperaba.

No obstante tan pronto tuve la oportunidad viajé entonces hacia Maracaibo a reunirme con ella. Necesitaba verla y conversar sobre lo que haríamos. Estaba dispuesto a mantenerla a mi lado pero en Caracas esto no podría ser, al menos por el momento.

Nos reunimos, estaba tan hermosa como siempre la recordaba. Me saludó muy cariñosa con un abrazo, apegándose a mi cuerpo seguramente para que la sintiera. Le comenté que tenía una pareja en Caracas y hablamos de muchas otras cosas. Terminé comprándole un apartamento para que se estableciera allí en esa ciudad y acordamos que pasaría una temporada con ella y una temporada en Caracas.

Inició en ese momento una etapa de mi vida en la cual alternaba mi estadía entre Caracas y Maracaibo, entre la Anto y mi "Chon mami". Era como una doble vida sin ser realmente así.

Algo que es necesario destacar de mi relación con la "Chon mami" es que se podría decir que ella fue mi abreboca al mundo del BDSM, al cual entraría de lleno después. No llegué a practicarlo realmente con ella pero el modo en que se desenvolvió nuestra relación nos acercó bastante a hacerlo.

Esta relación fue intensa, se caracterizó por una entrega total hacia mí por parte de ella que iba más allá la sumisión. Rayaba más bien en la obediencia. Además iba más allá de la exclusividad de la parte sexual. Esta colombiana era sumisa y obediente en nuestra relación en general, no sólo en nuestros encuentros eróticos e íntimos sino que también lo era en la vida cotidiana. Yo ordenaba, ella obedecía, me atendía, me complacía. Así nos llevábamos bien y nos sentíamos felices juntos. De no obedecer en algo que le ordenara la castigaba a cachetadas aunque nos encontráramos en un sitio público o a azotes de cinturón en ocasiones más privadas. Conversábamos mucho y ella me dio a entender que así era como le gustaba nuestra relación, la mojaba que la tratara de esta forma, ese era su motor para funcionar, su motor para excitarse. Entregarse completamente a mí era su pequeño rayo de felicidad, la hacía sentir plena y por eso se esforzaba por complacerme o me provocaba para que la castigara. Ella misma me lo decía siempre.

El sexo era extremadamente frecuente entre nosotros, a toda hora y lugar. Ella estaba tan entregada que si yo le ordenaba mamármelo se arrodillaría y me lo mamaría con afán sin importar el lugar en donde nos encontráramos o si hubiese personas mirando. No le importaría eso, sólo le importaría acatar mi orden y complacerme a como diera lugar porque aquello la llenaba. Los demás no importaban si era algo que le había pedido yo.

El sexo en lugares públicos, las órdenes a obedecer sin rechistar, los castigos que ella en la mayoría de las ocasiones provocaba adrede por el solo hecho de que le encantaba ser castigada y quería tentarme a hacerlo eran parte del día a día cuando estábamos juntos, era nuestro estilo de vida. Además de sus atenciones hacia mí al cocinarme y atenderme en todo lo que necesitara.

También empezamos a practicar tríos. Ella, dada su extrema entrega hacia mí accedió gustosa a esto. No hubo titubeo cuando le hablé de la posibilidad de que practicáramos juntos esta experiencia la cual ya yo había vivido en ocasiones anteriores y a pesar de que ella no lo había experimentado pareció sentirse tranquila con el tema.

Esta relación se basó en la humillación y el disfrute a través de su entrega. A veces me sorprendía lo entregada que podía llegar a ser. Lo fue en un nivel parecido a la mujer florero en aquellas distantes épocas.

Pienso quizás que tal entrega y desinhibición por parte de ella se debió tal vez al intercambio cultural. Al hecho de que ella vino a vivir a un país en donde nadie la conocía y se permitió por ello no guardarse nada. Se sintió libre de hacer y ser lo que ella quisiera porque sentía que nadie la conocía y eso hizo, no se guardó nada, se comportó libre o mejor dicho, libertina, gozó en grande su estancia en el país y más aún, su relación conmigo.

Si bien nuestra relación fue creciendo en intensidad. Podría decir que llegó a una especie de cúspide en intensidad en el preciso instante en el cual Antonella decidió cortar nuestra relación y yo me llevé a la colombiana a vivir conmigo a Caracas.

No hago hincapié en el término de mi relación con Antonella porque simplemente no hay mucho que explicar. Como sucede en algunas relaciones simplemente dejamos de entendernos y ya, aunque no terminamos en malos términos y mantuvimos el contacto siempre, por supuesto, lo que ocasionó que nos reuniéramos en más de una ocasión.

Tras terminar esta relación vi la oportunidad de tener a la "Chon mami" más cerca y ella casi salta de felicidad cuando le ofrecí vivir en mi apartamento en Caracas. Desde entonces, desde el preciso instante en el cual se mudó conmigo su entrega fue aún mayor y nuestros encuentros sexuales cada vez más duros, intensos y por supuesto, frecuentes.

Anécdotas memorables con esta mujer durante este tiempo fueron muchas. Me veo forzado a escribir sobre sólo algunas de ellas o no finalizaría nunca este libro. Algunas de las más resaltantes porque son las que mantengo siempre atesoradas en mi memoria por una razón u otra son las siguientes:

— No ocurre así en otras partes del mundo pero en Venezuela es común que cuando viajas en carro por carreteras largas y solitarias aparques el carro a un lado de la vía para descansar o para vaciar tu vejiga si así lo necesitas.

Los hombres simplemente bajan del auto, se van a un lugar apartado, se dan la vuelta, bajan el cierre de su pantalón, se sacan la verga y orinan. Básico. Las mujeres suelen hacerlo también pero cerca del auto, ocultándose lo más que pueden con la puerta de este para evitar algún mirón.

Es algo prácticamente común en los viajes largos y cansinos por carretera en el país. Si vez un carro aparcarse en el camino sabes que seguramente van a orinar.

Como hombre al terminar de orinar te sacudes el guebo para limpiar los restos de orine que quedan en este, como se hace normalmente y luego lo guardas de nuevo sobre tu pantalón y listo.

Bien, con respecto a esta práctica resulta que tomé la costumbre de llamar a la colombiana después de orinar para que me lo mamara y que de esta forma mi pene quedara limpio. Todo esto encajaba dentro de esta relación en la cual ella amaba obedecerme además de ser una situación morbosa que me encantaba presenciar.

Ya veníamos conviviendo juntos en esta relación que he comentado en la cual ella era totalmente entregada y obediente, era casi mi esclava aunque todavía no podía llamarla así formalmente porque aún, como he comentado anteriormente, no me había adentrado al mundo del BDSM como tal cuando la conocí, ni lo practiqué de lleno con ella. No obstante yo me había acostumbrado a darle órdenes porque eso me gustaba y complacía y ella se sentía realizada con obedecer y sentir que me tenía satisfecho. Era como funcionábamos juntos. Así que dentro de este contexto la primera vez que esto pasó esto a mí simplemente se me ocurrió.

Allí estaba yo, a un lado de la carretera en un sitio cubierto de densa maleza descargando mi vejiga y desesperezándome de un viaje agotador cuando pensé en esto y divertido simplemente llamé a la "Chon mami".

Ella que estaba esperando en el auto pero al sentir que la llamaba simplemente se acercó curiosa a mí a pasos cortos. Me miró ya estando cerca con un rastro de confusión en su mirada.

- ¿Qué pasa Chon papi? Preguntó poniendo una mano en mi hombro.

- Chúpamelo para limpiarme- Le dije con mi verga entre mis manos, mirándola fijamente.

Ella ni siquiera se inmutó, sólo me sonrió para después arrodillarse obedientemente frente a mí y meterse mi verga a su boca para más que limpiarme la verga, darme una de esas mamadas deliciosas que ella sabía hacer con tanto afán. Engullendo, lamiendo, chupando, disfrutando de mi guebo como quien disfruta de algo delicioso. Yo por mi parte disfruté plenamente de este momento tan nuestro y simplemente lo repetí las veces que se daba la oportunidad. Ella siempre obediente y gustosa me lo chupaba para limpiarme, aprovechado de degustar aquel trozo de carne que me pertenecía y que le hacía sentir tanto placer.

- Para esta época de mi vida contraté un chofer que me llevaba frecuentemente a varios destinos, ya que solía viajar mucho y yo prefería viajar tranquilo sin tener que preocuparme por manejar y todo lo que esto implica.

Por supuesto en muchas de estas ocasiones la "Chon mami" me acompañaba en los viajes que hacía.

Otra de las situaciones en las cuales nos vimos envueltos y que después se volvió costumbre entre nosotros fue la de tirar en la parte de atrás del auto aprovechando que era el chofer quien manejaba o simplemente tirar en el auto cada vez que se nos diera la oportunidad o que nos entraran ganas.

El auto tenía vidrios oscuros así que sentíamos un poco de privacidad a pesar de la situación, claro está, el chofer si podría observarnos de querer hacerlo, aunque se concentraba en su trabajo.

Ninguno sintió pudor ante esto, el chofer era discreto, simplemente se limitaba a hacer su trabajo y nosotros nos dejábamos llevar y disfrutábamos.

No obstante a veces llegábamos más allá de simplemente tirar en el auto en movimiento. En ocasiones le pedía al chofer aparcar el auto en algún lugar para tirar con la colombiana más cómodamente haciendo un mejor uso del auto que sólo la parte de atrás de este. A modo de favor él, además de aparcar y bajar del auto por supuesto se mantenía alerta por si alguien se acercaba y, cómplice de nuestras travesuras nos hacía saber si alguien estaba cerca para que disimuláramos la situación, actuando como que nada ocurría entre nosotros.

Así llegamos a tirar en el auto aparcado o en movimiento incontables veces:

- En el asiento de atrás ella en cuatro y yo embistiéndola a mi antojo observando su bonito culo, nalgueando este, mordiéndolo, acariciando sus tetas, jugando con sus pezones, volviéndola loca...

- Sentado en el asiento trasero y ella sentada sobre mí a horcajadas con las piernas por encima de sus hombros apoyando sus tobillos en el maletero mientras yo la sostenía con firmeza entre mis manos y me la cogía tan duro y rápido como me nacía mientras la veía retorcerse de placer.

- Yo acostado y ella encima mostrándome que también podía saltar sobre mi pene fuerte y rápido y darnos placer a ambos mientras aprovechaba apretar sus tetas y su culo.

- Ella tumbada sobre su espalda, levantando un poco su pelvis y yo encima haciendo mi trabajo, embistiéndola, tocándola, lamiéndola, pellizcándola, mordiéndola con mis ojos puestos en su cara y expresiones, viéndola retorcerse con las sensaciones placenteras que la invadían.

Lo hicimos en muchas posiciones aunque no importaba realmente la posición en la que lo hiciéramos. El hecho de tirar en el carro y que cualquiera pudiera vernos en algún descuido o de saber que el chofer estaba allí y escuchaba los gemidos y ruidos que hacíamos era alucinante y le daba un toque más placentero al asunto al hacerlo más lascivo y morboso.

A la "Chon mami" le resultaba difícil acallar sus gemidos y siempre gemía por más.

- Así...Más, más... Solía gritar mientras me la follaba en el auto ¿Cómo no iba a querer más después de presenciar cuánto le gustaba?

– Un día llegábamos juntos a su apartamento ambos con ganas incontrolables de tirar. Sus piernas rodeaban mi cintura, sus manos estaban en mi cuello y nuestras bocas estaban sumidas en un largo beso que había durado todo el recorrido del auto a la sala de estar. Ni siquiera cerré la puerta con llave al entrar.

La llevé y la deposité en el sofá y me mantuve encima mientras comenzaba a deshacerme una por una de sus prendas para después separarme de ella y comenzar a desnudarme yo. Mi verga ardía. Quería follarmela tanto aunque se me antojaba un poco más jugar primero, hacerla sufrir un poco, que tuviera que esperar por mí y volverla loca de necesidad de esta forma. Así mi excitación también crecería y me la tiraría aún más duro de lo que siempre lo hacía de esta forma.

- Rápido, rápido papi Chon. Pedía ella sin poder contenerse con la necesidad palpable en su dulce voz.

- ¿Qué? ¿Estás desesperada?, ¿Me quieres dentro ya? Yo soy el que decide cuando te la meto putita desesperada- Dije sonriendo para sentarme en el sofá junto a ella, acercarla a mi cuerpo para sentir su calor y luego besar y lamer sus senos a mi antojo.

- Vamos... Te quiero dentro por favor- Dijo ella arqueando un poco su espalda. La cacheteé y ella desvió su cara un poco. Tomé su rostro entre mis manos y apreté un poco. La hice mirarme y también la miré, quería observarla, analizarla, ver todo lo que su lenguaje corporal me mostraba.

Podía cogérmela allí mismo en el sofá. Me lo pedía casi a gritos con palabras, con espasmos ante el mínimo contacto que denotaban lo sensible que estaba y lo mucho que le urgía. Esas tetitas redondas, su piel resbalosa con sudor, su cuca expuesta, su boca entreabierta, todo de ella era una invitación al deleite.

- Mastúrbate. Quiero verte- Le dije por fin y me quedé a su lado en el sofá viendo como obedecía. Terminó de recostarse de espaldas, abrió más las piernas, llevó dos dedos a su cuca, los metió dentro y empezó a penetrarse con ellos con sus ojos cerrados. Movía un poco las caderas y gemía.

Cuando me cansé de observarla me incliné hacia ella para apretar sus senos y lamerla prácticamente por todas partes. Ella aumentó el ritmo de sus penetraciones con sus dedos. Dejaba escapar gemidos en vocales esta vez y una que otra grosería.

Me levanté, rodeé el sofá y me posicioné cerca de su rostro de modo que se me hiciera fácil meter mi verga en su boca. Así lo hice. Ella se sorprendió un poco porque tenía los ojos cerrados pero tan pronto se dio cuenta de lo que hacía empezó a engullir mi pene.

- Chúpamelo, chúpamelo con todas tus ganas de perrita necesitada. Le dije y ella puso más afán en lo que hacía. Me mamaba la verga mientras continuaba con dos dedos metidos en su cuca, penetrándose con ellos.

Cerré los ojos para dejarme llevar por la sensación placentera que me embargaba. Los abrí y vi que ella se había volteado y sentado en el sillón para mamármelo con más comodidad ya que en le posición inicial seguramente se le dificultaba. Se veía muy linda así, chupando y succionando mi verga como una gatita que quiere trabajar por su leche.

Le tomé de la parte de atrás de su cabeza para empezar a guiar yo mismo el ritmo de las embestidas mucho más rápido y profundo en comparación a

229

cuando ella lo mamaba a su voluntad hasta que de sus ojos comenzaron a descender lágrimas y la noté desesperada por aire. Me miró con ojos suplicantes cuando saqué mi verga de su boca. Quería ser follada de una vez, me lo decía el rastro morboso de brillo que había en sus ojos.

- Párate contra la pared, dándome el culo- Demandé antes de besarla y apretar sus nalgas fuertemente. Ella después de que corté el beso se levantó para obedecerme y aproveché para propinarle una buena nalgada, fuerte y sonora. En respuesta ella sólo dio un pequeño gritito y un saltito para dirigirse a la pared, poner sus brazos apoyados en ella de frente y de espaldas a mí que me había levantado detrás de ella.

En eso veo el cinturón que cargaba colgado en mi pantalón, el cual estaba en el suelo donde debimos haberlo tirado cuando nos desnudábamos al llegar y lo recojo con la intensión de pasarlo tras la cintura de la Colombiana para cogérmela más sabroso, más profundo, más apegada a mi cuerpo y surge de pronto en mí la idea de darle duro en el culo con el cinturón. Después de todo a la colombiana le gustaba que la nalgueara, la excitaba que lo hiciera. Ese era uno de los motivos por el cual ella había quedado prendada conmigo cuando lo hicimos la primera vez, ella misma me lo había confesado ¿No era azotarla con el cinturón un fetiche similar? Además también la ponía que la cacheteara, que la tratara hosco y fuerte.

Ya la idea había surgido en mí y no podía apagar las ganas de golpear esas nalgas resbalosas con el cinturón y escucharla gemir de placer y dolor mientras dejaba marcada esa zona de su cuerpo que tanto me gustaba así que seguiría adelante sin darle muchas vueltas. Levanté el cinturón apuntando sus nalgas y simplemente la azoté.   Como era de esperarse, ella gimió. Lo hizo algo fuerte creo que se sorprendió o quizás se asustó porque no lo esperaba.

- Ayyy- Fue lo que escapó de su boquita

- ¿Te gusta perrita?, ¿te gusta que te azote? Pregunté entretenido y quizás curioso de su reacción y respuesta. En ese momento sólo podía verle el culo. Estaba concentrado en esa parte de su cuerpo porque quería seguirla azotando hasta marcarla.

- Azótame lo que tú quieras mi papi Chon, yo soy tuya y lo sabes, haz lo que quieras papi- Dijo ella sin dudar y yo lo tomé como una invitación a continuar. La azoté unas cuantas veces más con el cinturón hasta que la piel de sus nalgas se tornaron de un color violeta claro. Gemía cada vez que el cinturón tocaba su piel.

Allí me acerqué a ella, pasé mi mano por su cuca y la sentí bastante mojada. Apreté sus nalgas a lo que ella dejó escapar un suspiro largo, pasé el cinturón alrededor de su cintura, la atraje un poco más a mí bruscamente con ayuda del cinturón y luego se lo metí hasta el fondo para empezar a embestir con violencia, como un animal en celo. Embestí sin tregua hasta que ambos acabamos.

Sentí cuando ella acabó, sentí sus espasmos y sus piernas flaquear pero no podía detenerme porque también quería alcanzar mi liberación entonces seguí embistiendo más rudo y fuerte hasta que me vine también, hasta que mi liberación llegó. Dejé que mi semen resbalara por sus nalgas y luego la hice limpiarme cualquier resto de este en mi guebo con su lengua.

- En cierta ocasión planificamos juntos un encuentro sexual con dos amigas en común que vivían en Maracaibo. Una pareja de lesbianas preciosas que en una reunión de tragos confesaron que siempre habían querido participar en un trío. Que esta era una de sus fantasías soñadas pero que lastimosamente no habían podido concretar.

Aunque en ese caso no sería un trío ya que seríamos 4 personas no podíamos perder la oportunidad de ofrecernos a cumplir ese deseo y disfrutar entre todos ¿4 es mejor que 3, o no?

Ellas sorprendidas y algo curiosas, aceptaron.

- Hagámoslo- Dijo una levantando su botella de cerveza para brindar y celebrar. Todos brindamos con alegría, anticipando que la experiencia sería digna de celebrar y recordar.

Nos citamos en el apartamento en donde "Chon Mami" vivía en Maracaibo, y donde yo también vivía cuando iba a pasar una temporada con ella.

El día pactado llegó y estas dos mujeres llegaron al apartamento. Pulidamente vestidas y perfumadas. Llevaban ambas las piernas descubiertas una con un short corto y la otra con una faldita. Lucían preciosas.

Estando ya dentro del apartamento nosotros cuatro caí en cuenta realmente de lo que sucedía. Parecía irreal. Serían tres mujeres distintas y al mismo tiempo con las cuales experimentaría toda clase de sensaciones. Me sentí en la gloria, aquello tenía que ser inolvidable.

- ¿Están listas? Les pregunté sonriendo en un momento dado interrumpiendo una pequeña plática que tenían, y al mismo tiempo la respuesta salto en mi mente: Por supuesto que lo están, la expresión de sus caras y sus ojos dilatados las delataban por completo.

- Claro Chon papi- Me dijo la colombiana acercándose a mí para besar mis labios con suavidad. Mientras esto ocurrió las otras dos mujeres rieron y asintieron besándose entre ellas con pasión, comiéndose la boca una de la otra.

Me fijé por un momento en que la piel de todas estas mujeres eran diferentes. Todas de tonalidades bronceadas pero aún así, con matices diferentes. Perfecto, pensé, era mejor así, podría disfrutar de esas distinciones en cada una, del perfecto cuerpo que todas tenían para ofrecerme.

No aguantando más las ganas de verlas desnudas de una vez por todas dije.

- Desnúdense- Palabra que me permitió invitarlas a iniciar todo. Ellas comenzaron a desnudarse de inmediato sin pensarlo demasiado. Se veían divertidas y juguetonas. Hacían movimientos de caderas sensuales mientras se desnudaban y se miraban entre sí. Yo en cambio alternaba mi vista entre todas. Mis ojos atentos a sus atributos: frente a mí 6 tetas expuestas, 3 culos desnudos, 3 cucas latentes, piernas hermosas, curvas peligrosas... Estaba en el paraíso. Nadie puede negármelo porque allí me sentí.

Mi verga empezó a doler, pidiendo a gritos silenciosos pero notorios que se lo metiera pronto a estas mujeres. Quizás incluso con la petición de que les partiera el culo en dos de serme posible. A estas alturas me volvería loco de placer.

- ¿Y tú Chon papi? Preguntó la colombiana pícara al notar que yo aún no me desvestía pero ellas ya estaban desnudas.

- Desnúdenme entonces. Les dije, y las tres se acercaron para entre besos alternados, caricias, apretones dirigidos hacia mí por parte de ellas y hacia ellas de mi parte despojarme de todo lo que usaba encima.

Ya totalmente desnudos, expuestos, libres, los 4 iniciamos de lleno nuestro encuentro erótico.

- Bésense entre tosas. Les dije curioso de ver como lucían 3 mujeres besándose entre ellas. Ellas se acercaron muy juntas, sacaron sus lenguas e intentaban lamerse entre las tres. Se veían lascivas y preciosas, como unas putitas coquetas.

Empecé a masturbarme mientras observaba este espectáculo. Estuve de pie por un momento y luego me senté en el sofá cercano para proseguir con mi hazaña.

Después de aquello me levanté, hice que las tres se arrodillaran frente a mí y las dejé que pelearan por chuparme la verga. Las tres se daban empujoncitos para ganarse el turno de chupármelo.

- Yo quiero primero- Decía la Chon mami

- No, yo lo quiero, decían las otras y así se mantuvieron un rato. Alternándose para mamármelo cada una.

Finalmente me lo mamaron las tres pero todos disfrutamos porque mientras alguna de ellas me lo mamaba la de atrás le chupaba la cuca mientras otra le chupaba la cuca a ella.

Mi verga sintió la calidez de tres alientos y la forma particular en la cual cada una lo degustaba. Una lo engullía con destreza, la otra era más de jugar

235

primero a lamer antes de engullir y embestir y la otra lamía, engullía, succionaba, masturbaba, embestía...

No quería venirme en un oral pero no pude evitar coger a una de las parejas de lesbianas para atragantarla con mi pene metido completamente en su garganta y verla llorar de satisfacción.

Llegó un punto en el cual que si no se los metía de una vez en su cuca me volvería loco. Así de ansioso me sentía. Las hice entonces colocarse en el sofá una encima de la otra, dándome sus culos. Les pareció divertido e innovador colocarse de esta forma.

La colombiana era la que estaba debajo soportando un poco el peso de las otras dos mujeres. En esa posición en la que estaban yo podía acceder a la cuca de cualquiera de las tres así que fui metiendo mi palo en cada una de ellas por breves períodos de tiempo. Les dí con todo lo que tenía porque quería demostrarles que lo que venía después era incluso mucho mejor.

Se lo metía a una y a las otras procuraba nalguearlas al ritmo de mis embestidas para que todas gimieran.

Luego de esto me senté en el sofá con una de las lesbianas sentada sobre mi verga y saltando para darme placer mientras yo la sujetaba de las caderas y ejercía fuerza hacia arriba y abajo con ella para que la fricción fuera mayor y la penetración más profunda. A mi lado estaba sentada la otra chica lesbiana con sus piernas bien abiertas recibiendo toda la atención y satisfacción que la colombiana le propinaba con su lengua diestra.

Cuando mi mente me lo permitía, ya que no podía pensar con claridad estiraba la mano para tocar las tetas de la mujer sentada a mi lado mientras aún me dejaba deleitar por el placer inmenso que me embriagaba ante las penetraciones de aquella mujer encima mimo.

En un momento dado detuve lo que estábamos haciendo para bajar a la chica de mi regazo y arrodillarme detrás de la "Chon Mami" que aún se lo mamaba a la otra mujer para metérselo profundo y embestir mientras me relamía los labios con la interesante vista de aquel culo parado siendo sacudido por mí y en las tetas y atributos de las otras dos mujeres que desde mi posición podía ver con claridad.

La mujer que había penetrado momentos antes se situó en el sofá al lado de nuestra otra amiga lesbiana para lamerle las tetas mientras Chon mami seguía dándole sexo oral como podía.

Sentí lo inminente en ese punto. Me venía, la leche caliente estaba ascendiendo y estallaría en la cabeza de mi pene en poco tiempo, mis bolas dolían.

- Arrodíllense- Les dije para que así que de rodillas tomaran toda mi leche. Las tres se mantuvieron con la boca abierta y los ojos fijos en mi guebo arrodilladas frente a mí a la espera hasta que todas pudieron probar parte de mi esencia con sus delicadas boquitas. Yo las descargaba en su lengua y ellas la tragaban felices.

Esta vendría a ser nuestra primera ronda este día. Después de eso seguimos follando los 4 un par de veces más hasta el cansancio, hasta que ninguno pudo más, hasta que nuestros cuerpos sudorosos nos demandaron descanso, hasta sentirnos acalorados y pegajosos a más no poder. Sin duda en ningún momento desaprovechamos el tiempo y la oportunidad que nos habíamos dado.

- Coger con un hombre también es divertido- Dijo una de estas mujeres lesbianas al opinar sobre el encuentro.

- Y se siente realmente rico- Contestó la otra estando de acuerdo.

– En cierta ocasión fuimos a comer juntos a un restaurant en Caracas. Queríamos disfrutar de un rato agradable y de una comida sabrosa.

Ya habíamos ordenado el menú y estábamos esperando que trajeran la comida, la estábamos pasando bien. Reímos y bromeamos a la espera.

La colombiana se había vestido especialmente linda ese día. Usaba mini falda y un top. Quería cogérmela cuanto antes pero esperaría a llegar al apartamento. Al menos era lo que estaba en mi mente pero ella por alguna razón pareció excitarse de un momento a otro y comenzó a rozar mi verga con su pie, el cual pasaba desapercibido por debajo de la mesa. Mientras lo hacía me miraba con aquel brillo de perversidad en sus ojos que ya tan bien había aprendido a conocer. Quería seducirme y lo estaba logrando.

Sin querer contenerme porque eso formaba parte de nuestra relación la cacheteé allí mismo, delante de todos los presentes. Su cara se hizo a un lado y ella llevó su mano a su mejilla con ojos llorosos para después levantarse e irse corriendo hacia el baño. Lo tomé como una invitación al sexo así que haciendo caso omiso a murmullos esperé un momento para después levantarme e ir disimuladamente en dirección a donde ella había corrido.

La encontré recostada en una pared con una sonrisa en su rostro.

- Te estaba esperando, eres malo conmigo. Dijo acercándose. Susurró otras cosas en mi oído y luego me besó con lujuria. La separé de mí tomándola del cabello bruscamente.

- Definitivamente eres una perra traviesa. Le dije para después morder la comisura de sus labios.

- Vamos al baño o algún lugar, por favor Chon papi. Me rogó.

Yo también estaba deseoso de cogermela así que accedí. Ella entró al baño de mujeres y se percató de que había muchas personas allí. Yo en cambió comprobé que el baño de los hombres estaba prácticamente vacío así que la llevé allí. Nos encerramos en uno de los cubículos y allí la empujé contra la pared. Levanté su diminuta falda y se lo metí sin falta. La empotré contra esas lozas con gusto, la toqué, la besé.

Luego de esto regresamos como si nada al restaurant los dos juntos tomados de la mano para degustar la comida que nos esperaba, cómplices como éramos los dos.

— Otra de las anécdotas que viví junto a la colombina y que es digna de recordar sería la siguiente:

- Tengo una sorpresa para ti mi "Chon papi"- Dijo la colombiana cierto día mientras servía en la mesa un platillo que había preparado con esmero y que olía realmente delicioso.

- ¿Para mí? ¿Qué es? Pregunté mirándola a los ojos, atento a la respuesta ya con el tenedor entre mis dedos.

- Sólo te diré que te prepares para coger rico esta noche. Y prepara tu mondá también ¿Sí? Dijo coqueta mientras pasaba su mano por mi verga por encima de la tela y lo apretaba.

- Mmmm – Dije relamiéndome los labios dejando que en mi mente trabajara sobre un montón de opciones respecto a lo que podría estar preparándome esta mujer de sorpresa. – Está bien, sorpréndeme entonces. Le dije sonriendo.

Como se trataba de una sorpresa de su parte hacia mí decidí esperar a que me la diera porque ella se veía realmente radiante y feliz. No quería averiguar antes lo que venía, así la espera sería más excitante y ella se mantendría contenta.

Imaginé un montón de situaciones, supuse que al llegar del trabajo ella me estaría esperando con algún traje sexy para seducirme con él. Tal vez algún juguete sexual, alguna cena romántica... Las posibilidades eran muchas.

Resultó ser que la "Chon mami" había convencido e invitado a una amiga en común al departamento. La mujer que la recibió en Maracaibo cuando llegó desde Colombia a Venezuela antes de que yo le comprara a ella el apartamento en Maracaibo.

Semanas antes "Chon mami" conversaba por chat con esta mujer. Mientras pasaba cerca pude notar su foto de perfil y me acerqué un poco para apreciarla y dije un comentario sobre que me parecía linda y a ella se le ocurrió en ese momento que ofrecerme en ofrenda a su amiga sería una sorpresa que me complacería.

- ¿Qué te parece? Me dijo ella con las llaves del apartamento en sus manos lista para abrir la puerta a su amiga que ya esperaba afuera.

- Me encanta, eres la más complaciente- Le dije halándola del cabello para acercarla a mí y besarla posesivamente- ¿Cómo hiciste todo esto? Pregunté

- Sabía que te gustaría. Me dijo sonriendo- Sólo tengo mis maneras de conseguir las cosas. Y más aún si se trata de mi hombre- Respondió para esta vez besarme ella profundamente, beso del cual nos separamos por falta de aire. Jadeando aún por el candente beso bajó a abrir la puerta a su amiga que esperaba ya seguramente impaciente.

Los tres conversamos un rato, bebimos y luego llegó el momento de tirar. Disfrutamos mucho de ese día. Recuerdo que ordené a ambas chupármelo y las cacheteé mientras lo hacían preguntándoles si querían mi verga y si les gustaba, a lo cual respondían afirmativamente y con evidentes signos de excitación.

Las penetré a ambas en distintas posiciones: La Chon mami en 4 siendo penetrada por mí desde atrás y su amiga en cuatro frente a ella recibiendo sexo oral de su parte, la amiga de la colombiana contra la pared recibiendo mis embestidas profundas dándome su culito mientras la colombiana desde abajo nos lamía el guebo y la cuca a ambos y de vez en cuando se levantaba para besar a su amiga, las dos mujeres en cuatro una al lado de la otra esperando su turno para que las penetrara y finalmente mi leche resbalando por el culo de mi ofrenda mientras yo apretaba las tetas de la "Chon mami".

- Dios... Dijo esta mujer mientras se detenían los espasmos que le provocó el llegar al orgasmo

Sin duda un bonito detalle o sorpresa de la colombiana hacia mí. Uno difícil de sacarse de la memoria. Uno muy importante porque me permitió comprobar que el nivel de entrega de la colombiana hacia mí era tan alto que me ofrecía sin problemas a una de sus amigas para que la llevara a la cama gustosa.

— Tenía una finca en una ciudad del estado Guárico la cual usaba por temporadas. Una de esas temporadas llevé a la Chon Mami conmigo para pasarla bien allí. El ambiente de campo nos sentaría bien a los dos, fue lo que pensé.

Ya de noche después de un agotador día en el cual nos divertimos mucho descansábamos sobre una hamaca y se me antojó tirar ¿Cómo no, si esta colombiana linda se encontraba recostada sobre mi pecho desnudo haciendo círculos en el con uno de sus dedos en ademán seductor?

Comencé a besarla. Fue un beso largo, obsceno y cargado del deseo que me estaba carcomiendo.

- Mastúrbame- Le dije al separar el beso y ella rápidamente metió su mano por dentro de mi pantalón para apretar mi verga. Luego sacó la mano y se dispuso a desabrocharme el cierre. En eso un destello de lujuria me iluminó.

- Bájalo con tus dientes. Le exigí deteniéndola. En mi mente ya rondaban imágenes de esta mujer bajando el cierre de mi pantalón con sus dientes. El sólo imaginármela me hacía ponerme más duro.

Ella me miró sonriendo y se puso manos a la obra. Acercó su cara lo más que pudo al cierre y con cuidado intentó bajarlo un par de veces hasta que lo logró. Al hacerlo me miró como sintiéndose satisfecha consigo misma y en espera de otra orden.

- ¿Te gusta verdad? Le pregunté apretando con fuerza la parte de atrás de su cabeza haciéndola sentir un poco de dolor- ¿Te gusta que te digan qué hacer? ¿Te mojas cuando lo hago?

- Me encanta- Respondió con sus ojos vidriosos.

- Bueno, ahora quiero que liberes mi verga y la mames como si de ello dependiera todo en tu vida porque quiero que me des la mejor mamada ¿Está bien? Le dije soltando el agarre y poniéndome cómodo en la hamaca para esperar que ella hiciera lo que le pedí.

Me lo mamó especialmente rico esa noche. El cantar de cientos de grillos y chicharras acompañaban en ritmo el movimiento de su boca y cabeza de arriba hacia abajo, de atrás hacia adelante una y otra vez en busca de mi placer.

Con mis ojos cerrados sólo podía disfrutar de lo caliente de su aliento y saliva, de las sensaciones gratas que provocaba en mí hasta que finalmente me vine en su boca y ella se lo tragó completo, sin desperdiciar nada.

Le di una cachetada después de eso -¿Quieres que te lo meta? Le pregunté y ella casi eufórica respondía que sí una y otra vez.

Estando aún duro me levanté de la hamaca, abrí las piernas de esta mujer, bajé el cierre de su pantalón, aflojé el botón y terminé por liberarla de todo lo que cubría su deliciosa cuca. Se lo metí entonces y el gemido que se le escapó fue suficiente para hacerme perder la poca cordura que tenía. Me la cogí tan duro que el guebo y las bolas me dolían con cada embestida pero aún así la embestí una y otra vez.

Mis manos estaban en su cadera y las de ella se aferraban fuertemente a la hamaca para no caer.

La embestí duramente aunque la hamaca hiciera algo de ruido, aunque alguien pudiera vernos, no importaba, lo hice hasta que su cuerpo se sacudió en un temblor orgásmico lo que me hizo venirme a mí también nuevamente.

Saqué mi verga de ella y regué mi semen en su abdomen, para lo cual levanté su blusa levemente.

- ¿Nos duchamos? Le sugerí entonces.

Con la voz entrecortada y la respiración acelerada me dijo.

- ¿Y si mejor follamos toda la noche? Justo antes de besarme.

– Llegué al apartamento y fui directo a la habitación en busca de la "Chon mami" porque le había pedido por mensaje de texto que me esperara desnuda en la cama ya que la erección que tenía me dolía.

Había sido culpa de ella, me había enviado al celular un video corto que grabó masturbándose y aquello logró ponerme duro, moría por cogermela cuanto antes. Mi sorpresa fue encontrarla totalmente vestida leyendo una revista.

- ¿Qué pasó? Le pregunté confuso ya que ella usualmente era muy complaciente. Me desconcerté por un momento.

- ¿De qué hablas? Respondió acercándose a mí para darme un beso suave- Me alegra que llegarás dijo finalmente para dirigirse a la cocina.

Caí en cuenta en ese momento que buscaba provocarme para tener sexo rudo y que la castigara y es que ella era realmente pícara, creativa y traviesa en ese aspecto.

No dejé que llegara hacia la cocina, corrí tras ella y la tomé brusco del cabello a lo que ella se vio obligada a doblar su cuello hacia atrás.
- ¿Qué te pasa Chon papi? ¿Qué hice? Dijo sonriendo a pesar de la situación.

- Eres muy traviesa Chon Mami, eso pasa- Le dije para desde esa posición incómoda en la que estaba, comerme su boca. La solté cuando ambos necesitamos separarnos en busca de oxígeno.

- Yo no he hecho nada- Dijo acercándose a mí y dibujando un círculo imaginario en mi pecho con su dedo índice.

En ese momento la cacheteé y ella cayó en el sofá que tenía detrás.

- Me hiciste que se me parara a más no poder y ahora te vas a encargar- Dije yo desabrochando mi pantalón y desprendiéndome de él con rapidez. A estas alturas la colombiana se estaba desnudando también.

- Te voy a coger hasta que te quedes sin voz por traviesa- Le dije sentándome sobre ella en el sofá y atrayéndola más hacia mí para besarla de nuevo.

- Sí, sí, sí, cógeme duro, castígame papi- Dijo ella casi en un hilo de voz, sin poder ocultar lo deseosa que estaba.

Terminamos de desnudarnos los dos así que ya con su piel expuesta la volteé bruscamente en el sofá para dejar su culo ante mí. Comencé entonces a azotarle duro las nalgas hasta dejárselas más rojas que una cereza. Ella gemía ante mis azotes, lloraba, pedía que parara pero yo sabía que le estaba encantando. Aquello era lo que había buscado desde temprano al enviarme el mensaje por celular.

- Métemelo ya, métemelo ya, no aguanto, todo el día he estado pensando en tu mondá- Me dijo entre hipidos.

La volteé de nuevo en el sofá, esta vez frente a mí, abrí sus piernas lo más que pude y me enterré hasta el fondo para darle lo que ella tanto estaba anhelando y yo también.

Le di tan duro que cuando llegó al orgasmo apretó sus manos fuertemente en mis hombros dejándome las marcas de sus uñas.

- Me encanta como me lo haces- Susurró ya cansada pero por lo que había hecho esa noche no la dejaría descansar. Esperaría un rato para volvérselo a meter y eso fue lo que hice.

— Chateando con "La Moza", con la cual no había perdido el contacto por completo como he comentado antes, la invité y convencí de participar en un trío con nosotros. Ella se mostró receptiva a vivir la experiencia, dijo que me extrañaba y terminó viajando hasta Caracas, nos encontramos y saludamos, le presenté a la colombiana y de allí partimos a la playa en un viaje que ya había planificado previamente. Pasaríamos un fin de semana rico en la playa los tres juntos. Todos nos llevamos bien en un principio así que supuse que todo iría bien y que sería grandioso, afortunadamente no me equivoqué.

Mi chofer nos conduciría hasta el lugar y por tanto yo podría emplear todo el tiempo en el camino para disfrutar y descansar.

Ya de camino sentado en el asiento trasero con la "Moza" a un lado y la "Chon mami" al otro en un momento dado del viaje, cuando me pareció conveniente y el ambiente así lo invitaba pues llevábamos unos cuantos tragos encima y estábamos bastante felices les pedí que me lo mamaran. Ambas lo hicieron para mí. El viaje fue así mucho más placentero...

Luego de cierto camino recorrido bajé para mear e hice que la colombiana me lo chupara para limpiarme. Ella siempre feliz y obediente se arrodilló y me lo limpió con su lengüita divina. Todo iba bien y como me gusta.

Durante el viaje también bromeamos, reímos, comimos y lo pasamos bien. Cuando por fin llegamos a la playa disfrutamos del sol y el mar por unas cuantas horas. Yo en todo momento aprovechaba de rozar, tocar y acariciar a estas mujeres en todas partes e incluso de besarlas. Preparando un poco lo que vendría cuando estuviésemos juntos en la privacidad de la casa en la playa. Esperaba que "La Moza" no estuviera nerviosa porque era su primera vez viviendo esta experiencia.

El momento llegó y lo recuerdo realmente intenso. Disfrutamos de nuestros cuerpos todos a plenitud en esa casa en la playa. "La Moza" a pesar de que este sería su primer trío se mostró en todo momento tranquila y receptiva. Incluso feliz. Después me confesaría que esto se debió a que se trataba de mí y que saber que me complacería le encantaba y la hacía desear más hacer el trío.

Allí estaba yo, arrancando la ropa de estas dos mujeres quienes a tientas y como mejor podían trataban de desnudarme también a mí. Cuando estuvieron desnuditas ambas, mostrándome toda su piel, toda la belleza de sus partes privadas, sus bonitos y redondos senos y sus cucas mojadas acerqué a la "Moza" al borde de la cama y le abrí las piernas todo cuanto pude. Luego lamí su cuca por un momento, haciendo que se escaparan de ella suaves gemidos.

- Mantén las piernas así. No las cierres. Le dije para luego ordenar a "Chon mami" que se la chupara. Ella obedeció y chupó la cuca de la moza con afán, apretando también sus tetas para hacerle sentir mucho más placer. Me senté a observar por un momento.

Es interesante cuando te detienes a observar y notas todo el lenguaje corporal que la otra persona transmite en un momento como este. Muchas parejas que no se llegan a dar la oportunidad de experimentar y explorar en el sexo terminan haciendo de este algo monótono y la consecuencia de esto es que las mujeres, principalmente, no puedan disfrutar u obtener un orgasmo.

Es bien conocido que muchas de ellas no llegan a alcanzarlo y prefieren por una u otra razón, fingir cuando se resignan a que su pareja nunca encontrará su punto dulce.

Allí de pie frente a estas mujeres, una recibiendo placer y la otra dándoselo gustosa quise analizar cuanto estaban disfrutando de aquello y siendo ajeno a lo que estaban haciendo podía notar con facilidad lo mucho que lo disfrutaban. Se veía que la "Chon Mami" había encontrado el punto dulce de ella y lo estimulaba al punto de que la otra chica estaba sintiendo muchísimo placer.

"La Moza" había cerrado los ojos, luchaba por mantener las piernas bien abiertas y se había agarrado de las sábanas, las cuales sostenía con fuerza, su boca entreabierta dejaba escapar el poco aire que tenía, parecía que se le había olvidado como respirar y de vez en cuando dejaba escapar alguno que otro gemido.

La colombiana comiéndosela con su boca, succionando, lamiendo, penetrándola con la lengua, trabajando esa zona que ella misma, por ser mujer, sabe cómo estimular mejor que nadie. Ella tenía los ojos cerrados mientras hacía todo aquello y podría jurar que en aquel momento, en aquella pequeña habitación no existía nada más para ella que aquella cuca mojada y los gemidos que provocaba en la otra chica cada vez que estimulaba un punto sensible. Seguramente estaría consciente de que yo también la estaba mirando y aquello la hacía afanarse aún más en lo que hacía.

Pasado el rato las hice cambiar de posición. Ahora "La Moza" se lo mamaba a "Chon mami" quien se encontraba al borde de la cama con sus piernas bien abiertas y aunque lo hacía con menos afán que esta, de una manera un poco más tímida aún así se estaba esmerando por complacerla y seguramente por complacerme también.

Me acerqué finalmente mientras seguía con la mamaba y de pie a un lado de la "Chon mami" hice que ella me lo mamara a la vez que recibía el sexo oral. En realidad le dije que abriera la boca tan pronto me acerqué y a penas lo hizo, tiré de ella halando de su cabello hacia mí y le enterré mi verga lo más profundo que pude hasta que ya no cabía más en su garganta para empezar a embestir su cabeza hacia mi guebo una y otra vez sin descanso. Ella tomó lo que le di gustosa aunque las lágrimas traicioneras se le escapaban.

Cuando la separé de mi guebo porque no quería acabar todavía vi sus lágrimas rodar y cómo ella aprovechaba para tomar grandes bocanadas de aire que en momentos anteriores le había estado robando. Se veía tan sensual y provocativa así.

Las hice ponerse luego una encima de la otra dándome el culo. Acaricié el de ambas, lo apreté y las nalgueé a mi antojo. Luego se me antojó lamérselo y así lo hice con cada una. Les lamí su culito y su cuca impregnándome de esa esencia tan suya para después metérselo a la "Moza" y darle estocadas tan rudas que rallaban ya en el instinto animal que estaba dejando aflorar en ese instante.

Cuando embestía ambos culos iban hacia adelante y hacia atrás bailando al ritmo que les estaba dando. "La Moza" cantó entre bonitos gemidos para mí. Luego lo saqué de ella y se lo metí a la "Chon mami" esta vez, que exclamó palabrotas como forma de respuesta ante la brusquedad y el placer que estaba sintiendo.

Nos comimos como quisimos esa noche y las siguientes:

- En el piso yo penetrando a la colombiana que estaba en posición de perrito mientras la "Moza" a exigencia mía se masturbada al borde de la cama frente a ambos.

Desde esta posición pude ver todos sus movimientos, como aumentaba el ritmo de la penetración con sus dedos cuando advertía que la miraba con deseo y como sus mejillas se tornaban algo coloradas por ello. Sus dedos moviéndose con rapidez para estimular su clítoris, cómo arqueaba la espalda y volteaba su cuello hacia atrás cuando no soportaba la descarga de sensaciones que sentía, las expresiones placenteras en su rostro. Todo un deleite.

- La "Chon mami" sobre sus manos y rodillas en la cama, la "Moza" con las manos en sus glúteos y el rostro enterrado en la cuca de esta mientras yo la penetraba parado al borde de la cama con sus piernas entre mis hombros y mi mano firme en sus nalgas.

- Yo recostado boca arriba en la cama, estirado completamente con la "Chon mami" saltando sobre mi pene mientras "La Moza" de cuclillas ponía en mi cara su cuca a mi disposición para que se la lamiera y succionara a mi antojo. Creo que hasta se la mordí por la emoción del momento, ya en ese punto no podía ni pensar.

- Yo penetrando a "La Moza" por detrás mientras la colombiana de frente a ella se la comía a besos húmedos y le apretaba las tetas, se las estrujaba, lamía y hacía lo que le daba la gana con ella.

Acabé una de esas noches dentro de la colombina mientras besaba a la "Moza", un momento muy emocionante de ese encuentro porque mi mente allí quedó completamente en blanco, ebria de tanto placer.

Ellas tuvieron múltiples orgasmos esas dos noches. Disfruté ver como vibraban, como las piernas les temblaban o flaqueaban, como se retorcían... Y todo esto inmersas en el más profundo placer que se encontraban compartiendo conmigo.

Me lo mamaron también en ese viaje de madrugada en la arena de la playa, con las olas sirviéndonos de música y la luz de la luna sirviéndonos con su luz.

Luego de que el viaje culminó regresamos a Caracas la "Chon mami" y yo y la "Moza" regresó a su ciudad. Todo transcurrió como antes. De vez en cuando hablaba con "La Moza" por mensaje y a la colombiana me la cogía y humillaba cada vez que tenía la oportunidad en medio de esa relación dominante-sumisa que habíamos creado.

Todo fue hasta que por azares de la vida y razones personales la "Chon mami" regresó a Colombia definitivamente. Por este hecho terminamos nuestra relación. Pensé entonces en contactar a una de mis antiguas parejas para que viviera conmigo, ya que para esas alturas permanecer solo era difícil para mí. Realmente no quería renunciar a un rico par de tetas y a unas buenas nalgas constantes en mí día a día y menos a una cálida atención para pasar una temporada solo.

Consideré contactar a Antonella porque en más de una ocasión después de finalizar nuestra relación y mientras mantenía mi relación con la colombiana nos encontramos y tiramos.

Siempre que quedábamos para salir a vernos y conversar acabábamos tirando y es que la historia que vivimos juntos no daba cabida a que desperdiciáramos esas oportunidades.

No obstante por alguna razón recordar el trío en la playa con la "Moza" y todas las situaciones que vivimos juntos me hizo decidirme por contactarla a ella. Sentí que disfrutaría mucho de su dulce compañía y que sería encantador ver sus profundos ojos más a menudo.

Le envié un texto explicándole y ella aceptó gustosa, creo que no lo dudó. Pero me dijo cue tenía que hacerme una confesión. Cuando le pregunté de que se trataba envió un texto corto con las siguientes palabras: *"Estoy embarazada de mi novio"* Explicó, y aunque no puedo negar que esta situación me sorprendió en un principio supuse que no sería un problema. No le di mayor importancia después. Se trataba de ella igual, nos llevábamos bien, nos entendíamos en la cama ¿Por qué tendría que rechazarle porque un bebé estuviera creciendo en su vientre? Eso no tenía lógica para mí. Ella seguiría siendo preciosa y ambos podríamos tirar igual porque es bien sabido que el sexo durante el embarazo es beneficioso para las embarazadas o ¿no?

Ahora bien, antes de que esta chica se mudara a Caracas recibí una carta de la "Chon Mami".

Había olvidado su costumbre de escribirme cartas cuando la conocí en Colombia en aquel viaje distante. No obstante lo recordé a penas tuve su carta en mis manos.

Tan pronto la recibí abrí el sobre, saqué su contenido y leí:

"Todo lo que viví contigo mi Chon papi fue realmente especial. Para mí mi relación contigo fue un vicio, una droga. Mi vicio y mi droga eres tú. Estaba drogada por el sexo y las ganas de complacerte. Fui más libre que nunca y disfruté a plenitud como jamás habría imaginado que sería posible.

Superé lo que algún día consideré que eran mis limitaciones pero me di cuenta de que los límites no existen más. Se los impone uno mismo.

¿Habría podido descubrir tanto de no haber sido tú mi vicio, de haber ocupado otro tu lugar? No lo creo. No es fácil encontrar a un hombre como tú, seguro de sí mismo y capaz de transmitir toda esa seguridad a su pareja, de hacerla ver lo maravillosa que es tal y como es, sin esconder nada, de ayudarle a explorarse, conocerse y lo que es mejor, aceptarse como es, aún en su versión más oscura.

Es difícil sincerarse consigo mismo y con las cosas que te gustan especialmente si las mismas tienen cierto nivel de perversión que la gente suele juzgar mal. Pero aprendí a aceptar todo de mí porque me di cuenta de que de no hacerlo nunca sería feliz.

Mi parte lasciva, mi parte lujuriosa disfruta los azotes, los castigos, disfruta la entrega total a un hombre siempre que este lo valga. Lo he aceptado y no me atormenta, me gusta ser así, así soy feliz así que ¿Por qué debería esconderlo o negarlo? No puedo negar los motivos de mi felicidad ¿Qué sería de mí si lo hago?

Seguramente si algún hombre me hubiese preguntado antes ¿Disfrutas los azotes que te dejen marcas? ¿Disfrutas que un hombre controle tú vida? Habría contestado que no porque no me conocía hasta que estuve contigo. Ahora me conozco, me mostraste el camino el cual sola jamás habría recorrido y soy feliz con mi parte normal y mi parte erótica porque ambas son yo.

No quiero ser infeliz como muchas mujeres lo son, quiero seguir siendo yo misma sin que me importe nada más y ser feliz así como lo fuimos juntos. Quiero disfrutar de la vida, de las cosas que me gustan y que me dan placer.

Bueno... Para no alargar más esto sólo quería decirte que siempre te tengo y tendré en el corazón así que si se da la oportunidad sería tú esclava sin pensármelo, haría todo lo que quisieras, te atendería como lo mereces a cambio sólo de que me des de tu leche caliente y divina y me hagas sentir en las nubes como sabes bien hacerlo. Gracias por tanto. Siempre tuya...". Finalizó.

Comencé a darme cuenta desde aquí del impacto que ocasionaban en mí las palabras de mis sumisas siempre que me expresaban lo que sentían.

Sus palabras siempre profundas, siempre sinceras. Me confesaban que las había ayudado a conocerse y aceptarse en el camino del placer. Me alegró reconocer mi papel en todo ello, aceptar que de alguna forma hasta el momento había ayudado a "La mujer Florero", Anto, "Rubí" "Chon Mami"... Todas estas mujeres. Todas ellas se expresaban de forma similar cuando hablaban de su experiencia conmigo y sus emociones.

No obstante me encontraba aún en proceso de conocerme también a mí mismo y me faltaban por descubrir muchas cosas.

Ahora bien, continuando con el hilo de la historia inicié una nueva etapa en mi vida cuando la "Moza", ahora embarazada se mudó definitivamente a mi apartamento en Caracas, la ayudé a establecerse.

De esta relación he de resaltar lo interesante que fue experimentar en carne propia como el cuerpo de esta chica iba cambiando por el embarazo. Cuando comenzamos a salir juntos de nuevo su embarazo era de pocas semanas así que lucía prácticamente igual en contextura y peso con respecto a la última vez que la había visto en persona, no había mucha diferencia en ella a como la recordaba. No obstante mientras pasaban los meses ella simplemente adquiría más peso en su vientre, sus tetas crecían y se llenaron de leche en un momento dado, goteaban esta la mayoría de las veces, su culo también creció y su piel, que era ya increíblemente lozana se tornó aún más tersa y suave. Lejos de desagradarme esta serie de cambios yo los iba disfrutando como venían.

Tirábamos mucho. No nos limitamos en ningún momento a ello por el hecho de que estaba embarazada, sabíamos que ningún mal causaba. Claro está, con ella dejé de lado por supuesto el sexo rudo porque no podía arriesgarme a hacerle ningún daño a ella o a su bebé en desarrollo. Esto no impidió ni que disfrutara del sexo con ella ni que lo hiciéramos con frecuencia. Una frecuencia tal vez desmesurada.

Probamos con muchas posiciones. Fue especialmente difícil cuando su vientre ya estaba muy hinchado porque a ella se le dificultaba moverse pero aún así nos manteníamos experimentando y nunca dejamos de disfrutar:

- Ella sentada al borde de la cama con las piernas abiertas mientras se la mamaba, acariciando sus tetas y su vientre.

- Ella recostada boca arriba sobre la cama completamente desnuda mientras yo le apretaba las tetas para llenarle el pecho de leche y luego chupársela y saborearla.

- Ella mamándomelo en cualquier parte con afán, engullendo y succionando mi verga con todo el placer que le provocaba.

- Ella de rodillas sobre mí controlando el ritmo de las embestidas, subiendo y bajando una y otra vez mientras yo estaba simplemente tumbado boca arriba apretando sus nalgas o sus tetas, deleitándome de ver su leche salir y gotear por su cuerpo, lamiendo de esta leche o sosteniéndola de la cintura para ayudarla a que no perdiera el ritmo .

- Ambos tumbados de lado, la espalda de ella contra mi pecho mientras la penetraba suavemente y apretada sus tetas con deseo. Me ponía especialmente duro cuando las tocaba y sentía que derramaban un chorro de leche calentita.

- Ella tumbada boca arriba en la cama, yo encima pero cuidándome de no ejercer peso en su cuerpo, embistiéndola con deseo, apretando sus tetas para bañarme de su leche, lamiendo cada sitio en donde esta goteaba, tocando suavemente su vientre sintiendo de vez en cuando un leve movimiento en este.

- Ella sentada al borde de la cama con las piernas tan abiertas como su condición de embarazada se lo permitía y yo arrodillado en el suelo metiéndoselo y dirigiendo el vaivén de caderas que la hacía gemir y gritar por más.

- Yo de pie penetrándola desde atrás mientras le acariciaba todas y cada una de sus zonas erógenas: Estimulaba su clítoris con rapidez, apretaba sus tetas o su culo, besaba la parte de atrás de su cuello o el lóbulo de su oreja mientras le susurraba si le gustaba para verla estremecerse de placer y excitarse más.

- Yo tumbado de espaldas en la cama con las piernas hacia arriba y ella sobre mí, a horcajadas y de espaldas apoyando sus manos en mi regazo. Ella dirigiendo las embestidas mientras yo acariciaba y apretaba sus pechos, la nalgueaba con poca fuerza o apretada esas bonitas nalgas que cada día se hacían más grandes.

- Yo recostado boca arriba y ella de espaldas hacia y sobre mí, sujetándose con los codos apoyados y sus rodillas flexionadas. Mis manos rodeando su cintura y sosteniéndola firmemente de allí para dirigir el vaivén de la penetración.

El morbo por su condición de embarazada estuvo presente en todo momento durante nuestros encuentros sexuales. Yo encontré especialmente excitante jugar y saborear la leche de sus tetas. Esto era algo que a ella le encantaba y la volvía loca cuando la chupaba directamente de sus tetas porque por el embarazo estas estaban más sensibles que nunca. Pero a mí me gustaba también, me excitaba y me gustaba todo de ella. No cambiaría nada de esa experiencia, lo vivido y sus gemidos lo valieron para mí. Fue una experiencia importante porque pude experimentar con algo que desconocía totalmente y disfrutar de ello.

Me di cuenta de que a las mujeres se les puede disfrutar y saborear sin importar su situación, siempre será algo hermoso y placentero.

Me llené de leche materna la cara o el cuerpo en más de una ocasión, me tragué esta leche, la esparcía por el cuerpo de la "Moza" y lo lamía directamente de allí. Puedo decir por experiencia que esto era realmente excitante. Provocaba en mí sensaciones nuevas.

En lo que a otro aspecto de la relación se refiere debo confesar que terminé convirtiendo de alguna forma a esta chica en una especie de muñequita, mi muñequita. Esto se debió al hecho de que estaba embarazada y por supuesto, esta situación requiere de ropa nueva. A medida que su cuerpo crecía necesitaba más ropa porque la que tenía le dejaba de servir.

Fue así como el ir de compras se convirtió en algo que hacíamos con cierta regularidad. La llevaba de compras a los centros comerciales en Caracas pero escogía las prendas que me gustaban para ella: falditas, vestidos, tops, braguitas. Observaba la ropa y me la imaginaba puesta en ella. La hacía probársela y elegía aquella que me parecía que la hacía lucir más sensual o simplemente la que lograba parármelo.

La vestía como quería y ella feliz usaba lo que yo le comprara. Lucía siempre muy radiante y coqueta y cada vez estaba más y más bella.

Algo que recuerdo muy bien de ella es que tenía un piercing adornando su lengua. Me encantaba admirar este, se le veía precioso y no solo eso, cuando nos besábamos el frío de este elemento haciendo contraste con la calidez de nuestros alientos y saliva agregaba un toque muy especial a los besos, uno diferente.

Fue así como cierto día me convenció de colocarme también un piercing en la lengua.

- Vamos... lucirá precioso en ti- Insistía con ojitos de niña coqueta y corderito así que terminé accediendo, y lo hice. En su compañía fui a comprar y ponerme el piercing y realmente me gustó como lucía en mí.

Hago mención a este suceso porque creo que fue una parte de mí en la cual esta chica influyó, es una parte de mí que le debo. De no ser por ella quizás no usaría ese estilo con piercing en la lengua que conservo hasta el día de hoy pero así ocurrió, y me gustó tanto que quise que formara parte de mí siempre. Xathaniel con pierncing en la lengua, ese soy yo.

De modo que en la forma en cómo vengo narrando fue como pasamos el tiempo juntos la Moza embarazada y yo, conviviendo, riendo, paseando, tirando, experimentando, viviendo en carne propia los cambios que se producían en ella tanto en la parte física como en la mental.

Finalmente el día del parto llegó y ella por fin tuvo a su tan esperado bebé el cual nació sano.

Permanecimos juntos por un período de aproximadamente tres meses después de ese parto. No dejamos en ese tiempo nuestro vicio de tirar con frecuencia aunque claro está el cuidado de su bebé le impedía muchas cosas.

Ella, en ocasiones en las cuales podía hacerlo dejaba a su niño al cuidado de otros para venir a tirar conmigo y mantenerme contento porque era muy complaciente y deseaba seguirlo siendo.

Tres meses después del parto simplemente dimos final a la relación, sin ningún tipo de rencores. Consideramos que debíamos darle fin porque desde un principio yo no buscaba asentarme con ella y un bebé y ella lo sabía. Así que simplemente cada uno siguió por su camino pero nunca perdimos el contacto.

Quise que esta chica me contara sobre su opinión, sentimientos y emociones con respecto al tiempo que compartimos juntos, así que se lo pedí como lo había hecho en ocasiones anteriores.

Ella se marchó de Caracas, retornó a la ciudad en donde la conocí y yo simplemente pensé que no se daría la tarea de escribir nada, especialmente por el hecho de que estaría ocupada criando al bebé. No obstante cuando menos lo esperaba me envió un correo con las siguientes palabras:

"*Me impresionaste, me marcaste, no me negaste nada de ti y yo no te negué nada de mí. Me conociste completa, como soy. Me sentí como una princesa a tu lado, siempre, gracias a tus atenciones constantes. Experimenté contigo el placer en todas sus manifestaciones, un placer abrumador.*

Tú forma de ser dominante e impositiva me impactaron pero también tu calidez, especialmente cuando hablas.

Estaba asustada de vivir contigo embarazada porque pensé que ante los cambios de mi cuerpo te desagradaría, dejaría de gustarte. Lejos de ello me mostraste que un hombre y una mujer pueden disfrutar a plenitud la intimidad aunque la mujer se encuentre experimentando los difíciles cambios en su cuerpo que trae consigo esta etapa de la vida como es el embarazo.

Siempre tendré presente lo bien que me hacías sentir, lo mucho que hacías que mis tapones volaran... No pensé que pudiera experimentar algo así pero lo hice.

Espero que hayas disfrutado el tiempo conmigo tanto como yo lo hice. Gracias por enseñarme sobre muchas cosas que yo desconocía tanto en la intimidad como fuera de ella, todo lo que aprendí de ti me ha sido realmente de utilidad. La marca que dejaste en mi vida es simplemente imborrable. Los momentos que compartimos, las horas de sexo, el trío, el que te hiciera ilusión vestirme como te gustaba, todos estos son momentos que atesoraré.

Haría lo que fuera porque estés siempre feliz. Sin más. Espero que lo que he escrito te haya llegado al corazón. Serás el hombre de mi vida siempre. Me encantó complacerte y satisfacerte más que nada en el mundo"

De nuevo aquellas palabras cargadas de sinceridad que me hacían sentir que iba transitando el camino correcto por la vida, aquel que quería transitar, el camino al placer que me seguía mostrando las verdades sobre mí mismo y lo que me gustaba y que me ayudaba a conocer más de las mujeres también. Algo en lo que estaba realmente interesado ¿Qué hombre no lo está?

En este punto estaba más hambriento de experimentar que nunca antes. Si bien muchos podrían considerar que había experimentado lo suficiente yo no lo veía suficiente, no me parecía suficiente. Sabía mucho sobre sexo, sabía mucho sobre fetiches, había descubierto muchos fetiches que me gustaban, había descubierto que podía dejar marca en las mujeres de mis relaciones, que muchas mujeres disfrutan que un hombre dominante controle sus vidas y la parte sexual, está en la naturaleza de muchas de ellas esto pero se niegan a aceptarlo por el pudor que les han enseñado, por el qué dirán y al no aceptarlo son simplemente infelices. Para un hombre dominante en sus relaciones como yo el que las mujeres aceptaran esa parte de sí mismas resultaba necesario, fascinante.

Había aprendido todo esto de mis experiencias y aún sentía que había partes por llenar ¿Sería suficiente en algún momento? ¿Obtendría algún día todas las respuestas que necesitaba? Llegué a preguntarme más de una vez pero aquella era una pregunta sin respuesta, sólo el tiempo me lo diría yo no podía responder.

Ahora de nuevo me había quedado sin una pareja estable. Tendría que esperar que otra persona apareciera en mi vida o pensar a cual de mis antiguas parejas contactar. De ser viable, como lo hab´a hecho meses antes con la Moza.

Xania

Lo cierto fue que sin alguna razón en particular no contacté con nadie y seguí con mi vida, mi trabajo, uno que otro viaje, muchas salidas para entretenerme y festejar y otras actividades... Hasta que en una de las tantas ocasiones en las cuales visitaba Maracaibo conocí a una chica que marcaría mi vida más adelante de forma realmente significativa. Su nombre es Xania. La conocí en una discoteca popular de la ciudad. Había ido hasta allí con unos amigos y ellos me presentaron a esta hermosa mujer de cuerpo brutal, cabello castaño, piel canela y bonitos ojos. Tan pronto la vi y crucé palabras con ella sentí algo especial, algo que me encantó. Ella tenía un algo que me resulta difícil describir pero que me hacía sentir bien. Me gustó todo de ella, desde su cuerpo hasta su mirada, su voz y su sonrisa... todo.

Hablamos mucho esa noche: bailamos, reímos... hubo química. Todo entre nosotros se dio muy bien. Intercambiamos nuestros números de teléfono y hablamos por ese medio prácticamente todo el día durante el día siguiente. Me gustó y yo le gusté. Estaba claro para mí.

"Quiero mostrarte algo" Me escribió por mensaje de texto

"Muéstrame. A ver..." Respondí

271

Si ya de por sí no tenía dudas al respecto. Terminé de comprobar que le gusté tanto como ella me había gustado cuando vía WhatsApp me envió una fotografía de su cuerpo totalmente desnudo, la cual se había tomado junto a una amiga probablemente estando ebria. Mis ojos se abrieron como platos al recibir tal fotografía. Me sorprendió apreciar en ella su cuerpo impresionante y bien dotado. Más dotado de lo que se le podía apreciar luciendo ropa puesta. También pude apreciar mejor su piel de aspecto terso. Me puse duro de inmediato. Todo su ser me instigaba a la locura porque despertaba toda mi lujuria. Necesitaba hacerla mía.

Aquella fotografía representó para mí una clara invitación al sexo que no podía dejar pasar. Ella estaba más que dispuesta a entregarse a mí y yo por supuesto, también lo estaba de recibirla. No podía dejar pasar la oportunidad. No lo haría bajo ninguna circunstancia.

Le propuse tener sexo sin más rodeos y tres días después de haberla conocido la hice mía como tanto lo había estado deseando hasta ese momento. Ella se mostró gustosa ante mi propuesta tal y como lo esperaba. Nos citamos, la llevé a un hotel y allí descargamos todo cuanto llevábamos por dentro.

De esa primera vez no tendría tanto que contar. El acto en sí fue suave. Nada parecido a lo que acostumbraba. De hecho fue suave y romántico. Quizás hubo una que otra nalgada y algo de rudeza pero nada parecido al sexo de dominación que ya venía ejercitando hasta el momento en mis relaciones anteriores. Si se quiere llamar de alguna forma fue: "sexo vainilla", es decir sexo convencional: sin parafilias...sin fetichismos...sin nada que se aproximara al BDSM. Muy a pesar de que ya habían aflorado en mí muchos fetiches. Tal como lo he ido revelando en líneas anteriores.

Así fue como se dieron las cosas y así fue como las tomé. Disfruté ese encuentro gratamente a pesar de haberse tratado de sexo convencional, fue delicioso probarla.

Esa noche, perdido en los encantos de esta mujer no me centré en ningún fetiche, sólo me centré en poseer cada parte de su ser. Quería probarla toda y embriagarme con su esencia, así que me concentré en ello y me puse manos a la obra. La desnudé lentamente mientras la besaba. La fui conduciendo hasta la cama hasta lanzarla sobre ella para después desnudarme yo y subirme hasta la cama hasta posicionarme encima de su precioso cuerpo desnudo.

La acaricié y besé entera desde los tobillos hasta su boca, la cual me aseguré de comerme bien. No hubo una parte de ella en donde no pasara mi lengua, era adictiva. Mientras más la probaba más quería. Todo esto lo hice con lentitud, deseaba incrementar su anticipación, volverla loca con la espera para que deseara tanto que la penetrara que no tuviera opción más que pedírmelo.

Mordí una que otra parte de su cuerpo pero tuve que controlarme para no dejar marcas ya que ella me había comentado que estaba próxima a casarse. Con su boda ya planificada y las invitaciones y otros elementos ya adquiridos. No quería meterla en problemas pero sí que quería que disfrutara, quería volverla loca y que gritara mi nombre. Me aseguré entonces de ir despacio y de excitarla mucho en los juegos previos.

Después de lamerla entera de los tobillos hasta su boca bajé de nuevo hasta meter mi lengua en su cuca. Su estremecimiento me indicó lo mucho que lo estaba disfrutando. Hasta ese momento ella se había mantenido con los ojos cerrados y gimiendo bajo. Ahora sus gemidos se habían intensificado. Continué lamiendo, succionando y deleitándome a mi antojo con aquella deliciosa cuca hasta que la escuché:

- Métemelo, te quiero dentro de mí, quiero sentirte... ya no puedo más- Dijo cómo pudo. Quise hacerla sufrir un poco más y ante sus palabras continué estimulándola con mi boca para pasar a estimular también su clítoris con uno de mis dedos. Lo hice rápido, asegurándome de que la fricción le diera suficiente placer.

- Métemelo, métemelo... metémelo...aaaah... deeen...tro... Comenzó a repetir como en un trance.

En ese punto ya por mi parte tampoco pude aguantar mucho más y tras deleitarme un poco más con sus palabras la penetré. Fue fácil porque su cuca estaba más que lubricada, se había mojado muchísimo. De hecho creo que de haber continuado como estaba la habría hecho venirse sin penetrarla.

Cuando estuve por fin dentro de ella me sentí en el cielo. La vista incluso se me nubló. El placer me estaba cegando. Había deseado mucho volverla loca de placer pero en el proceso me estaba volviendo loco yo también.

No abandonaría mi empeño de que disfrutara tanto como fuera posible así que la embestí rudamente asegurándome de tocar su punto dulce y de acariciar su cuerpo en las zonas que en mi experiencia al respecto, había comprobado que podían volver loca a una mujer. La acaricié realmente por todas partes: su vientre, abdomen, sus tetas, sus pezones, sus hombros, su cuello... Todo... deseaba poseerla toda y eso era exactamente lo que estaba haciendo.

En un momento dado llevé mi mano a su cuello y apreté pero sólo un poco. La miré a los ojos y los vi tan vidriosos y llenos de deseo que me excité aún más. Había hambre de sexo en esos bonitos ojos y yo sólo quería saciarla.

Continué embistiéndola y apreciando su belleza y erotismo hasta que se vino... Todo su cuerpo vibró bajo mi peso y sentí en ese instante que podía hacerlo con ella mil veces sin cansarme.

- ¿Te gusta así putita? ¿Te gusta que te lo meta y te dé duro? Le pregunté burlón al oído y ella aún recuperándose del orgasmo que había tenido asintió para después besarme con ardiente deseo controlando sus instintos.

En otra ronda en la cual ella se posicionó sobre mí me mostró sus también dotadas destrezas en el sexo. Me sentí increíble porque mientras ella saltaba sobre mi pene a velocidad rápida pude admirar mejor sus expresiones de placer. Mismas que me fascinaron. Me miraba mientras saltaba con todo el deseo que también yo me encontraba experimentando en ese momento, se mordía el labio en una que otra ocasión y gemía alto.

Ya habíamos acabado el acto sexual y yo a pesar de eso no paraba de acariciarla y morderla a mí antojo. Aquella mujer me resultaba deliciosa.

- Fue increíble- Me dijo aún con la respiración entrecortada y yo me la comí a besos hasta que se fue a casa. Dormí esa noche plácidamente sintiendo que me había salido con la mía de alguna forma.

Desafortunadamente al día siguiente ya era tiempo de volver a Caracas. Ya se lo había comentado a ella. Me iría por la tarde pero ella estaría ocupada así que no podríamos vernos para despedirnos en persona. Me despedí entonces por mensaje de texto. Uno en el cual me aseguré de recordarle lo bien que me había hecho sentir y lo mucho que como mujer me atraía en forma general. A pesar de que la noche anterior se lo había dicho varias veces y se lo había dejado muy en claro.

"Me gustó conocerte. Me pareces un hombre increíble y tú también me haces sentir muy bien y me atraes muchísimo. Te voy a extrañar bastante, contáctame cuando vuelvas para volver a vernos" Respondió.

"Ten por seguro que te llamaré al volver pero mantengamos el contacto siempre" Escribí a su vez y no volvimos a textearnos ese día.

Tras esto simplemente volví a la capital para continuar con la vida que llevaba allí. Cuál sería mi sorpresa al recibir un mensaje de ella a los pocos días de haber regresado diciéndome que se encontraba en ese lugar:

"¿Cómo has estado? Es Xania ¿Podrías recogerme? ¿Dónde podemos vernos? Acabo de llegar a Caracas y necesitaba verte y conversar de algunas cosas... bueno, de muchas cosas ¿Se puede? Realmente vine para eso aunque estoy un poco apenada por no avisar antes". Escribió.

Mentiría si no digo que aquello me sorprendió porque era algo que realmente no había visto venir. Al menos no tan pronto y en esas circunstancias. Al mantener el contacto supuse que eventualmente nos volveríamos a encontrar y que de seguro follaríamos de nuevo. No obstante no sólo era pronto sino que además, ella me había seguido hasta Caracas. Al menos eso era lo que parecía.

Mi corazón comenzó a latir a mil, me emocioné y me sentí feliz de recibirla.

Sorprendido y emocionado como estaba me tomé el tiempo de buscarla. Le dije que me esperara en algún centro comercial. Resolví algunas cosas y luego fui por ella. Sonrió cuando me reconoció y corrió hacia mí para saludarme cariñosamente con un abrazo y un beso en la mejilla. Yo aproveché para tomarla de la cintura, acercarla más a mí y besarla mejor en sus labios suavemente.

La llevé entonces a mi apartamento y sólo cuando estábamos allí cómodamente instalados con una copa de vino en nuestras manos pregunté el motivo de su inesperada visita. En el camino hasta allí no había querido preguntar ni indagar en nada ya que ella parecía estar un poco nerviosa. No estaba del todo seguro de que se trataba todo aquello pero no pretendía ponerla más nerviosa.

- Creo que pensarás que estoy muy loca- Dijo ella al fin, con una leve sonrisa-

- Puede ser... Pero pruébame- Le pedí.

Ella rió ante mi ocurrencia y continuó.

- Lo que sucede es que no podía dejar de pensar en ti... Desde aquella noche. Yo... simplemente no puedo sacarte de mis pensamientos... Me confesó directamente y luego permaneció callada. Se le notaba bastante avergonzada, parecía que ni ella misma podía creer las palabras que salían de su boca. Parecía estar batallando respecto a lo que quería decir, tal vez pensando si debía decirlo o no... Si era correcto o no.

No supe que responder al instante así que, notando que ella tenía intenciones de seguir hablando permanecí en silencio observándola con toda mi atención e interés. El silencio continuó por unos instantes más. Ella parecía estar ordenando sus palabras en su mente y yo por ello no pretendía presionar. Cuando estuvo lista, continuó:

- Estoy llena de dudas respecto a mi futuro matrimonio ¿Sabes?- Dijo al fin y sus ojos se cubrieron de lágrimas- Estoy próxima a casarme con un hombre que nunca en el tiempo que llevamos juntos me ha hecho sentir como tú lo hiciste en unos pocos días ¿Cómo debo sentirme respecto a eso? Preguntó dudosa pero de inmediato supe que la pregunta no estaba dirigida a mí. Ella, a pesar de que yo me encontraba presente, sentado a poca distancia se estaba refiriendo a sí misma en ese momento.

Cómo tratando de liberarse de pensamientos que le atormentaban, como intentando justificarse. Estaba librando una batalla interna.

- Pasé alrededor de dos días enteros pensando en todo esto. Reconsiderando lo de mi matrimonio porque estaba añorando tu compañía. Sé que te conozco hace muy poco tiempo pero aún así... no puedo evitar sentirme como me siento. Traté... he tratado pero no lo he logrado- Añadió con una expresión cargada de preocupación mientras fijaba su mirada en cualquier punto de la sala sólo para evitar encontrarse con mi mirada.

Cubrió su cara con sus manos y eso la hizo verse tan frágil, como si pudiera romperse en cualquier momento. Notando que se había vuelto a quedar callada y que su silencio se prolongaba me acerqué a ella con lentitud. Cuando estuve parado justo al frente llevé mi mano hacia su mentón, lo apreté suavemente e hice que descubriera su rostro y que me mirara. Quería que se sintiera mejor.

- ¿Estás bien? Le pregunté.

- No lo sé- Respondió ella. Estoy próxima a casarme y ahora estoy aquí y no sé que estoy haciendo... Creo que no debí venir- Dijo entre preocupada y asustada.

- Me gustas muchísimo. Eres una mujer increíble, tenemos química y la pasamos rico durante el sexo. Yo también he pensado mucho en ti estos días, de eso no tengas dudas. De hecho creo que podemos llegar a entendernos muy bien. Le aseguré de inmediato, cortando sus palabras porque note que se iba a romper a llorar. Ante mis palabras ella abrió la boca como queriendo responder algo pero la interrumpí de nuevo, no quería que siguiera afligida quería encontrar una solución.

- ¿Qué quieres hacer? ¿Por qué estás aquí realmente Xania? Pregunté esta vez. Queriendo indagar más en el tema, queriendo ayudarla a desahogarse, queriendo liberarla de las dudas o los pensamientos que la estaban atormentando.

- No lo sé- Respondió insegura- Yo sólo no lo pude soportar más. No podía con el peso que sentía así que tomé un autobús hasta aquí sin pensarlo demasiado... Creo que no pensé en lo absoluto en realidad. Sentí que aquí aclararía un poco mi mente. Quería verte para hablar y aclarar mis pensamientos. La realidad es que creo que ya no quiero casarme pero tampoco sé que hacer... Creo que cancelar la boda sería una locura, ni mi familia ni nadie lo entenderá- Agregó.

Me agaché en ese momento hasta quedar a su altura y la besé con sentimiento y deseo. Deseaba transmitirle lo mucho que me gustaba. Empecé lento y poco a poco el beso se volvió más lujurioso, más necesitado. Recorrí con mi lengua todo su interior y mordí la comisura de sus labios. Luego pasé a besar su cuello. Ella pasó sus manos alrededor de mi cuello en ese momento. Luego cuando corté el beso comenzó a acariciarme y antes de que nos diéramos cuenta ya nuestra ropa no nos cubría.

El beso terminó de esa forma pasando a mayores y unos minutos después me encontraba acariciando su espalda descubierta mientras ella escondía su rostro en mi pecho. Ambos completamente desnudos sobre la cama y mucho más relajados después de una buena ronda de besos y sexo rico.

- ¿Qué quieres hacer? Pregunté de nuevo rompiendo el silencio que se había instaurado entre ambos. Ella levantó su rostro, encontrando su mirada con la mía y pasé a acariciarle su cabello suavemente con la intensión de que se relajara más-

- Es difícil estar próxima a casarse y pasar por esto. Respondió ella suspirando- Aunque pareciera una clara señal... Yo quiero... siento... no lo sé... siento que quiero estar contigo... Siento que no debería dejar pasar esto o ignorarlo. Pero... ¿Qué van a decir mis padres y mis suegros? ¿Qué va a decir la gente de mí si ya incluso tienen invitación a mi boda? Creo que es feo tenerlo todo preparado para luego arrepentirse y ya - Agregó. Además... A penas te conozco. Quedaré como una loca.

- Por el qué dirán no deberías guiarte ni preocuparte. Si lo haces nunca vas a ser feliz ¿Qué importa lo que digan? No son ellos los que van a casarse de todas formas... A la que tiene que hacer feliz algo como eso es a ti y si tú no estás segura mejor y no te cases y ya... No le veo el sentido. Argumenté con la lógica que le veía al asunto-

-Por otra parte aunque apenas nos conozcamos, no importa. Nos llevamos muy bien y eso es importante- Añadí. Pero si hay algo de lo que me gustaría hablarte antes de que me respondas sobre lo que quieres hacer y conversemos sobre ello- Me apresuré a agregar para pasar a explicarle parte de mi vida y mis preferencias sexuales. Estaba dispuesto a entablar una relación con ella a pesar del poco tiempo que llevábamos conociéndonos porque me gustaba lo suficiente y porque no veía nada malo en ello: ¿Qué había estado próxima en casarse? Nunca me interesé en el que dirán y eso no supondría un problema. Sabía que ella podría llegar a superar también los prejuicios que se cernieran sobre ella por decidir no casarse pero necesitaba ser sincero y que ella supiera que esperar más adelante de mi y una posible relación conmigo ya que no había podido conocer muchos aspectos de mi persona y por supuesto estaba consciente de ello.

Sí íbamos a estar juntos debíamos hablar con sinceridad porque definitivamente mis gustos no iban a cambiar. No es como si la fuese a apresurar en el asunto de los azotes, de los tríos, del rol dominante y el sumiso y todo lo que implicaba. Podía mostrarle poco a poco algunas de las prácticas que me agradaban para que ella fuera experimentando, podía irla introduciendo poco a poco en mis fetiches. Estaba seguro de que cuando le demostrara todo el placer que podía llegar a sentir ella estaría gustosa de complacerme. Veía en ella su potencial como una bella sumisa. Pero esto era algo que debíamos al menos conversar ya que si bien yo no perdía nada ella estaba renunciando a una vida planeada por experimentar conmigo. Claro, si se decidía quedarse al final del día.

Escuchó todo cuanto tenía que decir atenta y curiosa. Pareció sorprenderse un poco.

- A decir verdad siempre he soñado con complacer a un hombre en todos sus antojos. Ser ese tipo de mujer me gusta mucho. Creo que se me daría muy bien todo eso- Me dijo sonriendo en respuesta, muy tranquila.

Después de una ronda de besos terminó por convencerse por completo. Sus dudas debieron haber aminorado pues me dijo que quería tirarlo todo por la borda y permanecer conmigo. Fue así como iniciamos nuestra relación. Al principio fue una relación vainilla pero, como era de esperarse se fue intensificando. De hecho, se intensificó más y más hasta que pasó de lleno a ser una relación BDSM. Una relación de amo y esclava con todo lo que ello implica. Tal como lo veremos más adelante.

Anteriormente mencioné que Xania había marcado mi vida de forma significativa. Lo hizo precisamente porque se convirtió en mi primera esclava y más adelante, en mi esclava principal. Nos adentramos juntos al mundo del BDSM. Fue con ella que me inicié en prácticas propias de ese estilo que terminó por convertirse en mi estilo de vida de forma permanente y también en el de ella, fue con ella que aprendí a ser un amo experimentado y ella aprendió junto a mí a ser una sumisa cada vez más complaciente y perfecta. Iré revelando lo que ocurrió y cómo en líneas subsiguientes.

Primero que nada debo resaltar que después de un tiempo juntos me mudé con Xania a la ciudad de Maracaibo. Allí, compré una discoteca, dispuesto a emprender en un nuevo negocio. La discoteca se convirtió en nuestro hogar, Xania y yo vivimos en el interior de esta y por eso este se volvió nuestro lugar cómplice para hacer toda clase de travesuras.

Nuestra relación avanzaba muy bien, tirábamos mucho, a Xania le gustaba el sexo y experimentar tanto como a mí. Resultó ser bastante insaciable y por eso follándo nos entendíamos muy bien. Era sumisa por naturaleza; de hecho, muy sumisa. Al menos conmigo, no sólo en el aspecto sexual, lo era en todos los aspectos de su vida. Me atendía, me pedía opinión y consejo para todo... En ello tal vez influyeron los 10 años de diferencia en edad que nos llevábamos pero no estoy realmente seguro. Creo que está simplemente en su interior ser tan sumisa. Veía en mí

285

un guía y eso a mí me encantaba. Me hacía sentir orgulloso.

Xania además era muy complaciente conmigo y mis fantasías sexuales pero también lo era en aspectos que iban más allá del sexo y le gustaban mucho las labores del hogar, especialmente si se trataba de agradarme y cuidarme.

Fuimos poco a poco pero ella fue experimentando cada vez más conmigo y llegamos a un punto en donde el sexo en público, los azotes y los tríos se hicieron presentes en una forma similar en cómo se habían hecho presentes en el contexto de mis relaciones anteriores. Ella se esmeraba en complacerme cada día más. Aquello parecía hacerla realmente feliz y a mí sí que me hacía sentir de esa forma.

Llegó a ofrecerme como ofrenda incluso a una de sus amigas de la infancia. Una chica ojiazul de cabellos rizados que vendría a visitarla a la discoteca. A ese nivel había llegado su entrega hacia mí.

Esa fue la primera vez que me ofrendó a una de sus amigas y la primera vez que tendríamos sexo en trío. No sé qué tanto empeño puso en ello pero convenció a esa amiga de tirar con los dos. Estaba realmente emocionada con ello y yo no paraba de decirle que sabía que le encantaría porque me había dado cuenta de que ella tenía cierta inclinación al lesbianismo, aunque lo negara muchas veces. Si esa no era una realidad al menos aquello le llamaba mucho la atención. Lo había notado por la forma en la cual se le quedaba mirando a ciertas mujeres y por alguno que otro gesto mientras compartía con sus amigas o mientras veíamos porno juntos.

Lo cierto fue que emocionada me mostró la foto de su amiga y yo estuve más que dispuesto a hacer el trío porque la chica era linda y también porque Xania por fin se había entusiasmado respecto a ese tema.

Nos citamos en la discoteca. La amiga de Xania llegó temprano; compartió primero con ella y luego compartimos los tres juntos: bebimos y bailamos por bastante rato, conversamos un rato más hasta que estábamos tan calientes que no pudimos esperar y fuimos directo a la habitación porque de no hacerlo tiraríamos justo en donde estábamos aunque hubiese gente presente porque la discoteca estaba funcionando esa noche.

Había pasado un tiempo desde mi último trío así que este planeaba disfrutarlo al máximo. Una vez que entramos a la habitación me senté en una silla de madera frente a ellas y les dije que se desnudaran y se besaran. Deseaba por el momento sólo mirar.

Xania y su amiga se desnudaron lento. De pie una frente a la otra se ayudaron a desnudarse entre ellas. Xania se deshizo primero de la camisa de su amiga y comenzó a estimular sus senos. Su amiga se deshizo de la camisa de Xania y le acarició el vientre para después bajar a su zona íntima cubierta aún por la tela. Entonces empezó a desabrochar el botón del pantalón de ella impaciente. Mientras hacían esto se acariciaban y besaban o se pasaban la lengua por el cuerpo. Cuando estuvieron desnudas por completo la amiga de Xania se arrodilló, se sostuvo de las piernas de ella y enterró su lengua en la cuca de esta. Xania gimió alto y se estremeció... Las piernas le temblaron pero eso no impidió que comenzara ella misma a estimular sus pezones y posteriormente su clítoris.

Un verdadero espectáculo para deleitarse. En ese punto yo estaba más que excitado y requerí de su atención. Había estado masturbándome mientras las observaba a ellas pero necesitaba más.

- Chúpenmelo- Dije alto. La amiga de Xania sacó su cara de la cuca de ella y me miró. Xania que tenía en ese momento los ojos cerrados los abrió para verme. Ambas tenían los ojos rojos de lujuria, su boca entreabierta y la respiración acelerada. También habían comenzado a sudar. Ambas dirigieron su mirada luego a mi dura erección y eso me hizo sonreír. Me agradaría entrar en sus pensamientos y saber exactamente que pasó por su mente en ese momento. Al menos me habría encantado hacerlo en ese instante.

Cuando vi sus intenciones de acercarse las detuve, ya que se habían levantado para dirigirse hasta mí.

- No. Gateando. Aclaré, abriendo más las piernas en la silla.

Ellas obedientes y provocativas ante mi orden gatearon como dos gatitas hasta mí. La amiga de Xania fue la que se tragó mi guebo primero, lo engulló y comenzó un vaivén que me robó el aire. Xania por su parte se las arregló para chuparme las bolas mientras su amiga hacía aquello. Cerré los ojos por unos momentos para dejarme llevar por las sensaciones placenteras que me invadían. Cuando los abrí todo era blanco por un instante. Todo era placer y disfrute.

Quería que todo siguiera de esta forma pero deseé estar aún más cómodo así que les incité a ir a la cama. Yo me levanté pero les dije que me siguieran gateando y eso hicieron. Me acosté en la cama boca arriba y puse mis manos detrás de mi cabeza, cómodo, esperando que ellas siguieran con lo que hacían antes, con su trabajo... Mi pene estaba allí, parado, venoso, durísimo, a la espera de la atención de estas bellas mujeres.

Esta vez Xania se metió mi pene en la boca y era su amiga la que me chupaba las bolas. Luego pasó a chupar la cuca de Xania, que gemía en mi pene, lo que me hacía reír divertido por el cosquilleo que esos gemidos me provocaban.

Ya sintiéndome perdido en el placer cogí a Xania por detrás del cabello y marqué un vaivén más violento en la mamada, uno que me gustaba más. Cuando se puso totalmente roja y se le escaparon varias lágrimas la solté y me incorporé. Más que listo para hacer que estas dos mujeres pasaran uno de los momentos más increíbles de sus vidas.

Hice caer a Xania de espaldas sobre la cama y le pedí a su amiga que se sentara sobre ella, de frente, dándome la espalda. Lo hizo, aunque un poco dudosa: quedó a la altura de la cuca de Xania con sus piernas a cada lado. Levanté el culo de esta mujer y tras estimularla un poco con mis manos se lo metí por detrás. Chilló y cuando comencé a embestir gimió alto. Se mordía el labio inferior como si se sorprendiera de los gemidos que salían de su boca, como si quisiera acallarlos.

- No contengas tus gemidos, me gustan... Y toca las tetas de Xania. Le indiqué y así lo hizo, dejó de reprimir sus gemidos y empezó a acariciar las tetas de Xania aunque a tientas porque había cerrado los ojos y parecía no poder coordinar bien sus manos.

Desde esa posición me fue fácil salir de esta mujer y enterrarme en la cuca de Xania, que también estaba a mi disposición y alcance. Lo hice y pasé a embestirla a ella con bastante fuerza mientras acariciaba las tetas de la otra mujer. Xania por su parte buscó con sus manos acariciar a su amiga y lo hizo. Yo embestí y embestí rápido hasta que Xania vibró y dejó escapar líquido de la vagina. Sostuve entonces a la amiga de ella por la cintura mientras me recostaba hacia atrás. Ella quedó ahora a horcajadas encima de mí dándome la espalda.

- Mételo... Empálate tú misma- Le dije y ella al comprender lo que quería buscó enterrarse en mi guebo desde su posición. Parecía impaciente por hacerlo. Xania se incorporó y la ayudó a empalarse. Una vez dentro le dije que se moviera y ella comenzó a saltar rápida y seductoramente. Xania, que quedó frente a ella buscó su boca y se besaron como pudieron... con lengua y desesperadas. Se acariciaban por todas partes mientras lo hacían. Sí que lo estaban disfrutando y yo tamb én, por supuesto.

Esperé un tiempo, la dejé a ella hacer el trabajo hasta que finalmente la cogí por la cintura y me enterré en su interior lo más profundo que pude. Con mis manos aún allí, en su cintura, comencé a embestir hasta que me vine y seguí hasta prácticamente hacerla gritar cuando también ella se corrió. Vibrando, temblando...

Quedamos realmente exhaustos después de esto, no teníamos energía ni siquiera para conversar.

Esta chica se quedó a dormir esa noche, así que dormí en el medio de estas dos mujeres bastante tranquilo y satisfecho. Abrazándolas a ambas y sintiéndome realmente bien con sus cuerpos calentitos a mi alrededor. Creo que no hay como dormir de esta forma.

- ¿Te gustó amor? Me preguntó cariñosamente Xania a la mañana siguiente después de servirme el desayuno en cama, completamente desnuda y sonriente.

- Claro que sí. Me encantó ¿Y a tí? Le pregunté de vuelta, agradeciéndole a su vez por el desayuno mientras aprovechaba para apretar una de sus nalgas.

- Por supuesto. Disfruté muchísimo pero estoy más feliz de que te haya hecho feliz a ti. Me encanta hacer cosas por ti y cuando mi amiga aceptó hacer el trío me emocioné muchísimo por haberlo conseguido para ti. Me dijo sonriente.

- Siempre tan puta y complaciente. Me encantas. Le dije para después besarla acaloradamente. Lo hicimos entre nosotros tras esta conversación. El desayuno tuvo que esperar. Tenía necesidad de probar primero el rico postre de mujer que tenía en frente. Estaba seguro de que podría vivir mucho tiempo solo comiéndomela a ella.

Xania realmente había demostrado ser muy complaciente. No podía pedir más. Tras este encuentro que en realidad le gustó mucho buscó otras ofrendas para que practicáramos sexo en trío en muchas otras ocasiones. Solía hacerlo a través de internet y siempre conseguía mujeres atractivas para nuestro disfrute. El mío en especial... Me mostraba las fotos de las mujeres que se mostraban dispuestas y yo elegía. Tras esto nos citábamos en algún lugar y nos poníamos manos a la obra. Por supuesto, yo siempre me aseguraba de tomar el control de la situación.

Aunque realmente me gustaría hablar de todos estos encuentros no lo haré por cuanto este libro se haría interminable. Así que seguiré con el hilo de la historia como fue avanzando obviando esta parte. Sólo diré que llegamos a tener tríos con mujeres con todo tipo de características: blanquitas, morenitas, negritas, castañas, flaquitas, rellenitas, pelirojas, catiras, bajitas, altas, menores o mayores que yo... Sin duda todas, bellezas de mujeres, independientemente de sus características. Yo no tenía problema con el físico o la edad siempre y cuando la mujer me gustara.

Lo que hicimos sí queda a su entera imaginación, que orgulloso puedo decir, seguramente se queda corta con lo que en realidad pasó. Dejen a su imaginación fantasear como quieran en este punto.

Para continuar, he de resaltar que para esta época me interesé en indagar sobre el BDSM, en estudiarlo, en aprender sobre él... Leía mucho sobre el tema y mientras más leía más interesante me resultaba. Deseaba explorar ese mundo a plenitud porque sentía que mi esencia se encontraba allí.

Me vi reflejado en sus prácticas, muchas de las cuales englobaban experiencias que ya había podido experimentar pero muchas otras eran nuevas para mí. Todas se relacionaban con el arte de someter y dejarse someter que tanto me llenaba y que había marcado mis relaciones. Todas ellas... Aunque por supuesto, mis experiencias tenían una connotación menos oscura y menos fuerte en comparación al verdadero BDSM, que no había tenido la oportunidad de practicar aún en todo su esplendor. Necesitaba hacerlo.

Tan emocionado me encontraba con respecto a ese tema que no podía dejar de hablar de ello con Xania en todo momento al punto de contagiarle mi interés. Le hablaba de las prácticas, de lo que leía, vimos mucho porno relacionado con ello juntos...

Ella me hizo saber que estaba bastante dispuesta a probar la experiencia y así lo hicimos. Al principio suave con algunas cosas que ya había experimentado antes como los azotes, aunque ya no eran sólo con la mano o el cinturón sino que empecé a emplear látigos o fustas; una que otra cachetada durante el acto sexual o la lluvia dorada... Otras que no había experimentado como por ejemplo el uso de juguetes sexuales y el bondage. Aunque lo iniciamos con una atadura simple: una cinta inmovilizando las muñecas y tobillos de Xania. Más adelante aprendí a hacer nudos correctamente para inmovilizarla completamente con cuerdas, suspenderla en el aire con estas y más... Me volví experto inmovilizándola de las maneras más creativas y ella siempre se mostraba muy excitada cuando la follaba sin que pudiera moverse ni un solo centímetro. Decía que le era en extremo placentero sentirse tan a merced de mi persona.

Experimentamos mucho y nuestras ansias por experimentar crecían más y más. Ambos lo disfrutábamos plenamente y fue así como nuestros encuentros sexuales se fueron haciendo más intensos cada vez... Fueron evolucionando. Una evolución que trataré de plasmar a continuación narrando parte de nuestros encuentros sexuales en dicha época o al menos parte de las cosas que hacíamos juntos durante el sexo con mayor frecuencia:

–Xania a mis pies sobre los azulejos del baño dándome placer con su boca, engullendo dentro de la misma mi palo; succionando, saboreando... Su cabeza haciendo movimientos de adentro hacia afuera en un ritmo veloz y constante. Una de sus manos en mis bolas, apretándolas y acariciándolas.

Yo dejando que mi mente se desoriente en el inmenso placer que estoy sintiendo. Mis ojos cerrados. Para cuando intento abrirlos todo es blanco por el momento. Estoy cegado por el placer.

Siento que es momento de marcar el vaivén a mi modo y ritmo, como a mí me gusta así que pongo mis dos manos detrás de la cabeza de ella y empujo hacia adelante con fuerza. Este gesto hace que todo mi pene quede dentro de la boca de Xania. Ella se lo traga entero ya sin sentir arcadas o al menos casi no las siente por las tantas veces que hemos experimentado con esto previamente.

Marco un ritmo salvaje. Luego me detengo por un momento porque quiero empujarla con más fuerza pero necesito que ella esté a más altura para poder hacerlo mejor. Le ayudo a incorporarse y a arrodillarse sobre el inodoro con tapa cerrada. Vuelvo a meter entonces mi guebo en su boca y continúo embistiendo esta vez con más rudeza que antes. Ella pone sus manos en mis caderas para tratar de mantenerse firme en algo. Sus ojos se vuelven agua. Continuo con el vaivén adelante, atrás, uno, dos, tres... las veces que son necesarias para mi placer.

Me jacto de la vista que tengo: La expresión excitada de Xania, su cara poniéndose roja por falta de aire, el sudor resbalando por sus tetas, más lágrimas abriéndose paso y comenzando a salir. Contemplo extasiado todo esto hasta que llega mi liberación... Siento como el líquido espeso sale disparado de mis entrañas y se depositan en la boca de ella. Miro como sólo puede permanecer quieta recibiendo mi esencia y tragándose por completo mi semilla. Esto sí le provocó arcadas porque seguramente se está ahogando.

Me alegro en ese instante consciente de esta mujer frente a mí, tan complaciente, tan mía... tan dispuesta a todo por satisfacerme en todos mis caprichos y deseos. Se apodera entonces de mi persona un instinto casi animal y me dan tantos deseos de marcarla. No los puedo contener y entonces vacío mi vejiga en su cara sin pensarlo demasiado, era lo que quería hacer y me dejé llevar.

Me deleito tan pronto observo el líquido bañándola y tan pronto me doy cuenta de que ella, aunque sorprendida en principio, cerró los ojos después con más tranquilidad para recibir lo que le estaba ofreciendo tranquila, incluso contenta...

- Bebe- Digo entonces y ella obediente abre su boca y recibe lo que queda mientras mantiene su mirada fija en mí. Al final de todo sólo me dedica una linda sonrisa.

Ya no sólo la había marcado con mi orine, ahora también se lo había hecho beber y ella estaba feliz de ello.

Xania con sus manos contra la pared dándome la espalda. Su culo expuesto para mí, las piernas abiertas, yo azotando sus pomposas nalgas con una fusta hasta que se tornan de color violáceo. Deleitándome con cada marca que va quedando sobre su piel.

- ¿Te gusta putita? La pregunto acercándome a ella, pegando mi cuerpo contra su torso. Pude sentir en ese instante su sudor y esa piel candorosa que tan duro me ponía. Pasé mis manos por sus muslos y las deposité en sus nalgas. Apreté y ella chilló porque esa zona estaba irritada.

- ¿Qué si te gusta? Demandé nuevamente en un susurro, con mi boca cerca de su oído. Se estremeció en ese momento y se le puso la piel de gallina. Cerró los ojos al sentirse excitada.

- Me gusta- Respondió con un tono de voz provocativo.

Me alejé un poco de ella y seguí concentrado en los azotes esta vez dirigidos a la parte alta de su espalda. Ella jadeó entre excitada y asustada porque era la primera vez que experimentábamos aquello. Ya antes le había azotado, por supuesto, pero con las manos. Aquello seguramente dolía más y dejaba marcas más visibles.

- Entonces dame las gracias cada vez que te azote- Digo finalmente y ella complaciente me obedece y pronuncia un suave "gracias" cada vez que recibe otro golpe.

No quería parar porque me estaba excitando muchísimo. La estaba marcando con la fuerza de mi excitación. Cada marca en su cuerpo la hacía mía. Así era como me sentía. Como si la estuviera marcando porque era su dueño y tenía el derecho a hacerlo. Ella en ese momento era como mi lienzo y mi arte eran aquellas marcas que dejaba en donde golpeaba.

Dejé de azotarla y me acerqué de nuevo a ella. Hice que se mantuviera en esa posición mientras me ponía a la altura adecuada para llevar mi lengua a su cuca. Eso hice mientras con mis manos mantenía separadas sus nalgas. Trató de cerrar las piernas por instinto y yo se las separé nuevamente.

- No te muevas. Exigí mientras le azotaba una nalga con la mano. Ella asintió y yo volví a penetrar aquella rica cuca con mi lengua, saboreando lo delicioso que se sentía. Para ese momento ella estaba muy mojada. Me mantuve haciendo esto hasta que sus piernas temblaron tanto que pensé que caería.

Luego le halé el cabello hasta llevarla a la cama a rastras, la lancé allí y comencé a bajar el cierre de mi pantalón para sacar mi pene. Ella me observaba relamiéndose deseosa de lo que venía. Una ronda de sexo donde libraría todos mis instintos animales sin contenerme. Claramente se notaba que sabía lo que venía y que lo recibiría feliz.

—Música clásica invadiendo nuestros oídos. Xania ataviada con lencería roja y un antifaz del mismo color sentada en el piso pero con su espalda recostada ligeramente hacia atrás, expectante de lo que venía. Yo encendiendo una vela también roja que traía entre mis manos y acercándome a ella a paso lento, contemplando su belleza y sumisión. Cuando estoy frente a ella por fin derramo cera caliente entre sus tetas. Habíamos decidido experimentar otra de las prácticas propias del BDSM.

Xania se estremece y jadea ante el contacto de la cera. Inclina su cabeza un poco hacia atrás y yo continúo. Derramo más cera entre sus tetas y las observo resbalar. Xania vuelve a jadear. En ese punto ya estaba embelesado con sus expresiones lujuriosas. Aquello le estaba gustando y por supuesto a mí también.

- Ponte en cuatro- Exigí y permanecí observándole mientras obedecía. Derramé la cera esta vez por sus pomposas nalgas y me deleité de verlas resbalar entre ellas.

- Duele. Me dijo entonces y yo le ordené callar.

Derramé cera en esa zona hasta cubrirla por completo. Ella lo recibió todo y ya yo estuve listo para metérselo por detrás mientras azotaba esas nalgas irritadas que tan duro me habían logrado poner.

Ella me dijo que el contacto de la cera con su piel la había encendido a más no poder.

—Xania recostada boca arriba en la cama, completamente desnuda Sus muñecas atadas juntas por sobre su cabeza y sus tobillos atados también de la misma forma. Yo acercándome con otro trozo de tela hacia ella para colocarlo esta vez a la altura de sus ojos, rodeándolos con el objeto de privarla de la vista.

Teniéndola así, completamente a mi merced comienzo a acariciar su abdomen y luego a bajar lentamente hasta su cuca. Me detengo allí para masturbarla primero lento y luego rudo y violento. Quizás le hacía daño, no importaba. Ella ya había empezado a gemir. Paro el acto y me dirijo a sus senos, los succiono primero y luego los muerdo contento de haber hecho de esa forma que se le escapara un gritito.

Luego acaricio sus pezones y los estimulo a la vez que dirijo mi cara hacia su cuca para mamarla. Estaba húmeda, totalmente llena de su esencia. Ella se estremece y se mueve como desesperada de no poder hacer nada. Ante este acto dirijo mis manos a la altura de sus muñecas y me aseguro de inmovilizarla más. Con sus tobillos también atados ella no podía abrir completamente las piernas pero no era un impedimento, aunque esto parecía inquietarle.

Paro todo lo que estoy haciendo en un momento dado y me levanto hacia los cajones ubicados a un lado de la cama. Ella pareció desconcertada, ya que no podía ver lo que yo estaba haciendo.

- No pares, no pares. Me pide ella ya encontrándose sumamente excitada. Yo estoy más que divertido y excitado con la situación.

En el cajón ubico un vibrador que había adquirido hace poco. Esta sería la primera vez que lo usaríamos. Lo enciendo a una velocidad media y lo coloco primero en los pezones de Xania. Ella de inmediato comenzó a gemir. Fui bajando el vibrador mientras lo frotaba sobre su piel hasta detenerlo en su cuca y presionarlo un poco allí. Ella comienza a sacudirse y a gemir más alto. Incluso se le escapan algunas groserías.

Aumento al máximo la velocidad del vibrador y lo retengo en un sólo lugar. Ella continúa estremeciéndose completamente ida ante las sensaciones que experimentaba. Sudaba mucho, el sudor resbalaba por todo su cuerpo. La vi correrse. Me di cuenta cuando sucedió por como su cuerpo vibró pero estaba disfrutando de aquello y no quería parar así que mantuve el vibrador en su lugar. Se sacudió fuerte y gritó un poco pero lo aguantó.

Para cuando acabé podía ver lágrimas escapando de la tela que cubría sus ojos. Fue en ese momento que me quité la ropa, me posicioné sobre ella y me enterré completamente. La hice gemir mi nombre una y otra vez.

–Xania completamente inmovilizada. Su cuerpo paralizado con cuerdas y nudos muy apretados que la cubren entera. Todo dispuesto para poder suspenderla en el aire en posición horizontal con dichas cuerdas. La elevo entonces y ella queda de esta forma completamente expuesta ante mí.

Sé que todo es consensuado pero no puedo dejar de extasiarme con la sensación increíble de tenerla allí atrapada. Sujeta como una presa ante su depredador. Una que no podría escapar ni aunque lo intentara con todas sus fuerzas. Ella está allí a merced de exactamente cualquier cosa que pueda hacerle y total y absolutamente dispuesta a recibir lo que sea que yo le quiera dar.

La observo suspendida por un rato. Veo su cuerpo balanceándose en las cuerdas, su piel hermosa aprisionada... Ella está tranquila pero expectante.

Mi primer impulso es comerme su boca. Se encuentra en una posición incómoda para ello pero aún lo hago y no lo siento incómodo, se siente bien.

Trato de que el beso sea posesivo porque la considero mía.

Me separo de ella el tiempo que me toma ir por dos pinzas para aprisionar sus pezones. Ella suspiró profundo cuando las coloqué. Le dolió. Juego con las pinzas y le hago gritar con ese gesto porque moviéndolas de esa forma hago que le duela más. No obstante me gusta porque sus pezones se ponen muy duros.

- ¿Te gusta estar así putita? Le pregunto disfrutando enteramente de mi rol en todo aquello. Ella asiente y yo le hago saber que quiero escuchar sus palabras así que me responde suave:

- Me encanta... Me gusta mucho, por favor, hazme disfrutar más... Soy tú puta, haz lo que quieras... Responde ella sonando muy hambrienta y lujuriosa.

Satisfecho voy por un dildo y empiezo a masturbarla con él. Lo meto y saco rápidamente y noto como se empieza a mojar y como empieza a removerse entre las cuerdas pero no puede hacer nada con eso. Aumento el ritmo con la cual la estoy penetrando hasta que su voz se derrite en gemidos.

Está a la altura perfecta para que la penetre con mi guebo así que cuando siento que ha tenido suficiente del dildo me posiciono y la penetró yo, enterrándome lo más profundo que puedo en su interior, sintiendo su calor.

Comienzo de una vez a embestirla con violencia, incluso con rabia pero no sintiendo eso ni ninguna emoción de aversión. Es sólo que hacerlo rudo y violentamente es lo que me hace sentir verdadera satisfacción y sé que a ella también le gusta así.

- Así... ah...ahhh... así..... Gime ella incontrolablemente-

Cuando me sentí venir me dirigí hacia su boca. Quería acabar dentro de ella así que se lo metí completo y le follé la boca a mi antojo hasta que acabé dentro e hice que tragara todo. Tosió un poco porque terminó atragantándose.

No quería parar de jugar así que busqué un vibrador para colocarlo en su interior y ponerme duro de nuevo mientras la observaba retorcerse de placer para follármela nuevamente hasta que el cansancio nos venciera a ambos.

–Xania de pie inmovilizada con cuerdas alrededor de su cuerpo. Una de sus piernas levantada dejando la entrada de su cuca expuesta pues las cuerdas estaban dispuestas para que quede en dicha posición.

Me acerco a ella y acaricio su cuca con mis manos. Luego aprieto sus tetas, las lamo y le doy algunos golpes en esa zona con la palma de mi mano abierta hasta que las lágrimas se le escapan.

Busco un vibrador de velocidades. Lo pongo a velocidad máxima y lo llevo a la parte interior de ella. Ella se remueve y gime alto. Como me mantengo en ese mismo lugar se pone sensible así que grita sin poder hacer nada más.

Cuando sus piernas tiemblan y flaquean quito el vibrador y la penetro hasta acabar. La noto agotada pero aún quiero jugar entonces tomo un pequeño látigo y le pego en sus tetas unas cuantas veces hasta que su piel se irrita; dejándola así bien marcada por los designios de mi perversión. Ahora lamo la zona irritada de sus tetas a mi antojo para brindarle un poco de alivio a su dolor.

Y así como estos tuvimos muchos momentos más. Siempre avanzando, siempre intensificando, siempre experimentando, siempre dando un paso más lejos dentro de la práctica del BDSM y todo lo que esto implicaba...

Comencé en un momento dado a plantearme la redacción de un contrato de sumisión y el volver de esta forma a Xania de manera formal, mi esclava. Algo muy común en el BDSM. De esta forma nos iniciaríamos con solemnidad en ese mundo.

Pensé mucho en las cláusulas del contrato antes de discutirlo con Xania. Tomé en cuenta nuestras experiencias previas y todo lo que había leído sobre este estilo de vida pero más propiamente diría que me tomé el tiempo de analizar lo que significaba ser un amo y lo que significaría ser una esclava... lo que significaría para Xania ser mi esclava. Me hice exactamente esas preguntas y para responderlas consideré que al ser el amo debería tener el control absoluto de mi esclava. De su cuerpo y apariencia... del acto sexual... de lo que ella hacía en casa y hasta fuera de ella. De absolutamente todo su ser.

Una esclava debería confiarle todo su ser a su amo, debería vivir por su amo, su preocupación debería ser satisfacer a su amo en todo lo que él quisiera, darle placer, atenderlo, obedecerlo, cumplirle todos y cada uno de sus caprichos: "la sumisión completa". De eso debería tratarse todo o no tendría sentido.

La palabra "Esclava" perdería su significado de ser diferente. Si la esclava no se sometiera completamente en la forma más sumisa posible ante su amo no podría llamársele su esclava y él no podría llamarse su amo.

Al pensar en el rol de amo consideré a su vez el hecho de que el control absoluto sobre una esclava me daría poder sobre ella. Sería capaz de controlar y tomar las decisiones y eso también me haría un guía y maestro ante ella. Yo debería ser capaz de guiarla en todo para que fuera mejorando cada día. Amoldarla de forma tal que fuera perfecta ante mis ojos, que se convirtiera en mi perfecta sumisa. Y ¿De qué forma podía irla amoldando? No tenía que hacerme muchas preguntas sobre ello porque la respuesta está en el propio estilo BDSM, que establece una especie de sistema de premios y castigos para someter, entrenar y amoldar a las sumisas.

Toda práctica del BDSM puede emplearse con creatividad, como un premio o castigo a la sumisa por sus actos y actitud.

Para una esclava un castigo debería considerarse un honor porque es la forma en cómo su amo le está enseñando a ser mejor. Además el dolor y el placer son capaces de fundirse y brindar una experiencia única en una relación de este tipo. A mí me daría placer infligirle dolor y a ella recibirlo de mí ya que como amo mi placer está en la dominación mientras que como esclava el placer de ella está en ser dominada, sometida, a veces mancillada o humillada...

Los premios la deberían hacer sentir aún más orgullosa porque a través de estos el amo le estaría demostrando su conformidad hacia ella, hacia su comportamiento...

Como el amo sería el único que pudiera decidir que castigos aplicar y cuales premios y también las ocasiones en las que los emplearía. Venían a mi mente un sin fin de opciones al pensar en ello, pero claro está, la forma en que podría castigar o premiar a mi sumisa no la incluiría en el contrato, esto solo me limitaría y era mejor tener carta abierta en ese sentido para experimentar...

Pero no todo sería simplemente controlar o guiar, como amo debería hacerme responsable de mi sumisa en todo aspecto; algo a lo cual estaba completamente dispuesto.

Con todo esto dando vueltas en mi cabeza inicié la redacción de un borrador del contrato. Cuando ya

307

me había hecho una idea bastante clara de todo lo que conllevaría el mismo decidí discutirlo al fin con Xania. Estábamos cenando en ese momento. Ella comía tranquilamente y yo me quedé mirando como lo hacía, intrigado en lo que pasaría tan pronto   le hiciera la pregunta. Ella pareció notar que la miraba fijamente porque levantó la mirada del plato para observarme y preguntó.

- ¿Pasa algo amor? ¿Es que no tienes hambre? Agregó al notar que no había tocado aún la comida.

- No es nada de eso- Respondí tranquilamente- Es que me parece este un buen momento para que conversemos sobre algo-

- ¿Sobre qué? Dijo curiosa, inclinándose un poco más hacia adelante, dándome a entender de esa forma que tenía toda su atención.

- No le daré rodeos- Respondí con seguridad- Hemos hablado mucho sobre el BDSM y hemos experimentado algunas prácticas de ese mundo pero yo más que experimentar y curiosear quiero formar parte de eso. Le he estado dando vueltas y me di cuenta de que es algo que quiero hacer. Quiero convertirme en un amo y tener esclavas a mi merced bajo mi guía. Esclavas que me deban obediencia.

Ella me sonrió entendiendo lo que quería decir.

- Sé que eso te haría feliz. Sabes que soy tuya- Respondió aún cuando yo no le había preguntado en concreto si quería ser mi esclava.

- Lo sé. Pero tengo que preguntar de igual forma... ¿Te gustaría ser mi esclava? ¿Obedecerme en todo? Yo elegiría por sobre tu apariencia. Elegiría la mayor parte de las cosas que puedes hacer, sobre el sexo, dónde, cuándo y cómo, me estarías dando un poder amplio sobre tu ser y persona, me lo estarías cediendo, me estarías prometiendo completa sumisión... Estarías comprometiéndote en vivir para complacerme...

Antes de continuar hablando ella me interrumpió.

- Hablas como si le tuviera que vender el alma al diablo- Dijo bromeando entre risitas.

- Pues es algo parecido- Le respondí divertido con la ocurrencia, dándome cuenta de que en realidad, para muchos, sería justo eso.

- ¿Y cómo me convierto en tu esclava entonces? Siento que de una u otra forma ya lo soy porque soy tuya y lo sabes- Argumentó-¿Qué más hace falta? Continuó.

- Tendrías que firmar para mí un contrato de sumisión. Respondí. Eres mía pero creo que esto implica mucho más. Estarías cediéndome el control absoluto-

Ella asintió y permaneció pensativa un rato. Después siguió comiendo. Al mirar su gesto comencé a comer también. No pretendía presionarla en nada. Si esto iba a darse iba a darse por la voluntad plena de ambos. No necesitaba una respuesta rápida ni de inmediato, no empujaría a por ello... Si ella quería pensarlo por mí estaba más que bien. Después de todo incluso yo había tardado en comentarle de mi propuesta porque había tenido que pensar mucho en lo que significaba, en lo que implicaría...

Lo único a lo que si no estaba dispuesto era a no llevar a cabo mi deseo de convertirme en un amo. Al fin había comprendido que eso era exactamente lo que yo era y era a lo debía dedicarme. Era lo que quería e iría a por ello se tratara de Xania o no. Ya estaba decidido independientemente de cuál fuera su respuesta, sería Xania u otra mujer dispuesta pero tenía especial fe en que ella aceptara, me encantaba esta mujer y sabía que aunque me había dado mucho aún tenía mucho por ofrecerme.

En un momento dado ella suspiró para volver a mirarme a los ojos y dedicarme estas palabras.

- Yo soy feliz a tu lado y me gusta darte felicidad. No tendría ningún problema en que eligieras por mí porque yo sólo quiero agradarte. Lo que visto, lo que uso, lo que hago para mí es insignificante si a ti te disgusta. Así que ser completamente tuya, ser completamente lo que tú quieres me agrada. Estar a tu merced en el sexo también me agrada, me da placer y felicidad. Soy tuya en realidad, ya lo soy desde hace tiempo y no querría que fuera de otra forma. Dejarte el control a ti me complace...

- ¿Pero?... Pregunté considerando que las personas siempre se expresan de esta forma antes de excusarse con algo. Pensé que quizás rechazaría la propuesta pero no fue así, lo cual me sorprendió. Aunque si la hubiera rechazado en ese momento habría insistido en que lo pensara por más tiempo. No había forma en que pudiera pensárselo bien tan deprisa, al menos para rechazar la propuesta porque conocía a Xania y sabía que en el fondo le encantaría convertirse en mi esclava.

- He encontrado y conocido el verdadero placer contigo. Me he conocido realmente, no tengo dudas en este momento de lo que soy y de lo que me gusta. No me malinterpretes... De hecho no me permitiría pensarlo más. Acepto ser tu esclava. En el fondo ya lo soy así que si es de firmar un contrato, si es de demostrarte cuan tuya soy como sea, yo lo hago, estoy segura de que me hará más feliz incluso de lo que soy en estos momentos hacer esto por ti. De hecho soy tan feliz de que me lo hayas propuesto- Dijo sonriendo.

- Pero tienes dudas ¿no? Te siento insegura. Tenemos que hablar de todo y aclarar todo antes de hacerlo formal. Aunque estoy más que satisfecho con tu respuesta y me encanta lo que dices. Realmente eres única- Añadí. Pero debemos aclarar esas dudas...

- Dudas tengo... tengo un poco de miedo quizás... pero eres tú así que sé que va bien porque soy capaz de confiarte todo de mi persona ya, confiártelo todo me da tranquilidad- Expresó.

- No tienes porque tener miedo de nada. Yo he pensado en cómo será todo. Tengo un borrador del contrato redactado que puedes revisar y que podemos discutir. Aún no es el contrato definitivo. Esta sería mi forma de adentrarme en el BDSM así que en cierto modo estaré aprendiendo pero me he instruido bastante y sé lo que estoy haciendo- Le dije con seguridad para tranquilizarla, para que se diera cuenta de que ya tenía el control y de que ella no tenía porque preocuparse por nada. Todo estaba cubierto, sólo era necesario aclarar y listo.

Desde el momento en que se convirtiera en mi esclava sólo tendría que obedecerme y dejarse guiar. Ya no tendría que preocuparse más.

- Lo sé. Sé que sabes lo que estás haciendo. Me encantaría discutir contigo el contrato y firmarlo cuando esté listo- Respondió acercándose para darme un suave beso.

- Lo discutiremos, irá bien y te encantará- Le dije confiado y ella volvió a sonreírme para continuar con la cena.

Cuando ambos terminamos de comer y ella lavó los platos le mostré el borrador del contrato. Hablamos un rato sobre ello ese día. Ella incluso me dio algunas ideas para mejorarlo y al día siguiente yo me puse manos a la obra hasta que los términos del contrato y todas sus cláusulas estuvieron listos y bien redactados. Al menos a mi entero gusto y satisfacción.

El texto íntegro del contrato en sí fue el siguiente:

CONTRATO DE SUMISIÓN

Introducción.

Por el presente documento, al que reconozco valor contractual, me entrego plenamente a mi amo, dueño, señor y maestro y acepto servirle como esclava por todo el tiempo que él requiera mis servicios. Por este acto renuncio por completo a mi anterior identidad, que repudio y paso a llamarme: "Esclava", "Perra", "Puta" o como mi amo desee llamarme. Es bajo esa nueva identidad que firmo al pie del presente documento, cuyo contenido acepto en su integridad de forma plenamente consciente, sabiendo y aceptando que en cada uno de sus artículos se establecen normas propias de una relación BDSM y que mi condición dentro de este marco de relaciones no será otra que la de una obediente sumisa y esclava a merced de los deseos de mi dueño.

Artículo 1°. Para que pueda ser reconocida como esclava en cualquier momento y en cualquier situación mi amo me impondrá una serie de atributos que luciré con orgullo y cuya simple ostentación será para mí fuente de íntima satisfacción. Entre los citados atributos se incluyen tanto los de carácter reversible como los permanentes: collares, anillos, aretes, piercings, tatuajes, etc. Se incluye asimismo la indumentaria que mi amo elija para cada situación.

Artículo 2°. Al aceptar mi plena sumisión me obligo a respetar y acatar permanentemente las decisiones de mi amo a quien entrego libremente el control de mi entendimiento y de mi voluntad, obligándome a obedecerle y a darle placer en todo momento, y confiando ciegamente en su sabiduría. Reconozco la carga que representarán para mi dueño todos los errores que pueda cometer y asumo todas las culpas, así como las penitencias que puedan derivar de ellas. Por lo tanto acepto plenamente y de buen agrado todos los castigos y correctivos que mi amo me imponga con el ánimo de alcanzar la perfección.

Artículo 3°. Al entregarme a mi amo para realizar mis fantasías de esclava asumo que mi aprendizaje tiene un coste. En pago del mismo le ofrezco mi cuerpo para que goce usándolo, vistiéndolo y modelándolo a su gusto. Me comprometo asimismo a mantener constantemente una actitud obediente y sensual para que mi amo obtenga siempre el máximo placer cuando me use.

Artículo 4°. Mi mayor deseo es convertirme en una perfecta esclava a las órdenes de un amo estricto y severo, sabiendo que ello requerirá un perfeccionamiento constante. Por ello suplico a mi amo que me eduque sometiéndome a una disciplina estricta, valiéndose de todos los recursos que juzgue necesarios para domesticarme, incluidos los dolorosos. Le doy las gracias por todos los correctivos que me impondrá para mejorar mis presentaciones y me comprometo a esforzarme por mejorar a diario.

Artículo 5°. Acepto que mi amo pueda cederme a otras personas para completar mi formación. A ellas serviré en los términos que mi amo disponga. También es potestad de mi dueño exhibirme en lugares públicos, incluso a cara descubierta, tanto para castigarme como para gozar de mi plena sumisión. Si mi amo decide hacer públicas imágenes (fotografías o videos) de su esclava lo consideraré un honor.

Artículo 6°. Para vaciar ante mi amo todos mis pensamientos buenos y malos me comprometo a llevar un diario en el que anotaré todas las pruebas a las que sea sometida así como mis propias sensaciones para que mi amo las examine y me corrija o premie. Acepto desde ahora que este documento pueda ser hecho público en cualquier medio, incluso acompañado de imágenes y revelando mi identidad.

Artículo 7°. Deseo ardientemente convertirme en una puta para dar a mi amo el máximo placer sexual. Para ello vestiré prendas fetichistas de su agrado y me comportaré siempre de forma extremadamente provocativa tanto en privado como en público. La adquisición de nuevas prendas y del instrumental necesario para mi doma podría realizarse con el dinero que mi amo obtenga de mi *emputecimiento, alquiler o cesión temporal a otros amos o amas.*

Artículo 8°. Estaré siempre a disposición de mi amo para que pueda usarme cómo y cuando le apetezca. Acudiré a sus llamadas con la máxima celeridad y tendré preparadas permanentemente las prendas que mi amo estime obligatorias para presentarme ante él.

Artículo 9°. Deseo que mi esclavitud sea total. Por ello suplico a mi amo que además de usarme para obtener placer sexual me considere su criada doméstica para todo tipo de labores. También asumo que pueda formar parte de mis obligaciones proporcionar a mi amo otras esclavas o putas tanto para su uso ocasional como permanente e incluso ser considerada la última de las siervas de sus siervas. Si éste es su deseo lo satisfaceré gustosamente.

Artículo 10°. Confío que gracias a la sabiduría de mi amo pueda llevarse a cabo todo lo establecido en este contrato de sumisión de forma plenamente satisfactoria, continuada y placentera. Si mi amo no obtuviese de mi el máximo placer se deberá única y exclusivamente a mi

317

ineptitud. Y como prueba de aceptación de todo lo estipulado en el presente documento y de mi entrega y sumisión absoluta a mi dueño, amo, señor y maestro me agacho ante él, adoro besando sus pies e inscribo mi nombre de esclava a continuación..............

La conformidad de mi amo a este pacto me será dada en el momento en que derrame su orina sobre mi cara. Sepan pues todos cuantos este documento leyeren que esta es la condición que yo he elegido libremente.

Aún en la actualidad conservo este mismo formato del contrato. Me fue bien con él.

Tal como lo establece el anterior contrato, Xania se volvió mi esclava formalmente y con toda solemnidad al aceptar firmarlo y justo después del momento en el que derramé mi orine sobre su bonito rostro en conformidad. Marcándola de esa manera también, como si fuera mi posesión o propiedad: "Mi esclava".

Fue de esta forma como este contrato se volvió el marco de nuestra relación y entramos en el mundo del BDSM de lleno y completamente siguiendo sus cláusulas...

Me convertí en el amo, guía y maestro de Xania, ella en mi obediente y sumisa esclava. El sexo se continuó intensificando. Los castigos cuando hacía algo mal, los premios cuando se los merecía, juguetes sexuales, cera caliente, cuerdas, mordazas, lencería, antifaces, sexo en donde y cuando yo quisiera, en la forma en cómo yo lo quisiera. Todo esto se volvió rutina, por llamarlo de alguna forma. Los tríos también porque Xania buscaba chicas para mí en ofrenda siempre que podía. Además de todo esto yo podía tener sexo con otras mujeres aunque esto no incluyera a Xania y ella se llevaba bien con ello. Ella era realmente obediente y no se quejaba de nada. Demostró ser una esclava espectacular.

Con respecto al sexo con otras mujeres aunque Xania no estuviera presente he de resaltar una relación en particular. Una que mantuve con la mujer que ejerció el cargo de mi Secretaria en el trabajo que tenía en Caracas.

Sobre ello debo resaltar que Xania y yo terminamos mudándonos a la capital en un momento dado, abandonando el negocio de la discoteca en Maracaibo. Cuando lo hicimos volví a mi anterior trabajo, mismo en el que necesité la ayuda de una asistente. Sarahí, una bonita mujer de ojos almendrados fue la indicada para el puesto. No obstante debo admitir que su trabajo en sí era bastante light. Yo se lo permitía de esa forma. Pero como la atracción entre nosotros fue evidente antes de que pudiéramos darnos cuenta sus obligaciones pasaron a ser más personales. Ella se volvió mi juguete sexual en la oficina: Me lo mamaba para quitarme el estrés, me sacaba la leche todos los días metiendo mi guebo en su boca complacientemente, a veces lo hacía mientras yo conversaba por teléfono, obligándome a contener mis gemidos para que no se dieran cuenta del otro lado de la línea...

Siempre estaba dispuesta para mí, para que la usara como quisiera, le encantaba y me lo dejaba saber cada vez que podía. Se vestía provocativamente para seducirme ¿Cómo íbamos a terminar de otra forma si me mostraba tan abiertamente sus piernas o sus tetas?

Esta mujer permaneció mucho tiempo conmigo, por decirlo de alguna forma, iba y venía hasta que finalmente perdimos el contacto en un momento dado, por desgracia. Cuando dejé Caracas nuevamente, pero eso es tela para tratar más adelante.

Ahora bien; después de este pequeño salto lo mejor es que sigamos con Xania: Esta relación se daba en extremo abierta a todo tipo de perversión. Con Xania incluso llegué a tener una relación de tipo incestuoso con una de mis hermanitas. Con ella todo era posible, nunca decía que no y siempre estaba hambrienta de placer.

No obstante, como quizás era de esperarse en cierto momento las dudas de ella afloraron al punto de que tuvimos que conversar sobre ello ya que se le notaba muy atormentada al respecto.

Sucedió una noche que la noté muy ida y pensativa y por eso le pregunté qué tenía. Nosotros hablábamos sobre todo, nos teníamos confianza porque de otra forma nuestra relación no podría ir bien. Xania no dudó entonces en comentarme como se sentía.

- Estoy muy feliz de ser tu esclava- Me dijo para después abrazarme. Eres mi amo, vivir para complacerte me hace plenamente feliz. Me siento tan querida por ti y tan satisfecha en todo aunque a veces sea duro o duela. Cuando me acaricias, cuando entras en mi, cuando me das placer sé que todo vale la pena. Sólo quiero llegar a ser realmente una sumisa perfecta para ti. Creo que realmente no podría pedir más- Confesó.

- Pero estás muy pensativa ¿Qué es lo que te sucede en sí? Eres una buena sumisa y me complaces y sabes que puedes hablar conmigo de cualquier cosa... lo sabes perfectamente. Me gusta saber lo que pasa por tu mente. Además, sea lo que sea yo puedo ayudarte, sabes que siempre será así. Le recordé.

- Es sólo que he estado pensando mucho- Me dijo por fin un poco dudosa.

- ¿Qué es lo que te hace pensar tanto? Insistí al ver que no continuaba explicándose. Por alguna razón le estaba costando bastante hacerlo y no entendía bien el porqué.

- Sé que lo que hacemos está mal a los ojos de muchos y eso realmente no me importa. He aprendido a vivir feliz a mí manera y contigo y eso no lo cambiaría por la opinión de nadie. Especialmente cuando sé que los que juzgan no pueden entenderme o que en el fondo sólo juzgan por fuera pero quisieran tener una vida como la mía. Mi problema o lo que me hace dudar es mi crianza. He estado pensando mucho en ello. En la educación que me dieron mis padres, en que ellos menos que nadie me entenderían y no sé qué pensarían de mí al respecto. Sé que la mera palabra esclava los haría pensar que estoy loca y sé que no lo estoy- Dijo con la voz entrecortada y mostrando signos de querer llorar.

- ¿Piensas que lo que hacemos está mal? Pregunté entonces, entendiendo por fin que era lo que le estaba atormentando.

- No tendría la respuesta absoluta sobre ello. Yo sólo sé que me hace muy feliz, pero a veces no puedo parar de pensar en sí está bien o mal. No me importa lo que piense la gente pero me importa hacer las cosas lo mejor posible- Me dijo.

- No hay nada malo en ello. No le hacemos mal a nadie y somos felices. Además tú eres muy buena persona. Tus gustos sexuales no hacen que dejes de ser buena persona- Le dije con seguridad porque me parecía algo muy lógico.

- Lo sé... Aún así no puedo evitarlo. A veces pienso demasiado y me atormenta pensar en que todo esto esté mal... ¿Y si tuviéramos una hija? Continuó... Cuando pienso de esa forma no para de preguntarme qué pensaría yo de una hija que se comporte como yo lo hago o que haga las cosas que he hecho. Agregó.

- Creo que te atormentas por nada ¿O es que acaso te has arrepentido de tus decisiones? Pregunté acercándola a mí y ella negó con un gesto.

- Yo pienso que si nos hace felices y no daña a nadie está bien. Todo el mundo debería perseguir su felicidad. Los que dicen que está mal es simplemente porque la sociedad rechaza estas prácticas. Mucha gente las tilda de inmorales... ¿Y si no fuera así? ¿Y si no las rechazara la sociedad? Entonces estaría bien porque otros lo dicen. Es hipócrita todo eso. Alegué y sin esperar respuesta de su parte continué:

- Recuerda la perversión que existía en otras épocas. En la época romana por ejemplo. A ningún romano le parecía mal lo que hacían. No era mal visto tener esclavos o violarlos, no era mal visto que gladiadores murieran en el Coliseo, la gente de hecho iba a presenciar esas muertes como quien presencia un espectáculo cualquiera hoy en día... Todo depende del enfoque entonces... En ese momento eso estaba bien porque todos lo hacían, ahora es malo... Mucho después decidieron que era malo y sólo entonces se volvió de esta forma... Pero allí sí había daño a otros, nosotros no dañamos a nadie- Insistí, no quería seguirla viendo preocupada, me gustaba ver a Xania sonriendo, apenada, excitada, humillada durante el sexo, pero no preocupada. Aquella no era mi Xania.

- Lo sé. Yo no me arrepiento de nada. Soy feliz, me siento orgullosa de mí misma. Es sólo que...Lo siento. A veces me invaden inseguridades- Continuó ella notablemente avergonzada esta vez.

- Está bien que te sientas así y aún mejor es que te desahogues conmigo- Le dije y le abracé- Pero no le des tantas vueltas. No me gusta que estés así tan pensativa y preocupada... Más por algo que no debería tenerte de esa forma-

- Lo sé. En el fondo de verdad estoy orgullosa de mí y también de las mujeres que como yo aceptan la sumisión como su parte de vida, las que aceptan el dolor y el placer, las que se atreven a conocerse tal cual son- Es particularmente difícil hacer eso. Ahora yo lo entiendo... Ahora soy parte de esas mujeres admirables. Indicó sonriendo.

- Yo también pienso que es algo de lo cual estar orgulloso. Ustedes son muy valientes al aceptarse. Tú has sido muy valiente- Le dije cogiéndola por la cintura y apegándola a mi cuerpo para abrazarla de nuevo y calmarla un poco con el calor de mi cuerpo. Mi abrazo esta vez fue más posesivo.

- Sí, he sido valiente... Mi recompensa ha sido conocerme y ha sido poder llevar una vida placentera junto a ti, que siempre me muestras el camino- Me dijo cariñosa, apegada sobre mi pecho, entonces descubrí su cara, la miré a los ojos y la besé.

Sabía que estos pensamientos invadían la mente de Xania de vez en cuando ya que como le había pedido y como lo establece una de las cláusulas de nuestro contrato de sumisión ella siempre escribía sobre las emociones que sentía al final de una sesión de sexo pero a veces incluía esta clase de dudas. Supongo que para evitar que yo estuviera ajeno a ellas.

Me gustaba que me dijera como se sentía. Sabía que ella amaba lo que hacíamos pero que no podía evitar sentir quizás algo de culpa a veces. Esto afloraba mayoritariamente cuando hablaba con sus padres quizás porque esos momentos le hacían recordar su crianza y la hacían sentirse indigna frente a ellos.

Considerando estas cosas admiré mucho a Xania, aún le admiro y lo mismo con todas las esclavas que se aceptan y viven orgullosas de su decisión a pesar de los prejuicios y de tener algunos bajones de ánimo cuando les ocurre algo similar.

Cierto día Xania me sorprendió con una carta especial que me dedicó pero que en el fondo siento que se dedicó a ella misma en un intento de disipar las dudas que a veces se cernían sobre sí. El contenido de dicha carta es el siguiente:

"He disfrutado mi rol de sumisa a tus pies gratamente. Estoy agradecida de haberme convertido en tu esclava formal. Estoy agradecida de no haber dejado que las dudas me impidieran volverme plenamente tuya. Tuve miedo, eso sí. No lo niego. A pesar de que ya te conocía y confiaba en tí plenamente cuando me propusiste convertirme en tu esclava. A pesar de que habíamos experimentado un poco sobre el BDSM, a pesar de que habíamos compartido mucho juntos, a pesar de la confianza que ya había de por medio, a pesar de que ya en una ocasión dejé todo lo que con conocía por ir tas de ti... tuve miedo, mentiría si dijera que no lo tenía. Miedo de todo lo que esto conllevaba, miedo de mí misma, de quien soy... No obstante me obligué a decidir aceptar pronto porque sabía que esto era lo que quería y no quería dejarlo pasar por culpa de ese miedo ni tampoco quería retrasarlo más.

Cuando vi lo interesado que estabas por este estilo de vida supe que en algún momento me pedirías que fuera tu esclava. Está en tu naturaleza ser un amo y te conozco muy bien... Eres uno estricto y bueno, como tiene que ser. Pero un amo por naturaleza, por instinto así como yo soy una sumisa plena por las mismas razones, mi cuerpo y mente sencillamente responden a la sumisión, no lo puedo evitar así como sé que tampoco puedes hacerlo con tus ansias de someter.

Había estado tratando de prepararme ya que sabía que me lo pedirías pero pesar de ello me tomó por sorpresa cuando lo hiciste.

Esclava... Una palabra difícil en su momento pero que aprendes a atesorar muchísimo.

Es difícil aceptar que te gusta esto, es difícil aceptar que la humillación, el dolor y el placer están de la mano y que te gusta de verdad, que te hace sentir vivo el experimentarlos... que estás dispuesto a hacer lo que sea a cambio de un placer que en ningún otro lugar y de ninguna otra manera podrás obtener. Un placer que te pertenece y que a la vez no lo hace, porque es más cosa de la persona a la que te has decidido someter... Es difícil aceptar que en tu interior eres una esclava a la *espera de ser dominada por un amo capaz de hacerte llegar a las nubes.*

Cuando lo aceptas hay preguntas que vienen a ti constantemente. Estoy segura que no soy la única. Muchas sumisas deben sentirse como yo y hacerse preguntas como las siguientes: ¿Por qué una mujer tendría que dejarse tratar así, como una esclava a cambio de placer? ¿Está bien dejarse humillar, someterse al dolor, someterse a los designios de un dueño? ¿Está bien que tu motor de arranque, el que te mueva a tomar tus decisiones sea el placer? ¿Está bien perseguir el hedonismo puro o lo mejor es dejarlo de lado? ¿Qué pasa con el pudor?

Son algunas de las preguntas que te invaden y que a veces te hacen sentir mal porque sabes que muchas personas te mirarían mal si supieran que para tí está bien lo que haces, aunque no estés seguro de si sea una realidad o si es sólo "tú realidad", aunque no estés seguro si está realmente bien o mal para tí está bien y por eso lo sigues haciendo.

Va en contra de la moral de muchos eso sí, quizás de lo que se considera moralmente correcto en esta sociedad hipócrita. Sin embargo por más que me lo pregunte no sé si está bien o mal, no sé si es correcto o no. Yo sólo sé que soy inteligente, que he sido bien educada y que aún así vivo este estilo de vida porque me llena y me hace plena y feliz. Esté bien o mal me hace feliz... Es lo que quiero para mí.

Mi familia me educó para tomar mis decisiones propias, me educó para ser una mujer con futuro y una mujer buena y considero que eso soy sin importar que haya tomado este camino. Es el camino que elegí por decisión propia y no podría arrepentirme. Es un camino de perversión, pero en cuerpo. Yo no dejo de ser buena porque me guste esto, lo sé, siempre me lo dices y me lo repites como si lo olvidara pero no lo hago, yo lo sé...

De rodillas a tus pies, en las ocasiones en las cuales estás flagelándome, amordazada, suspendida con cuerdas, sintiendo dolor o placer. No importa cómo me encuentre ante ti, sólo sé que en esos momentos en donde tienes el completo control de mi persona es donde siento que mi vida tiene sentido, es donde siento tranquilidad y placer, es donde soy yo misma, donde me muestro tal como soy con todas mis fortalezas y debilidades.

¿Cuán fuerte soy para haber admitido esto? ¿Cuán fuerte soy para haber aceptado mi naturaleza sumisa? ¿Para haberme entregado completamente a ti? ¿Para estar revelando esto a través de esta carta? Muy fuerte, porque es difícil. Y así como es difícil para mí lo es para todas las mujeres que están en mi misma situación, que son muchas. Cuesta aceptarlo pero cuando lo haces te liberas y te sientes orgullosa de haberlo aceptado. Las sumisas somos entonces admirablemente fuertes cuando lo miras con estos ojos.

Me siento feliz de que sean muchas las mujeres que se acepten de esta forma. Sé que otras no lo hacen por miedo y sólo espero que algún día dejen de lado ese miedo y se atrevan porque experimentarán lo que es la verdadera felicidad. No deben sentirse mal por ser quienes son.

Quería que tú mi amo, pudieras saber como me siento y por eso te dedico todas estas palabras. Que he logrado escribir y que me han tranquilizado y me han hecho sentir aún más orgullosa de mi misma de lo que ya estaba. Estoy agradecida de ti y todo lo que representas, por favor sigue cuidando de mi y tratándome tan duramente como lo consideres necesario porque sólo quiero llegar a ser tu sumisa perfecta y alcanzar aún más felicidad de la que ya siento. Te estaré plenamente agradecida. Tuya y siempre tuya.

Xania. Tu eterna esclava

Leer estas palabras me hizo sentir más orgulloso de mi esclava de lo que ya era. Sabía que estábamos por buen camino y que seguiríamos siendo felices juntos por mucho tiempo. Esa noche la premié con el mejor sexo de su vida. Me aseguré de hacerla gritar de placer porque realmente se lo merecía.

El harén

Nos mantuvimos así, solos los dos por un tiempo más, cumpliendo nuestros roles de amo y esclava, follando, disfrutando juntos hasta que en una de las búsquedas por internet que hacia Xania para encontrar mujeres dispuestas a practicar sexo en trío con nosotros conocimos a Xamielys. Una joven delgada y morena de cuerpo bien trabajado y ejercitado que se mostró más que dispuesta ante la oportunidad de practicar el trio porque esa era una de sus fantasías sexuales sin cumplir. Al menos eso le expresó a Xania tras la propuesta.

No describiré a profundidad nuestro primer encuentro porque siento que hay que narrar mucho más sobre Xamielys en esta historia en el futuro y no quisiera profundizar más de la cuenta pero si hay algo que debo destacar de ese día fue la mamada que me practicó. La recuerdo aún hoy en día como una de las mejores mamadas de mi vida. Ella sabía cómo hacerlo: engullía, succionaba y lamía en los puntos exactos para proporcionarme el máximo placer.

Por su cuenta era capaz de tragarse todo mi guebo y de embestirlo rápida y rudamente de una manera única. Me cegó ante la sensación placentera que me invadió por lo que estaba haciendo. Me sorprendió incluso, fue majestuoso... Además de que ella era realmente sexy y eso ayudaba también. Me volvió loco en ese sentido. Esa boquita que se gastaba era por demás divina.

Lo cierto es que el encuentro con Xamielys no acabó ese día. Tras conocernos compartimos muchos otros momentos juntos. Salimos en muchas otras ocasiones a comer, beber o simplemente a divertirnos y nos dimos cuenta de que realmente nos llevábamos muy bien entre los tres.

Follamos en trío otro par de veces y me aseguré de comportarme en esos encuentros un poco más como lo haría dentro de los parámetros del BDSM pero sin exagerar. Algo más parecido a los encuentros sexuales que tenía antes de volver a Xania mi esclava: Le hablé sucio, le halé del cabello, azoté sus nalgas con mis manos, le di un par de cachetadas, la embestí rudamente. También ante ella traté duramente a Xania, un poco más de lo que llegué a hacer con ella en esas ocasiones pero también sin exagerar. Quería comprobar con esto si ella tenía madera de sumisa y lo hice porque se le notaba lo mucho que lo disfrutaba. Su cuerpo y sus expresiones la delataban. Respondía excelente ante estos estímulos... ante el dolor, la rudeza y la humillación. Sus ojitos vidriosos llorando por más mientras me miraban expectantes simplemente la delataban.

Xania y yo conversamos mucho con ella por mensaje de texto pero fue Xania quien en una conversación casual le preguntó sobre el tema de la dominación y la sumisión y ella le dijo que le llamaba mucho la atención y que había disfrutado de mi parte salvaje las veces que habíamos follado entre los tres.

- Es intenso, de solo recordarlo me mojo toda- Le dijo

Ya por mí cabeza daba vueltas la idea de hacerla mía... de convertirla en mi esclava al igual que Xania, le veía potencial y me atraía muchísimo como mujer pero cuando esta última me habló de esa conversación estuve más que seguro de que era la indicada para convertirse en mi segunda esclava. Disipé cualquier duda que pudiera tener al respecto.

Nos encontramos con Xamielys en otras ocasiones más y yo esperé el momento que me pareció indicado para hacerle la pregunta directamente.

Cuando por fin se me dio la ocasión sin darle más vueltas pregunté.

- ¿Crees que puedas hacerte mi esclava? ¿Te gustaría?

Ella ladeó un poco la cabeza confundida por un momento, como buscando en su mente un indicio de que era lo que le estaba preguntando hasta que pareció caer en cuenta por sí misma.

- ¿Es sobre el asunto del BDSM, verdad? Preguntó en respuesta. Xania me ha hablado un poco al respecto y yo también por mi cuenta he leído y visto algo de esas prácticas.

Me quedé mirándola fijamente y se me ocurrió que lo mejor sería sentarnos a discutir esto tranquilamente así que la invité a comer para hablar del tema y me fui a un restaurant con ella. Una vez que hicimos la orden de lo que queríamos consumir expliqué tranquilamente y lo mejor que pude de manera resumida este mundo de un contexto tan amplio. Insistiendo en que es un estilo de vida más que una práctica sexual.

Mientras hablaba de vez en cuando Xamielys hacía preguntas así que me aseguré de resolver tantas de sus dudas como me fue posible. El que hiciera preguntas era buena señal porque denotaba interés.

También le hablé sobre el contrato que servía de marco en mi relación con Xania y de sus cláusulas. Indicándole que si en algún momento ella aceptaba ser mi esclava debería firmar uno igual y seguir también sus parámetros, que implicaban mayormente obedecerme y complacerme.

- Ya has experimentado un poco de eso cuando hemos tenido tríos Xania, tú y yo y sé que te gusta. Veo en ti una perfecta esclava- Aunque claro esto será aún mayor de lo que hemos experimentado pero estoy seguro de que te gustará y yo iré poco a poco. Te iría enseñando, guiándote y cuidaría de ti. Necesitaría ir poco a poco de todas formas para conocer tu cuerpo y tus límites Le dije confiado- Pero te mostraré placer más allá de lo que hayas imaginado nunca.

- Sinceramente tengo muchas fantasías sexuales y esta es una de ellas. Siempre soñé con complacer a un hombre a límites insospechados. Ser dominada. Creo que tu serías el indicado para cumplir esas fantasías-Confesó. Pero aún así no sabría que decir... No puedo dar una respuesta pronto, mi mente está fría.

- Pero entonces sí estamos de acuerdo en que es algo que te gustará al menos- Insistí.

- Sí me gusta, si me llama la atención... Pero es algo nuevo para mí y me asusta- Alegó

-Lo sé- Le dije yo tranquilamente, comprendiéndola a la perfección- Pero créeme que sabré guiarte- Ante estas palabras ella se mantuvo mirándome fijamente para finalmente preguntar:

- ¿En sí que significaría ser tu esclava? Resúmelo para mí- Me pidió. Quiero entender todo perfectamente.

- Significaría que debes obedecerme siempre, estar lista para darme placer, limpiar, cocinarme, servirme, ofrendarme a tus amigas, esperar a que yo pueda o quiera y más de eso. Yo asumiría el control, tú sólo tendrías que dejarte guiar por mí- Expliqué con tranquilidad tomando un poco de vino en una copa que me acababan de servir.

Xamielys hizo lo mismo pero prácticamente se bebió todo el contenido de la copa de un sólo trago. Como si ese gesto fuera ayudarle a asimilar todo lo que estaba escuchando.

- Suena tentador y de hecho, de verdad llama mucho mi atención. Más de lo que crees, pero estoy insegura- Dijo finalmente. Además... ¿Y Xania?, ¿Dónde queda Xania en todo esto? Continuó.

- Ella ya es mi esclava. Lo serías ahora tú también si aceptas. Las tendría a las dos o más apropiadamente, nos tendríamos a los tres- Respondí acariciando sus mejillas y luego la comisura de sus labios antes de besarla suavemente en principio y luego un poco más acaloradamente.

- Me gustas mucho- Le dije tan pronto cortamos el beso- Y además nos entendemos bien en el sexo y eso es muy buena señal- Agregué. Es bueno que nos entendamos los tres. Xania, tú y yo podremos llevarnos muy bien. Incluso más que ahora.

- Yo... no lo sé... Dijo finalmente- En ocasiones he fantaseado con eso pero nunca pensé que alguien me lo propondría seriamente un día, para ser sincera. Aunque también me gustas mucho y me gusta la idea. - Aclaró insegura.

- Bueno... La verdad es que tú no tienes que responderme horita ni tienes que hacer esto si no quieres. Esto es algo completamente consensuado.

Así es como funciona, sigamos como hasta ahora, nos vemos, follamos de vez en cuando y vemos que pasa ¿está bien? Sugerí porque me pareció lo más sensato, continuar sería presionar por una respuesta y ocurrirían dos cosas de hacerlo: que ella aceptara sin querer realmente hacerlo o que se espantara y huyera.

Ella estuvo de acuerdo en dejar las cosas como estaban por el momento y ver que sucedía. Me parecía bien así.

Los encuentros sexuales entre ella, Xania y yo se hicieron más frecuentes.

Después de un tiempo nos confesó a Xania y a mí que estaba muy interesada en el tema pero que seguí teniendo muchas dudas al respecto.

- Pero ¿estarías dispuesta a tener una sesión de sexo más al estilo BDSM conmigo y así aprender de esto un poco más? Pregunté porque no le habíamos hablado más del tema y ella lo estaba sacando a colación, eso decía mucho por sí solo. Estaba muy pero muy interesada.

- Creo que has experimentado un poco cuando hemos hecho los tríos. Esto será un poco más intenso solamente. Si te gusta seguramente tus dudas se disiparan y esa será como una iniciación... Aunque la iniciación vendrá luego que aceptes, sería más bien un abreboca a todo este estilo de vida que tanto tiene por ofrecerte. Propuse seguro de que si aceptaba ya era mía. Me aseguraría de que disfrutara tanto que no le quedaran sino ganas de seguir experimentando y disfrutando.

- La verdad es que creo que ya me gusta... Cuando me azotas, cuando me halas el cabello, me tratas con rudeza durante el sexo, cuando tomas el control yo siento algo. Algo especial, algo que no puedo explicar, es como si algo despertara dentro de mi y reaccionara a todo eso. Dijo ella con un brillito en sus ojos.

- Sin embargo hay mucho más. Por eso si estás interesada me gustaría enseñarte algunas cosas para que estés más segura y confiada. Tranquila, tendré el control y ya me conoces- Expliqué y noté en su cara aprobación,sabía que aceptaría-

- Está bien, estoy dispuesta a probar como tú dices... A aprender a ver si se dan las cosas... Pero no prometo nada, me gusta, es de lo único de lo que estoy segura. Me gusta lo que he probado ya y me llama la atención ese estilo de vida, me gusta como eres con Xania y sinceramente nunca había conocido a un hombre que me llene como tú lo haces- Respondió sonriendo nerviosa. Aún así no sé si pueda ser tu esclava. Digo... quiero... pero no sé si puedo. Añadió.

La entendí perfectamente. Después de todo soy consciente de que es difícil de aceptar y asimilar esto.

Lo he sido siempre. La misma Xania me lo había comentado muchas veces y todas mis relaciones pasadas manifestaban lo difícil que les era asumir su espíritu de sumisas. No obstante cuando lo hacían se sentían bien consigo mismas al fin y yo veía algo en Xamielys. Sabía que ella podía llegar a ser una excelente sumisa y esclava, sólo necesitaba sincerarse consigo misma y si estaba en mis manos o dentro de mis posibilidades ayudarla a aceptarse lo haría.

- Tú sólo no te preocupes. Te haré experimentar más placer del que hayas sentido en toda tu vida, te gustará, ya lo verás... Sé que eres de las chicas a las que les gusta esto- Le dije. Pero si no te gusta está bien también, siempre será lo que tú decidas al final. Aclaré para que no hubiese dudas al respecto. No le juzgaría o presionaría demasiado si no funcionaba.

- Está bien, me siento segura y ansiosa. Es como cumplir otra de mis fantasías. Como ocurrió con lo del trio. Dijo ella sonriente y evidentemente feliz porque en realidad se sentía curiosa.

Fue así como fijamos una fecha para tener una sesión de sexo al estilo BDSM. Xania, a petición mía me ayudaría. Siendo mi asistente.

Discutimos un poco los términos en los que ocurriría todo Xamielys y yo y aunque yo no habría decidido atarla en una primera sesión ni venderle los ojos ella lucía muy interesada en esa idea y me lo había manifestado así que probaríamos con eso.

Estábamos esperando Xania y yo en nuestro hogar a la hora fijada pero tuvimos que esperar un poco más de lo debido porque Xamielys no aparecía. Ya cuando pensé que se había arrepentido el timbre sonó. Xania se apresuró a abrir y allí estaba ella. Lucía preciosa. Se notaba que se había arreglado para la ocasión pero lucía también nerviosa, lo cual era de esperarse pero yo no me preocupé por ello. De hecho me encantó.

- ¿Sabes que llegar tarde requeriría un castigo verdad? Pregunté levantando una ceja, probando a ver si recordaba todo cuando habíamos hablado respecto al asunto de los roles de amo y esclava.

- No... no me fijé en la hora, lo siento- Se excusó- Quería arreglarme y después el tráfico me dificultó llegar. Explicó quizás con sinceridad, pero eso no quitaba el hecho de que había llegado tarde y de ser mi esclava, me habría fallado.

- Igual hay castigo. Aunque por hoy serán sólo cuatro azotes. En una próxima ocasión te daré uno por cada minuto que llegues tarde ¿ok? Me hiciste esperar bastante- Le dije yo y ella me devolvió una risa nerviosa. Bueno quiero comenzar- Desvístete y ponte de rodillas- Añadí exigente.

Ella inmediatamente hizo lo que le dije. Xania se encargó de recoger su ropa que había quedado en el suelo. Yo me acerqué a ella y me puse a su altura para acariciar su cuerpo despacio. Disfrutando el momento y asegurándome de excitarla bastante. No dejé una sola parte de su cuerpo sin acariciar. La sentí relajarse.

Tras esto inicié entonces mi trabajo con las cuerdas. Sólo la inmovilizaría no iba a dejarla suspendida porque podía no gustarle o asustarse siendo su primera vez. Si se convertía en mi esclava ya tendríamos tiempo para ello más adelante. Cuando estuvo lista e inmovilizada vendé sus ojos y puse un trozo de tela alrededor de sus labios a modo de mordaza. Podría hablar o gritar si quería y se le entendería, no estaba tan ajustado pero aún así quise colocárselo. Luego así, completamente expuesta e indefensa como se encontraba la cargué para depositarla en la cama. Ella sólo permaneció quieta a la espera, pero el temblor en sus piernas delataba que continuaba nerviosa.

No pude evitar detenerme a contemplarla como quien contempla una obra de arte pero es que justo eso parecía para mí. Lucía hermosa e indefensa. Me acerqué para acariciarla de nuevo y pasar mi lengua por algunas partes de su cuerpo. Noté que su respiración se estaba acelerando. Debía estar de verdad expectante y ya se había excitado. Mi erección también llevaba bastante rato despierta.

- Pásame las pinzas- Le dije por fin a Xania y ella se apresuró en traerlas.

Puse una pinza en cada pezón de Xamielys y jugué con estas moviéndolas un rato. Esto hizo que la chica se retorciera por el dolor. Era divertido verla luchar con las sensaciones que sentía y gemir de una forma suplicante... Sus pezones se pusieron duros y yo me excité mucho más, quería empezar a someterla en verdad.

Puse mi cara entre sus piernas y se la mamé un rato. Xania mientras tanto pasó ella a jugar con los pezones de esta. Xamielys gemía y ya se encontraba bastante mojada. Estaba disfrutando plenamente lo que estaba ocurriendo y estoy seguro de que el momento fue intenso pues estaba privada de moverse y de la vista, no tenía más opción que concentrarse en lo que recibía. Esa era la idea desde el principio.

- Recordé lo del castigo así que busqué una vara y le di dos azotes en cada pie. En la planta de este. Una zona muy sensible. Lo hice mientras explicaba porque lo hacía. A ella sólo se le escapo un leve "auch" cada vez que la golpeé y asintió cuando le expliqué que se trataba del castigo. Lo recibió muy bien, me pareció que reaccionó excelente.

Le pedí a Xania entonces que trajera dos vibradores y así lo hizo (Para ese momento ya habíamos adquirido muchísimos juguetes sexuales

344

para divertirnos. Yo siempre que podía compraba más)

Tomé uno de los vibradores y se lo puse en la cuca a la mujer inmovilizada en la cama mientras Xania pasaba el otro vibrador por los pezones de ella, por su abdomen y por donde se le antojara. Los estremecimientos de Xamielys eran cada vez más fuertes y sus gemidos también. Podían escucharse estos claramente por sobre la tela que cubría la comisura de sus labios. Comenzó también a sudar bastante, estaba llegando a su límite.

-¿Te gusta? Le pregunté pero desecha en gemidos era imposible entender algo coherente de entre los sonidos que salían de su boca. Le doy crédito porque intentó responder.

Jugamos un rato más con ella y los vibradores hasta que me di cuenta de que habíamos perdido la noción del tiempo y no tenía idea de cuánto tiempo llevábamos así jugando. La única cuenta que llevaba era la de que Xamielys se había corrido dos veces ya a esas alturas y lucía exhausta, pero aquello estaba lejos de terminar.

- Xania ponte a horcajadas sobre ella- Le pedí entonces y rápidamente lo hizo, sin vacilar.

Cogí la mano de Xania que aún sostenía el vibrador que ella cargaba y lo posicioné entre las piernas de ambas de forma que las dos sintieran las vibraciones. Le indiqué a Xania que lo sostuviera en su lugar. Luego quité la venda y la mordaza de Xamielys. Era algo que se me había ocurrido en el momento pero sin dudas resultó ser buena idea.

Finalmente me posicioné tras Xania, levanté un poco más sus nalgas y la penetré bruscamente para empezar a embestir rápidamente. Las dos mujeres gemían muy fuerte a esas alturas por los estímulos que estaban recibiendo. Imaginé que estarían en el cielo... en la cima más alta del placer en ese momento.

Halé el cabello de Xania y lo mantuve apretado dando la sensación de que la cabalgaba, me sentí especialmente bien haciendo esto.

Embestí un poco más hasta que la sentí estremecerse y yo me sentí venir. Quería acabar en la boca de Xamielys así que como pude salí de Xania y me subí sobre la cama para acercarme y meterle mi pene a ella en su boca . Tuve que embestir unas pocas veces pero después de eso mi líquido se derramó dentro de la calidez de la boca de ella.

Tras esto me senté un rato a observar cómo el vibrador continuaba dándole placer a ambas mujeres. Xania no se había movido de su lugar porque yo no se lo había indicado. Xamielys por su parte parecía estar volviéndose loca de tanto placer... Segregaba a esas alturas mucha saliva y se estremecía a más no poder...

Observé simplemente hasta que logré ponerme bien duro nuevamente. Que había sido mi propósito con ello. Fue entonces cuando bajé a Xania de entre las piernas de Xamielys para posicionarme yo en su lugar y enterrarle mi guebo hasta el fondo a ella para pasar a embestirla con todas las energías que aún me quedaban. Mientras lo hacía Xania me acariciaba desde atrás y se aseguraba de apegarse bastante a mi espalda para que yo sintiera el tacto de sus redondas tetas.

Xamielys era un mar de lágrimas y gemidos.

Cuando me vine nuevamente acabé por sobre el abdomen de ella y me quedé observando como mi semen se escurría por su preciosa piel. Luego me obligué a salir de su interior para después desatarle con calma.

- Eso fue ¡Dioooos! Exclamó ella ya completamente vestida al rato de nuestra sesión de sexo.

Si ya estaba seguro de lo mucho que lo había disfrutado, su expresión no dejó lugar a dudas al respecto.

Esa noche Xamielys se quedó a dormir en nuestro hogar y esa misma noche Xania y ella conversaron sobre el tema del BDSM y sus roles. Yo me encontraba en la sala y ellas en la habitación pero aún así pude escuchar gran parte de la conversación.

- ¿Cómo descubriste que te gustaba ser sumisa... lo de amo y esclavo? Preguntó Xamielys curiosa.

Al notar que hacían referencia al tema presté mucha atención.

- ¿A ti te gusta? Indagó Xania respondiendo a la pregunta con otra pregunta. Parece gustarte bastante. Tu cuerpo responde muy bien a los estímulos- Sugirió.

- Sí, creo que es intenso- Le dijo ella. Y en el fondo creo que en menor o mayor grado a todas las mujeres nos gusta esto.

- Puede ser... aunque no lo sé. Cada mente es un mundo- Contestó Xania al parecer pensativa- Lo que pienso que le gusta a todos en mayor o menor grado son los roles dominantes y sumisos. Porque hay mujeres dominantes también- Explicó.

- También sé sobre eso- Pero no me gustaría dominar en esa forma. Encuentro más erótico entregarme y que hagan conmigo lo que quieran- Dijo Xamielys.

- También yo pero lo descubrí poco a poco- Reveló Xania por fin. No era algo que tenía claro desde un principio.

- ¿Pero cómo fue? Insistió Xamielys obviamente queriendo saber más sobre el tema.

- Primero conocí a Xhataniel en un momento inesperado pero me atrajo demasiado. Tuvimos sexo al poco tiempo de conocernos, pensé que sería eso y ya pero después no podía dejar de pensar en él porque disfruté muchísimo y me sentí muchísimo mejor con él más que con cualquier hombre que haya conocido antes. Tenía un algo difícil de dejar atrás. Un algo que quería para mi vida así que creo que técnicamente podría decirse que lo perseguí porque no podía ignorar ese algo- Agregó para reírse un tanto fuerte recordando ese hecho.

- ¿Lo perseguiste? ¿Cómo así le insististe mucho para estar con él? Continuó indagando Xamielys.

- No, no. Respondió Xania para aclarar. Lo que pasa es que yo vivía en Maracaibo para ese entonces pero él no, entonces lo seguí para hablar y disipar dudas y las cosas se fueron dando-

-Aaaah... ya... Yo tampoco había conocido a un hombre así. Creo que hiciste bien en perseguirlo. Creo que yo también lo perseguiría- Dijo Xamielys con tono burlón.

- Sí, él es intenso- Dijo Xania divertida. Pero no creo que tengas que perseguirlo. Estás aquí y él te quiere como esclava porque le gustas así- Indicó- Por experiencia creo que se te dará muy bien. Además sabes y aceptas que te gusta-

- Lo sé... Créeme que estoy muy tentada a aceptar. Pero aún debo pensar un poco- Arguyó Xamielys sonriendo- No es precisamente algo sencillo, es diferente... Inusual y eso me asusta más.

- Piénsalo pero no le des tantas vueltas. Piensa que es para disfrutar ¿No es eso lo que queremos todos? Le dijo en respuesta. Yo la verdad no lo pensé mucho porque ya lo conocía y tú estás en mi misma posición. Lo conoces y me conoces. Hemos follado juntos y nos entendemos en general. Nos llevamos bien ¿Qué más se puede pedir? No es como si será tan diferente de lo que has compartido con nosotros hasta ahora. Lo importante es que te guste... te llame la atención, te excite dejarte dominar... Y me parece que eso lo tienes y que además te gusta Xathaniel...

- Lo sé... pero es difícil... ¿Dónde queda el pudor en todo esto? Añadió Xami confusa. Sé que no me comporto exactamente como una santa pero quizás esto vaya más allá de lo que pueda- Agregó sincera.

- Si le das vueltas de esa forma simplemente nunca harás nada- Agregó Xania. Además, lo del pudor es en general... Y ya has experimentado mucho con nosotros como dijiste ahora, creo que ya no deberías pensar eso del pudor...No deberías sentirlo, sólo debes dejarte llevar para poder disfrutar plenamente.

- Es difícil para mí ¿Sabes? Explicó Xamielys- Quiero... Pero es difícil... Quiero porque me gusta y además veo que a tí se te da tan bien. Me gustaría formar parte de esto también- Indicó en respuesta- Es atrayente... seductor... muy tentador y placentero.

- Te entiendo...para mi no fue fácil e incluso aún a veces no lo es. He vivido muchas cosas con Xathaniel y se las agradezco... Yo estaba llena de dudas ¿Sabes? Entregarse por completo a alguien no es fácil pero siempre supe que era algo que anhelaba. Xathaniel pudo ofrecérmelo. Me pudo guiar... Logró atraerme lo suficiente como para que yo le dejara guiarme. Creo que descubrí mi alma sumisa gracias a él porque aunque yo sabía que estaba allí lo ignoraba. No es sino ahora me doy cuenta de que negarme quien soy no me dejaba ser completamente feliz ¿Cómo podría ser alguien completamente feliz negando lo que es después de todo? Pero ahora soy feliz y plena gracias a mi decisión de salir adelante y convertirme en su esclava. Dijo Xania.

- Dices que ya sabías desde antes pero ¿Cómo sabías? Preguntó Xamielys queriendo indagar más en el tema. Mucho más. Se le notaba que intentaba disipar sus dudas en esa conversación; quizás a modo de entenderse ella misma. Seguramente muchas cosas pasaban por su cabeza y tenía muchas dudas.

- Me refiero a lo de tu alma sumisa- Aclaró.

- Por mis fantasías sexuales Dijo Xania sin pensarlo mucho

351

-Siempre fantaseaba con complacer un hombre al límite de lo inimaginable. Me sentía identificada con las mujeres que lo hacen... Y por las veces que experimentaba con Xathaniel y me excitaba como nunca ser dominada por él... Alegó.

- Bueno... Me pasa igual... Y por ejemplo en lo que respecta al dolor. Nunca le he temido ¿sabes? De niña cuando me castigaban yo sólo me reía. Eso puede significar algo también- Adujo Xami.

- Puede ser- Le respondió Xania sin sonar muy segura.

Después de allí no pude escuchar nada más. No tengo idea si bajaron la voz o si simplemente dejaron de conversar. Me alegró que ellas se llevaran tan bien que pudieran transmitirse sus pensamientos de esa forma tranquila y relajada.

Al poco tiempo de este encuentro Xamielys aceptó ser mi esclava formal y después de cumplido el protocolo que establece el contrato de sumisión. Una vez que la misma había besado mis pies y firmado y que yo le había orinado en el rostro... así fue... Así sellamos nuestro pacto y ahora yo era oficialmente un amo con dos esclavas a mi disposición. Dispuestas para mi entera satisfacción y placer ¿Qué más podría pedirle a la vida? En ese momento me encontraba más que feliz.

Por ofrecimiento de mi parte Xamielys se mudó con Xania y conmigo. Pasamos a formar una familia los tres. Ya a esas alturas estaba más que seguro de que viviríamos grandes aventuras juntos. El futuro se veía realmente prometedor. Afortunadamente soy muy creativo así que no nos aburriríamos nunca. Estaba más que seguro de ello.

Los días se volvieron más movidos ahora que éramos tres en el apartamento. Me acostumbré a dormir entre dos cuerpos cálidos con cuatro tetas a mi alcance para servirme de almohadas y casi a diario tenía sexo con ellas. Cuando me levantaba, antes de irnos a dormir o en cualquier momento que se me antojara. Ellas siempre estaban allí gustosas esperando el momento para complacerme, para prestarme su cuerpo para jugar a mi antojo.... El sexo con ataduras ameritaba más de mi tiempo pero yo sacaba tiempo para poder practicarlo con frecuencia porque me encantaba y me encanta aún.

Lo cierto es que los fetiches y las perversiones siguieron creciendo...

Me gustaba atarlas e inmovilizarlas de cualquier forma que se me ocurriera con cualquier tipo de material: cuerdas o cintas si tenía más tiempo para preparar el escenario. Si no con cualquier cosa que tuviera a la mano, como una corbata, mi cinturón, por ejemplo, lo que fuera...

Las ataba en cualquier lugar, en cualquier superficie y en cualquier posición según se me antojara, les vertía cera, las orinaba, las asfixiaba un poco, las cacheteaba o azotaba con látigo, fusta, varas o con mis manos hasta marcarlas. Decidía si podían correrse o no, si podían mirarme o tocarme durante el acto sexual o si no, si podían gemir o no. Esto último me divertía particularmente ya que era entretenido verlas luchar para acallar sus propios gemidos. Si no me obedecían les castigaba por supuesto. También por supuesto decidía como y cuando usarlas, lo que usarían... Tenía el control de todo.

Les pedía siempre tener acceso a sus orificios por lo que usaban mayoritariamente vestidos o faldas de modo que cuando se me antojara sólo levantaba el vestido o la falta y se los metía sin importar el sitio en el que estuviéramos. Cuando se me antojaba les pedía que hicieran los oficios de la casa desnudas por completo vistiendo sólo zapatos rojos y lápiz labial del mismo tono o en lencería.

Algo bien interesante de resaltar en las relaciones de varios es que las diferencias entre gustos, habilidades y personalidades comienzan a destacar. Xania y Xamielys eran muy distintas a pesar de tener en común el hecho de ser mis esclavas y que eso les obligaba a ser mis sumisas y complacerme en lo que yo quisiera, lo que hacían con gusto. Por ejemplo a pesar de que Xania usaba en ocasiones lencería antes de la llegada de Xamielys a nuestro nicho de placer, fue Xamielys la que introdujo un elemento extra a nuestros encuentros sexuales: Los disfraces. Ella los amaba desde antes y me pareció tan interesante y erótico jugar con esto que en muchas ocasiones las hacía disfrazarse a las dos para mí. Así que el asunto de los disfraces también se volvió frecuente entre nosotros como parte de nuestros juegos de perversión pero fue Xamielys la que nos encaminó hacia ese fetiche...

En líneas generales nuestros encuentros sexuales podrían resumirse en encuentros como los siguientes:

–Xamielys atada a una silla con las piernas abiertas y los brazos hacia atrás recibiendo una mamada de Xania a quien estoy azotando por las nalgas mientras hace esto. El dolor por los azotes la hace separarse un poco de la cuca de Xamielys y yo le halo del cabello bruscamente para enterrarla de nuevo en la cuca de la otra mujer y que continúe con la mamada de esta forma. Ella comprende y continúa mamando con afán, dándole todo el placer que le es posible a la otra mujer.

Sigo azotando hasta que sus nalgas están rojitas e irritadas y es allí donde me posiciono tras ella y la penetro. Mientras embisto manoseo a mi antojo las tetas de Xamielys quien continúa recibiendo las atenciones de la lengua de Xania aunque a ella cada vez se le dificulte más continuar con la mamada.

Cuando me siento venir salgo del interior de Xania para derramar mi esperma en los muslos de Xamielys y hacer que Xania lo lama de esa zona; lo cual hace complaciente.

Me tomo el tiempo de desatar a Xamielys para cambiar a las dos mujeres de posición y todo inicia nuevamente.

—Xania y Xamielys recostadas boca arriba con las piernas abiertas y cerca del borde de la cama. Sus brazos estirados hacia arriba, atados con cuerdas a la cabecera de esta. Yo levantando una de las piernas de cada una y manteniéndolas sujetadas en altura para que no las bajen mientras penetro a Xania y la embisto a mi antojo.

Le digo a Xamielys que estimule su propio clítoris mientras hago esto y ella espera su turno. Lo hace sin dejar de mirarme fijamente y así voy alternando entre ambas hasta hacerlas acabar a las dos.

—Xania y Xamielys vestidas sólo con ligeros en cuatro en el suelo, levantando lo más que pueden sus hermosas nalgas mientras las azoto a ambas hasta cansarme para después lamer sus nalgas irritadas y cogérmelas por detrás.

—Xania sentada en una silla con sus piernas abiertas masturbándose con un vibrador a máxima potencia mientras yo penetro a Xamielys que se encuentra contra la pared con sus manos apoyadas en esta y observo como esta se masturba para mí o viceversa.

—Xamielys atada una mesa baja con los brazos y piernas extendidos, dándome una mamada mientras Xania acaricia mis bolas, las chupa y las lame de vez en cuando, dándome todo el placer que puede.

—Xania y Xamielys disfrazadas con lencería y orejitas de perrito comportándose, a petición mía como perritas felices que mueven su cola ante su amo. Sólo cuando lo hacen y me dejan satisfecho con su actuación les dejo mamármelo.

—Xania y Xamielys en espera de que derrame cera caliente sobre su cuerpo en las partes en las que me dé la gana. Incluso a veces les pido que abran la boca y derramo un poco de esta sobre su lengua. Ver sus expresiones lujuriosas me excita particularmente cuando hago esto.

—Xania y Xamielys con las piernas levantadas, sosteniéndolas en su lugar ellas mismas, dándome una visión completa de su entrada mientras esperan su turno para que las penetre.

A veces me tomo mi tiempo en mirarlas, estando de esta forma tan expuestas me excitan a lo grande.

—Xania y Xamielys vendadas y amordazadas desnudas una al lado de la otra en la cama esperando que hiciera lo que quisiera con ellas, completamente a la expectativa, sin idea de lo que va a pasar.

Estando de esta forma se me antoja hacerles de todo.

−Xania y Xanielys besándose, acariciándose, lamiéndose y masturbándose entre ellas para mi entero deleite. Dándome una especie de espectáculo.

−Xania y Xamielys haciendo representaciones de roles con disfraces, vestidas de militares, policías, enfermeras y disfraces similares para mí.

−Yo sentado en una silla con mis brazos cruzados hacia atrás de mi cabeza en señal de comodidad mientras mis dos esclavas vestidas con lencería transparente se pelean por mamar mi guebo como dos gatitas en celo.

Y como estos muchísimos derivados más que representaban nuestro día a día.

Los días entre nosotros pasaban así, entre largas sesiones de sexo duro... gemidos, jadeos, lágrimas, placer, dolor, fetiches y mucha hambre por más... Mucha perversión y lujuria... deseo, deseo y más deseo de parte y parte.

Otra cosa particular que me gustaba hacer con mis dos esclavas era ordenarles que se cogieran entre ellas cuando tenía que salir de viaje y ausentarme.

En muchas ocasiones les dejaba órdenes por escrito para que hicieran esto e instrucciones sobre cómo debían hacerlo... sobre lo que debía hacerle una a la otra. A veces no me daba tiempo de preparar las órdenes por escrito y les daba las instrucciones por teléfono. Ellas siempre cumplían. Por supuesto, para mi deleite posterior debían grabarse mientras lo hacían; así me cercioraba de que cumplieran mi mandato a la vez que iba acumulando material para masturbarme en otras ocasiones en las que viajaba sin ellas.

De estas ocasiones quedaron grabados en mi mente los encuentros siguientes, los cuales ocurrieron entre Xania y Xamielys por entera disposición mía:

–Xania boca arriba, recostada en la cama con sus brazos juntos y extendidos y las muñecas atadas a la cabecera de la cama. Sus ojos vendados...

Xamielys estimulando el clítoris de Xania con su lengua mientras más abajo la estimula aún más con ayuda de un vibrador de velocidades hasta hacerla llegar casi al límite. No obstante retira los estímulos tan pronto nota que Xania está por acabar, haciendo que a la mujer se le escape un gemido cargado de frustración. Al hacerlo comienza a acariciar el cuerpo de Xania por completo, empezando por sus piernas, subiendo a sus muslos, caderas, vientre, hasta llegar a sus senos y detenerse allí para jugar con estos y pellizcarlos hasta que los pezones de ella se ponen duros. Se detiene en esa zona para chupar los senos de la mujer, que gime alto. Mientras continúa chupando los pezones de ella con su juguetona lengua dirige nuevamente el vibrador hacia la cuca de Xania y lo enciende.

Ella empieza a gemir alto nuevamente pero Xamielys acalla esos gemidos besándola lascivamente hasta que el estremecimiento de Xania hace evidente el que se ha corrido, el que ha llegado al límite.

Después de esto Xamielys cuidadosamente coloca la parte inferior de la ropa íntima de Xania en su lugar para con facilidad posicionar el vibrador aún encendido en esa zona y marcharse, dejando a la otra mujer sola con el estímulo en esa zona.

Xania no puede dejar de moverse... mueve las caderas hacia adelante y atrás tratando de mover un poco el vibrador, de obtener un poco de alivio de esa forma. Se estremece cada cuanto, suda, jadea, gime y al final grita... su cara se torna roja, se le nota desesperada, acaba una y otra vez sin poder evitarlo hasta que pasa el tiempo y la otra chica vuelve para desatarla y acabar con su dulce tormento.

— Xamielys completamente desnuda inmovilizada en una silla. Sus manos atadas hacia atrás de esta y sus piernas bien abiertas, dejando expuesta su cuca. Xania jugando con esta, introduciendo en ella dildos de diversos tamaños. Antes de introducírselos hace que

Xamielys los lama primero, simulando estar lamiendo y mamando un guebo, de esta forma los lubrica; ya lubricados se los introduce y los mueve hacia adentro y hacia afuera a velocidad rápida para estimularla hasta casi hacerla correrse sólo para repetir el proceso.
Están así durante bastante rato hasta que Xamielys empieza a desesperarse por su liberación, y Xania termina ayudándola a acabar con ayuda del dildo más grande de los que tiene a la mano.

- Xania recostada boca arriba, sosteniendo sus piernas en alto para darle más acceso de su entrada a Xamielys.

Xamielys entre las piernas de ella, penetrándola con un dildo que se ha atado cuidadosamente en su cintura. Embistiéndola tan rápido como puede.

Como han usado lubricante el dildo entra fácilmente en Xania, produciendo en ella las mismas sensaciones placenteras que un gran pene. Xania gime de placer mientras mueve hacia adelante sus caderas en busca de una penetración más profunda por parte del objeto usado por la otra mujer.

- Xamielys desnuda, recostada hacia una mesa, sus piernas abiertas y sus brazos apoyados a los bordes de esta. Xania a sus pies, mamándosela con antojo, saboreando el jugo de la otra mujer mientras también estimula el clítoris de esta.

Xamielys luchando lo más que puede por no cerrar las piernas y no soltar el borde de la mesa porque aunque no se encuentra atada a nada, lo tiene prohibido debido a mis instrucciones. Se le nota la lucha interna con sus estremecimientos y cada vez que sus piernas flaquean. Ella sólo abre más las piernas cada vez que estas parecen querer cerrarse por instinto y aprieta más su agarre cuando parece tentada a soltarse. Se nota que le es difícil concentrarse debido al placer que está sintiendo.

Y como estas muchas situaciones similares más que los tres sabíamos muy bien disfrutar. Ellas, por el placer que sentían en el momento y por saber que me complacían y yo por el placer de saber que mis esclavas cumplían mis órdenes aún en mi ausencia y por deleitarme al observarlas en las grabaciones que hacían.

No obstante, a pesar de que a ellas les encantaba todo esto siempre me decían que nada se comparaba a cuando yo estaba presente realmente y les enterraba mi pene dentro hasta más no poder.

Ahora bien, a pesar de que disfrutaban plenamente darse satisfacción entre ellas o a otras mujeres en un momento dado dudas comenzaron a surgir también con respecto a este tipo de situaciones en condiciones similares a las dudas que ambas habían tenido antes de volverse mis esclavas o que incluso, todavía surgían en Xania más que todo, de vez en cuando. De lo cual ya he hablado anteriormente. En ese caso se trataba de dudas relacionadas a lo correcto o no de practicar el estilo de vida BDSM, las nuevas dudas comenzaron a cernirse en torno a su gusto por actividades meramente lésbicas.

Considero que es normal esto desde la perspectiva de ellas en el sentido de que siempre estuvieron seguras de su sexualidad heterosexual... De lo bien complacidas que se sentían a manos de un hombre o con un buen guebo atravesando su interior y otorgándoles placer; no obstante, los encuentros sexuales que practicábamos con las mujeres que ellas me ofrecían en ofrenda o entre nosotros y lo que hacían entre ellas llegó a confundirlas en un momento dado ya que también disfrutaban acariciarse los pechos entre ellas, mamársela e incluso penetrarse entre sí con ayuda de sus dedos y juguetes sexuales.

- ¿Somos bisexuales entonces? Se empezaron a preguntar en un momento dado.

No era algo que las hiciera sufrir particularmente, sólo era duda manifiesta ante algo que no era parte de su vida antes pero ahora sí, y que les gustaba. Dudas sobre algo que ya era parte de su vida.

Conversamos muchas veces sobre ello y en mi teoría, todas las mujeres pueden llegar a disfrutar situaciones lésbicas porque entre ellas conocen bien su anatomía y los puntos de placer que mejor les conviene explotar. Basta con probar.

Siempre que me gustaba una mujer que parecía reacia a las experiencias lésbicas y con la cual me apetecía hacer un trío trataba de irla introduciendo poco a poco en ese contexto: de mostrarle la belleza de otra piel femenina desnuda, de hablarle de lo suaves y delicadas que son las manos de otra mujer, de lo diestras que pueden llegar a ser... y siempre resultaba que cedían y luego manifestaban lo mucho que habían disfrutado de todo. De allí mi conclusión.

Ahora bien, siguiendo con la relación en trío de Xania, Xamielys y yo he de destacar que por supuesto en público nos mostrábamos tranquilamente como la pareja en trío que éramos. Salíamos los tres tomados de la mano. Caminaba abrazado de ellas. Besaba y tocaba a ambas mujeres bajo la mirada impactada de la mayoría de las personas que nos cruzábamos.

Xania y Xamielys se besaban entre ellas para luego besarme a mí y esto ocurría en cualquier parte, donde fuera, sin vergüenza.

Nunca ocultamos nuestra relación ante nadie en ningún lugar. Nos sentíamos felices juntos y por eso lo demostrábamos abiertamente. Como lo haría cualquier pareja. No teníamos absolutamente nada que ocultar. Para algunas personas tal vez parecía que lo hacíamos de esta forma como en modo espectáculo pero nunca fue así, simplemente éramos nosotros mismos sin importar en donde estuviéramos.

Yo por supuesto me sentía muy satisfecho con ello y más que divertido cuando las personas no podían disimular sus caras de sorpresa cuando nos veían pasar o nos pillaban besándonos.

Xamielys se mostró también especialmente feliz de haber tomado la decisión de convertirse en mi esclava, tanto como se mostró Xania en su momento; y me lo hacía saber cada vez que escribía sus pensamientos sobre nuestros encuentros o la relación en general, tal y como estaba estipulado en el contrato. Pero a veces incluso me escribía cartas. Algunos de sus pensamientos los dejaré plasmados a continuación:

"A tu lado sólo he experimentado sensaciones nuevas y únicas que me hacen tan feliz.

Me alegra saber que estaba tan asustada por nada antes de convertirme en tu esclava. Dudé. Muchas cosas terribles inundaron mi mente y cuando por fin me decidí a dejar todo eso atrás me di cuenta de que mis temores eran tan infundados. Todo ha sido placer y felicidad a tu lado como mi amo, guía y maestro. Un placer y felicidad que dudo habría podido experimentar de no haberme convertido en tu esclava. Por lo que te estoy agradecida por hoy y por siempre y también estoy agradecida de Xania porque me aconsejó y me ayudó a decidirme. No sé qué haría sin ustedes dos o qué habría sido de mi. Espero que continúes siendo mi amo y guía por mucho tiempo más hasta que me conviertas con tu sabiduría y tu forma de ser estricta en una perfecta esclava a tu entero agrado porque no puedo pensar en otra cosa que me guste más que poder alcanzar ese propósito. Desearía ser tu esclava y tu puta por siempre

Atentamente, Xamielys, tu esclava"

Como siempre las palabras de mis sumisas y ahora, de mis esclavas me dejaban extremadamente conmovido y satisfecho.

Ahora bien, continuando con mi experiencia junto a estas dos esclavas debo destacar que aprendí de esta experiencia que Xania tiene un carácter dominante y que en ese sentido yo era la única excepción. Hasta ese momento no me había dado cuenta.

Conmigo mostraba extrema sumisión y exponía una necesidad constante de mi guía pero no era así con el resto de las personas. Ella resultó ser algo dominante respecto a Xamielys dentro del marco de nuestra relación de tres pero sólo en los límites que yo mismo le permitía al tratarse de mi esclava principal. Título que pasó a obtener desde el mismo momento en el que obtuve otra esclava formal a mi disposición. Pero Xamielys no se quedaba atrás y también tenía algo de dominante en su carácter. Pero de igual forma respecto a los demás, nunca ante mi persona. Lo cual aún me sorprende porque de no haber prestado atención no me habría dado cuenta. Ante mí son las mujeres más sumisas del mundo. Quizás por mi carácter dominante por naturaleza, pero no estoy seguro. Al menos sé que llegué a someterlas muy bien.

Con esto no quiero decir que se llevaran mal entre ellas. Al contrario, ellas se llevaban muy bien y se entendían. Pero analizando el trato entre sí e indagando un poco en el trato que le daban a los demás pude darme cuenta que no se mostraban tan sumisas ante el mundo como lo hacían conmigo. Me pareció peculiar y por ello quise mencionarlo.

He de resaltar en este punto que algunos se interesaron tanto en la relación que mantenía con mis esclavas que comenzaron a acudir a mí por guía. Lo que me llevó a hacer sesiones de BDSM a las personas que acudían ante mí interesadas en el tema. Yo había aprendido todo prácticamente por mi cuenta pero mi basta experiencia me permitía ayudar a los que quisieran conocer más sobre este estilo de vida y cómo practicarlo. Esto me gustó particularmente porque de todo esto también adquiría más experiencias gratificantes sin tener que buscarlas siquiera.

Fueron muchos los que acudieron a mí para esto en esa época y en épocas posteriores. Adquirían mi contacto con alguien o simplemente se acercaban pues supongo que se podría decir que el tener un par de esclavas en una ciudad en donde esto no es usual ni bien visto me hacía algo conocido. Tal vez más de lo que yo me daba cuenta.

Recuerdo claramente un chico que acudió a mí porque él y su novia tenían la fantasía de practicar el fetichismo bondage pero el chico no sabía cómo realizar los nudos correctamente. Lo habían intentado y habían fallado en sus intentos por dicho hecho. Así que su último recurso fue contactarme y yo fije un día y una hora para enseñarle y el gustoso acudió en compañía de su chica.

En esta oportunidad no hubo penetración de ningún tipo hacia esa muchacha ni ningún tipo de juego. Sólo me dediqué a atarla con Xania y Xamielys como mis asistentes ante la mirada curiosa del novio de ella que se veía deseoso por aprender. Me vi reflejado en esa curiosidad recordando cuando inicié con esa práctica y la forma inocente en la que la inicié, atando apenas las muñecas y los tobillos de Xania, con quien utilicé la primera vez. Salieron de allí ambos chicos felices porque por fin podrían llevar a cabo su tan anhelada fantasía. Así que decidí hacer más sesiones de este tipo cuando otras personas curiosearan. Me resultaba interesante.

Además de esta ocasión, recuerdo también a una pareja de lesbianas que acudieron a mí deseosas por sexo al estilo BDSM que las involucrara a ambas. Ellas fantaseaban con ser dominadas y como a mí me fascina dominar fijé un encuentro con ambas donde me aseguré de hacerlas disfrutar bastante con todo tipo de juguetes.

Con una vecina también tuve encuentros de este tipo pero muy suaves e incluso se podría decir que románticos. La acariciaba por todas partes, le decía que ropa usar, que posición tomar o que hacer, la ataba de vez en cuando y la penetraba como quisiera pero todo en un ambiente muy relajado en el que abundaban los besos y los mimos de parte y parte. Ella era suave y delicada y nuestros encuentros se daban de esa forma así que yo los disfrutaba a plenitud.

Otras veces llegaban mujeres que querían aprender o vivir al menos una vez sexo en ese estilo. Mujeres que a través de la lectura, el porno o anécdotas veían esto como una de sus fantasías. A la mayoría de estas las invitaba a tener sexo conmigo, Xania y Xanielys, aprovechando para hacerlo en trío o una especie de orgía. Si deseaban algo más tranquilo también solía complacerlas porque después de todo también disfrutaba yo. Trataba de adaptar las sesiones al gusto de la persona que se presentaba o si esta no estaba segura de lo que quería hacía las sesiones a mi manera pero light, explorando, tratando de averiguar los límites de esa persona y lo que verdaderamente le encendía. Eso sí, sin descuidar en ningún momento su anhelado placer o el mío.

A lo que quiero llegar es que mi hogar se convirtió en un nicho de amor desde que lo ocupábamos tres personas y de una u otra forma muchas personas ajenas a nuestro mundo llegaban al nicho de amor que había construido por curiosidad o para aprender. Mi estilo de vida les atraía y eso en el fondo me decía que lo estaba haciendo muy bien ¿Por qué se interesaría tanta gente si no? Aunque no era algo que me importara particularmente.

Este nicho de amor para mi sorpresa, crecería, tal como lo revelaré más adelante. Pero eso es tema para después. Por ahora me parece conveniente describir a continuación algunos de los relatos de las personas que llegaron a acudir a una sesión BDSM conmigo. Deléitense con ellos a continuación. Por razones de discreción no mencionaré la autoría en ninguno de los relatos. Algunos de los cuales contienen el texto íntegro de todo cuanto la persona escribió en su momento:

— Primer relato:

"...Luego de varias semanas de conversar por el messenger y mensajes de texto, y después de muchos días de luchar con mis dudas me decidí a dar el paso de tener mi primera sesión real. Con muchos nervios y más miedo acepté la proposición de Xathaniel. Nos citamos en horas de la mañana, cosa que demostró su interés porque duerme hasta muy tarde. Nos vimos en un centro comercial de la ciudad y de allí nos fuimos a un lugar más privado.

En nuestra última conversación él me ordenó usar ligeros y un vestido pero por cuestiones de discreción no podía usar ese atuendo a esas horas así que lo guardé en mi bolso.

Estaba tan nerviosa y avergonzada que no me atreví a quitarme los lentes oscuros que usaba y mirarlo a la cara a pesar de que siempre me habló con tanta calma y seguridad que me inspiraba confianza.

Al llegar a la habitación fui directo al baño a cambiarme. Estaba muy nerviosa, mis manos estaban frías. En el baño me quité la ropa que usaba y me vestí con mis medias, ligueros y un vestido negro muy corto y ajustado al cuerpo.

Salí del baño cuando estuve lista, evitando su mirada. Él caminó detrás de mi y me tomó de la cintura con sus manos, besó mi nuca y susurró a mi oído: Hoy serás mi perra ¿Entendiste? Yo solo asentí. Para ese momento mi corazón estaba a mil y sentía como la excitación crecía.

Comenzó a acariciar mi espalda y llevó sus manos hasta mis pechos. No dejaba de besar mi cuello y eso me relajó bastante. Una de sus manos bajó hasta mi sexo y me acariciaba con dedicación. Yo sentía el calor que mi cuerpo desprendía y la humedad que se hacia presente.

En un momento dado me tumbó en la cama boca abajo y apretaba su cuerpo contra el mío haciendo crecer mi deseo. Subió mi vestido hasta la cintura y me dijo al oído: Te daré 12 azotes por hacerme esperar perra. Cada vez que te dé uno deberás agradecérmelo. Dirás gracias, señor. Automáticamente respondí: Sí señor, puesto que temía que la cantidad de azotes aumentara. Escuché entonces el sonido de su corre salir de su pantalón y sentí ganas de levantarme y huir de allí pero no tenía sentido porque aquello era lo que llevaba tanto tiempo deseando así que contuve mis nervios y allí sentí el primer azote, el cual agradecí conteniendo la risa que casi se me escapaba. Y así uno y otro azote. Al cabo del quinto ya no tenía ganas de reír. Sentía calor y ardor en mi piel.

Cuando hubo terminado relajé mi cuerpo. Pensé "Eso se sintió bien" pero mejor aún fue sentir su lengua pasando por encima de mis adoloridas nalgas.

Me ordenó voltearme, separó mis piernas y me miraba de una manera que podría jurar me hizo sonrrojar como un tomate. Bajó su cabeza hasta mi sexo y sentí su lengua sobre mi clítoris, moviéndose insistentemente con fuerza y rapidez y la combinación de su hábil y suave lengua con lo duro del piercing que la atraviesa fue grandiosa, mi cuerpo se contorsionaba y mis piernas temblaban .Sin poder evitarlo tuve mi primer orgasmo,

El subió hasta mi cara y por fin sentí su lengua en mi boca, podía percibir mi olor y sabor en sus besos. Bajó hasta mis pechos y los besó y acarició con su lengua.

373

Tomó una pinza y la colocó en mi pezón. Eso me dolió. Luego una más en cada lado y lo mismo con el otro pecho. Mi cuerpo instintivamente se retraía tratando de esquivar el dolor. Se desvistió por completo, cosa que hasta ese momento no había hecho, se sentó sobre la cama y me ordenó hacerle sexo oral, cosa que hice gustosamente. Cuando bajaba mi cabeza y mi cuerpo para tomar todo su sexo las pinzas rozaban con las sábanas, lo que me provocaba más dolor, peor estaba disfrutándolo y no era precisamente esa molestia la que iba a detenerme.

Al cabo de un rato me cambió de posición, acostada frente a él con mis piernas separadas y comenzó a penetrarme. Deseaba tanto que lo hiciera... Con cada uno de sus embates sentía oleadas de calor que me estremecían. Yo cerraba mis ojos sintiendo tanto placer. 4 azotes más y luego más profundo, con más fuerza, más rapidez y la llegada de nuestros orgasmos, lo cual me hizo levantar la mitad de mi cuerpo, abrazarlo y morder su pecho... Aún dentro de mí sentía las contracciones internas de mi cuerpo y el calor de sus fluídos que me llenaban. No quería que saliera de mí y no lo hizo.

Me besaba y quería tragarme su lengua, conversábamos mientras su cuerpo no dejaba de moverse, yo estaba que me moría de tanto deseo pero lo disimulaba , creo que por timidez. Al cabo de unos minutos tomó fuerzas nuevamente, me volteó a cuatro patas y me penetró. Sentí como electricidad recorriéndome. Tomó su correa y me ató por la cintura para halarme al mismo tiempo que templaba mi cabello haciéndome levantar la cara para mirarme en el espejo que había allí. Sus embestidas eran tan profundas que sentía que me atravesaría. Estaba tan dentro de mí que mis gemidos pasaron a ser pequeños gritos. Sólo sentía que soltaba la correa para asestarme unas nalgadas. Me estaba enloqueciendo, no quería que parara. Volví a tener otro orgasmo. Sentía mi cuerpo entumecido... Nos recostamos un rato y él acariciaba mi espalda mientras yo estaba recostada en su pecho. Pasamos unos minutos así pero luego me hizo cabalgarlo. Me sujetaba por los pechos y sus manos y la presión de las pinzas me causaban dolor en verdad. Eso hacía que mi cuerpo reaccionara moviéndose con desenfreno. Me tomó luego de la mano y me condujo hasta una pequeña mesa donde me senté y él se colocó delante de mí, entre mis piernas, sosteniéndolas con sus brazos.

Iba y venía mientras yo frotaba mi clítoris. Fuimos a la cama y colocó una almohada debajo d emis caderas, de nuevo dentro de mí. Yo movía el cuerpo para hacer su entrada más profunda. Se retiró de mi interior y me dijo: "Chúpamelo y trágate mi leche". En otras condiciones me habría negado pero estaba a su merced y a la de mi deseo. Me comí su sexo tan hondo que sentí arcadas. Cuando hubo terminado tragué sus jugos y lamiendo una y otra vez lo dejé limpio. De esa manera tuve mi primera sesión que fue "light" según él por no conocer aún mis límites.

Confieso que quiero seguir, quiero saber que hay más allá...".

- Segundo relato (Que por cierto fue realizado por la misma mujer del relato anterior)

"...Llegué en horas de la mañana a mi encuentro con Xathaniel, quien me recibió de forma cariñosa como parece ser habitual en él. Fuimos a la habitación donde me senté a la orilla de la cama mientras me refrescaba un poco ya que hacía calor. Luego nos saludamos de una forma más íntima. Nuestro encuentro anterior había sido light según sus palabras, por no

conocer mis límites ante el dolor. En esta oportunidad iríamos un poco más allá.

El encendió una vela cerca de la cama que lejos de parecer romántico me dejó saber que eso era parte de lo que me esperaba. Entre besos y caricias se deshizo de mi chaqueta: "Termina de desnudarte" Fueron sus palabras, a lo cual obedecí de inmediato para después acostarme boca arriba en la cama. Él tomó la vela y la colocó a un lado y muy cerca de mí. Se acomodó entre mis piernas y continuamos con los besos y el jugueteo con nuestras lenguas. Guiada por su mano comencé a acariciar su miembro mientras él besaba mis pechos. Cosa que me gusta mucho. Luego se retiró de mí y tomó otra posición más cómoda para penetrarme. Eso se sintió rico. Esa primera vez que entra es incomparable. Me gusta la manera en que lo hace, al principio despacio pero profundo. Lo siento chocar dentro de mí. Pasados unos minutos tomó la vela y sentí el calor que me quemaba sobre mis pechos. Era fuerte, ardía, pero también era muy placentero, sobre todo cuando cae sobre los pezones. Cada gota derramada iba acompañada con un embate de sus caderas. Era una mezcla de sensaciones, placer y dolor, nervios y más placer... Los *movimientos de mí cuerpo acompañaban los suyos para hacerlos más profundos e intensos. El calor de la cera me producía oleadas de placer. Apagó la vela sobre mi cuerpo, sus movimientos no paraban. Entreabrí mis ojos para ver las sensaciones que se reflejaban en su rostro... Le excita que lo miren a los ojos. Le gusta ver el deseo y el hambre carnal que despierta, sé que lo vio a través de mi mirada.*

Abandonó mi cuerpo y me mandó a voltearme, boca abajo siento el ardor sobre mis senos. No quiero mirar hacia atrás pero los sonidos me indican que está buscando su correa y sacó la más larga que había visto en mi vida. Sentó el primer azote y dijo: "No te oigo, perra", ¿Cómo olvidarlo? "Gracias, señor" respondo con prontitud.

Cada golpe a un ritmo constante, los que se acercaban a la cintura dolían mucho, los que daban en las puntas de las nalgas, muy excitantes. Separaba mis piernas y sentía el calor que corría después de cada cuerazo. En algún momento se detuvo, subió a la cama, me sujetó del cabello y con la mano libre pasó la correa por debajo de mis brazos, las templó y me ató, las enlazó hasta las muñecas, me dolía por la posición en que estaban... Abrí mis piernas siguiendo sus órdenes y tomada del cabello y amarrada entró de nuevo en mí, con más fuerza que antes. Eso me encantó, nunca me había sentido tan indefensa y expuesta. Sentía placer y dolor, dolor y más placer. Estaba enloqueciéndome pero otra vez salió de mí... me dejó sola en la habitación. Fueron solo unos largos y desesperantes minutos. Volvió y me desató. La cama estaba llena de cera ya dura. Colocó unas almohadas en la cabecera de la cama y me ordenó sentarme en ellas. Yo sostenía mis piernas con los brazos ofreciendo mi centro, el cual atravesó sin pérdida de tiempo. Se sentía tan adentro que cortaba mis gemidos... me dejaba sin aliento. Tomó mis brazos y los colocó hacia arriba. Nuestros cuerpos seguían en un frenético vaivén. De repente. Tasss, una cachetada. Me dolió...Me asustó, no me esperaba eso, creo que de eso se trata... su mano sujetaba la mía. Luego otra bofetada del otro lado... Se acostó sobre la cama y como lo ordenó metí su miembro en mi boca. Lo lamía, lo chupaba, lo saboreaba. Disfruto de ese momento cuando la sensación del placer los vuelve mansos. Mientras tanto él fumaba un cigarrillo.

Al rato me tomó por los hombros y me ordenó que me volteara en 4 patas, tomó lubricante y lo colocó en la entrada de mi ano, poco a poco, fue entrando por allí. Al principio siempre molesta un poco pero estaba tan excitada y dispuesta a todo que no hubo problemas con eso, sentía como entraba y salía de mí. Se sentía espectacular. Mis piernas temblaban, comencé a masturbarme mientras él me atravesaba y tuve un orgasmo largo e intenso. De no ser porque había música y porque hundí mi cabeza en la almohada habría escuchado mucha gente. Mi cuerpo se movía por instinto buscando esa parte de él que tanto placer me estaba dando: "Pídeme la leche perra, pídeme que te la dé" Dijo él: "Dame tu leche, señor, lléname con tu leche por favor" Respondí .Repitiendo eso cual mantra una y otra vez hasta que lo sentí inundarme por dentro. Nos acostamos luego sin que él se saliera de mí. Muchos besos y mi cuerpo aún temblando. "¿En qué piensas? Preguntó y respondí: "En nada" a sabiendas de que es difícil expresar en palabras todo lo que pasa por mi cabeza en esos momentos. Ni siquiera lo intento.

Después de descansar un rato nos bañamos y él me ayudó a quitarme los restos de cera que a estas alturas cubrían todo mi cuerpo.

Luego de otro rato de conversar y reírme con una loca y abrazadora idea suya nos vamos.

Ya en carretera conversamos sobre la posibilidad de un cuarteto al estilo los 4 mosqueteros. Sólo imaginarlo hace efectos en su cuerpo. Lleva mi mano hacia su pantalón y siento el comienzo de una gran erección. En un momento en el camino dijo: "Se acabaron los semáforos" y sacó su miembro que delicadamente comencé a chupar mientras él manejaba. Perdí la noción del espacio, no sabía a qué altura del camino íbamos..."

- Tercer relato:

"...Mi novia y yo hace tiempo que deseábamos experimentar un trío pero no se nos había dado la oportunidad. Más concretamente no había aparecido un hombre que nos pareciera lo suficientemente interesante para por fin dar rienda suelta a esta fantasía.

Fue en eso que a mi novia le comenzó a interesar el BDSM por un video porno que vio, que hizo que buscara más y más sobre el tema e indagara... me fue mostrando y también me interesé.

Una amiga en común había experimentado una sesión BDSM con Xathaniel y quisimos conocerlo. Hablamos con él y decidimos que pasaba la prueba de ser lo suficientemente atractivo e interesante para que ambas le diéramos la oportunidad de ser nuestro anfitrión en lo que sería nuestro primer trio y además nuestro primer abreboca al BDSM. A él le pareció también interesante y fijó una fecha para nuestro encuentro.

Aquello me parecía realmente excitante... no me atraen los hombres más de lo que me atraen las mujeres pero aún así no podía dejar de fantasear con ser dominada por un hombre imponente y mejor aún... serlo junto a mi pareja. No podía esperar a que el día llegara, creo que no podía ni dormir de sólo fantasear que ocurriría, me resultaba increíble haberme atrevido a aceptar algo como aquello...

Los días fueron pasando y finalmente la hora de nuestra aventura llegó. No he de negar que estaba asustada a pesar de sentirme experimentada en el sexo, aunque no exactamente en el que involucrara a un hombre. Mi novia si tenía más experiencia con hombres.

Cuando estuvimos ya ambas en la habitación junto con él yo estaba tensa, pues seguía asustada porque aquello era nuevo para mi. Mi novia y yo usábamos un vestido muy corto y me sentía muy expuesta y expectante. Estábamos de pie una junto a la otra y él frente a nosotras. Él me ordenó a mí particularmente tocarme sin quitarle la mirada de encima. Fue extraño para mí recibir una orden directa como esa pero para eso estaba allí así que inicié toqueteando quizás un poco tímida mis senos y estimulando mis pezones, nerviosa por su mirada lujuriosa para luego bajar mi mano, enterrarla bajo el vestido y comenzar a masturbarme, empecé a relajarme un poco más en ese momento pero mi sorpresa fue grande cuando le vi desabrochar el botón de su pantalón, bajar el cierre y sacar su dura erección.

Se sentó al borde de la cama y se empezó a masturbar mientras me veía a mí hacerlo. Aquello me hizo sentir acalorada... muy excitada... deseosa...

En un momento dado él se levantó y fue hacia mi novia, la acarició un poco, susurró algo en su oído que no pude escuchar y la condujo luego hasta la cama, justo frente a mí, donde la dejó caer sin cuidado alguno.

383

-Sigue masturbándote y observa- Me dijo y fue así como le vi luego posicionarse sobre mi novia, subir las muñecas de ella por sobre su cabeza y mantenerlas en su lugar con una de sus manos mientras con la otra subía un poco su vestido y acariciaba por doquier. Antes de que me diera cuenta hacía a un lado su ropa interior y se enterraba en ella para follarla.

La visión de esto me hizo perderme en la lujuria. Algo que me impresionó pero era imposible evitarlo. Era muy erótica la imagen que tenía frente a mí. No sólo el hecho de que la embestía con fiereza sino que la mantenía en su lugar, aún por sus muñecas, dando la sensación de que no podría escapar.

Aumenté el ritmo con el que me masturbaba mientras obedecía en mirar, no era como si quisiera apartar la vista de todas formas aquello era como el mejor porno que hubiese visto jamás en mi vida.

Embestía rudo y deseé estar yo en esa posición, recibiéndolo dentro de mí. Con esto en mente las oleadas de placer se hicieron más y más fuertes, me sentía llegar y de repente le escucho decir que pare

¿Por qué? Pensé Yo realmente no quería parar, mis rodillas estaban cediendo... el orgasmo estaba cerca. Había cerrado los ojos y me había sumergido en mi propio placer... antes de poder llegar en serio él estaba allí, frente a mí, apartando mi mano de mi clítoris y tironeándome brusco del cabello.

-Escúchame cuando te digo que hagas algo putita- Le oí decirme al oído y para mi sorpresa esas palabras me hicieron sentir sumamente hambrienta. Pero estaba frustrada porque me acababan de privar del placer que estaba a punto de estallar dentro de mí. Él mordió el lóbulo detrás de mi oreja y luego empezó a besar mi cuello y acariciarme completa. Solo entonces busqué la mirada de mi novia y vi que tenía las piernas abiertas a más no poder sentada al borde de la cama y se introducía un objeto, seguramente un dildo en su interior. Lo metía y sacaba a velocidad rápida mientras nos miraba ¿Se lo había ordenado él? La verdad es que dejé de escuchar tan pronto sentí que el orgasmo iba a llegar.

Él me tocó, me masturbó con sus dedos y luego con un dildo, estimuló, pero de nuevo cuando mis piernas flaqueaban a punto de

385

llevarme al deseado orgasmo, paró... Quería gritar, lo necesitaba tanto. No sabía si era igual con mi novia, no me fijé lo suficiente para saber si ella había acabado. Resultó que no, él me ordenó quitarme lo que quedaba de mi ropa y arrodillarme, lo mismo a mi novia junto a mí. Luego arrastró una silla frente a nosotras y se sentó tras deshacerse completamente de la ropa que a él le quedaba también. Lo hizo con las piernas bien abiertas y su erección dura y grande a nuestra vista.

-Si quieren llegar al orgasmo tienen que ganárselo putitas ¿Se lo merecen? Preguntó.

Entendimos que se refería a una mamada, nos hizo gatear hasta él para obtener su guebo y yo llegué primero pues gateé con todas mis ganas. Al engullirlo en mi boca fue extraño pues reconocí el sabor del coño de mi novia en él. ¡Dios¡ estaba tan excitada que me esmeré muchísimo por hacerle disfrutar. Deseaba hacerle gemir muchísimo, complacerle y que me jodiera lo más duro que quisiera. Por órdenes de él mientras era mi turno de mamárselo mi novia me la mamaba a mi y eso se sentía genial aunque me costaba más concentrarme en lo que hacía, mi novia se turnó conmigo y cambiamos. Ahora yo se la mamaba mientras ella tenía en su boca el miembro de aquel hombre.

En uno de los momentos en que me tocó volver al frente de nuevo parece que él decidió querer marcar el ritmo y lo hizo sujetándome fuertemente por detrás de la cabeza con ambas manos y controlando él las embestidas. Su pene llegó a mi garganta más de lo que había podido llegar mientras yo le hacía el oral por mi cuenta, perdí mi capacidad de respirar en ese momento, era rudo y mi corazón se aceleró por eso. Podía sentir como a duras penas mi novia podía seguir lamiéndome por debajo porque mi cuerpo se sacudía bastante, mis lágrimas comenzaron a brotar sin permiso y yo hice lo único que podía hacer en ese momento. Mirarle... Me di cuenta de que no había cerrado los ojos sino que me miraba y pensé que moriría de la excitación. Acabó dentro de mi y no me dejó moverme hasta que toda gota de su semen había entrado en mi. Un poco se resbaló por la comisura de mis labios y yo, tan hambrienta como estaba, la retiré con mi dedo y lo lamí mirándole. Dándole a entender lo mucho que me había encantado todo. Y es que realmente me estaba encantando. Él mandaba y yo obedecía hasta sin darme cuenta, mi cuerpo estaba más que tentado a obedecer, anhelando por más...

Los azotes nos los ganamos por estar tan desesperadas, según sus palabras, nunca nadie me había azotado antes, al menos no así, yo estaba con las manos contra la pared y el culo bien levantado, mi novia igual a mi lado y cada una recibió su buena azotaina. Pensé que aquello no me gustaría pero me equivoqué. Duele, sí... Bueno... arde un poco, sobre todo al principio pero llega un momento en el que no sientes más dolor, es como si esa parte se durmiera y lo que empiezas a sentir es como un cosquilleo placentero.

Entre azote y azote él se acercaba y nos apretaba las nalgas y eso también era doloroso y placentero. La verdad no me esperaba desear que me azotaran a más no poder pero allí me encontraba, deseándolo como loca.

Terminamos luego allí de pie, apoyadas en la pared pero con nuestras manos separando nuestras nalgas a petición de él, rogándole porque nos lo metiera, porque nos dejara tener un orgasmo, porque nos diera más...

-Por favor... Me vi suplicando... yo solo quería más y más, si tenía que pedirlo para obtenerlo lo haría, si tenía que mendigar lo haría. Si él no accedía entonces ¿Qué haría con tanta excitación?

Se sentiría complacido porque luego de eso terminé de cuclillas sobre una silla, atada a la misma pero suavemente. En realidad muy suavemente, podía soltarme si quería pero no era como si quisiera hacerlo, dentro de mí había un vibrador automático que me lanzaba descargas placenteras sin compasión. Aquello se sentía maravilloso, pero perdí la cuenta del tiempo que llevaba así y de las veces que me había corrido. Creo que a veces hay que tener cuidado con lo que se pide. Ahora estaba muy sensible y creo que era incapaz de pensar. Mi mente estaba agotada por el placer.

Mientras estaba en esta posición lo observé a él sentado al borde de la cama y a mi novia que parecía estar besándole los pies mientras él vertía cera de vela en su cuerpo. Parecía doloroso pero supuse que sería placentero, así como fueron los azotes. Me era imposible descartar esa idea después de que yo misma había experimentado que el dolor puede llegar a ser muy excitante.

Cuando llegué a fijarme bien mi novia también tenía un vibrador en su parte baja. ¿Habría tenido tantos orgasmos cómo yo? ¿También yo tendría que besar sus pies? ¿Vertería cera sobre mí? Empecé a preguntarme. Estaba sensible pero seguía excitada.

No sé en qué momento acabé con las manos atadas hacia adelante, mis ojos vendados y mi cuerpo contra la pared mientras lo recibía gustosa en mi interior. Las embestidas eran violentas y creo que a momentos se enterraba más profundo en mí, sentía cada parte de su pene dentro. Como si eso no estuviera por volverme loca mi novia aparecía de vez en cuando pasar un vibrador por debajo de nosotros dándonos una oleada más intensa de placer. Tuve el orgasmo más largo y profundo de mi vida de esta forma.

Mi novia luego acabó sobre él en una silla, con sus ojos también vendados, saltando sobre su polla frenéticamente mientras yo hacía mi mejor esfuerzo por lamerles por debajo. Ya no estaba vendada, podía ver todo y era excitante eso y escuchar lo gemidos de ambos. Cuando él acabó con *ella vertió su semen sobre mi cuerpo recostado en el suelo.*

Al final terminé adolorida, marcada, exhausta, pero tan satisfecha que era sumamente increíble. Estaba segura de que volveríamos a por más..."

— Cuarto relato:

"...Me parece interesante, fascinante y muy erótico el estar atada e inmovilizada mientras hacen conmigo lo que quieran. Mi novio y yo tuvimos sexo de esa forma de varias maneras y a ambos nos fascinaba, a él por tomar el control y a mí por sentirme indefensa pero a la vez en buenas manos. Algo muy erótico para mi gusto. Pero queríamos llegar a algo más que el que yo acabara atada con esposas a la cabecera de la cama o con alguna corbata entre mis muñecas, queríamos inmovilizarme de verdad, que la sensación de dominación fuera mayor por parte de él y la de sumisión mayor por parte mía. Queríamos llegar más lejos pero a pesar de intentarlo no conseguíamos hacerlo. Esos perfectos nudos que podíamos observar mientras veíamos porno Bondage resultaban

complicados de perfeccionar y acabábamos insatisfechos.

Fue entonces que mi novio no sé como acabó por pedir consejo a un experto en esto y yo acabé siendo objeto de exhibición para que él aprendiera. Si eso significaba que podíamos tener sexo en la forma en que lo habíamos fantaseado tanto no me opondría.

Allí me encontraba yo, medio desnuda en una habitación con mi novio, un hombre que hablaba tranquilo pero que despedía un aura de dominación que me fascinó y una chica.

Él hombre dominante era Xathaniel, quien enseñaría a mi novio sobre los nudos. Este me instruyó recostarme en la cama y lo hice, lentamente y dando uno que otro consejo me ató de muñecas y tobillos a las 4 esquinas de la cama y terminé en una posición de X, mis tobillos estaban atados juntos y eso dejaba un poco expuesto mi culo y yo allí tranquila, sin moverme estaba excitada como nunca. Quería que me follarán así cuanto antes, estaba tan vulnerable atada así. Pero esto resultó ser básico así que la instrucción no llegó hasta allí, lo siguiente sería inmovilizarme realmente de manera más artística: El bondage japonés.

Poco a poco y con la asistencia de la otra mujer que estaba en la habitación nudos aprisionaron mis dos manos contra mi pecho, las cuerdas pasaban alrededor de mi espalda y pecho y aprisionaban fuerte, me costaba respirar y sin duda, me sería imposible moverme atada como estaba. Cual presa atrapada en una red. También pasaban entre mi parte baja y su roce me daba cosquillas y me encendía.

Aunque nadie me estaba estimulando como tal el sólo hecho de estar así atada y vulnerable envió una corriente de energía a mi cuca y me sentí tan necesitada. Mi novio lo notaba de seguro porque me miraba sin poder ocultar la lujuria de su rostro.

Saliendo de allí no podía esperar para ser follada atada de esa forma...".

- Quinto relato:
"...Los nervios carcomían mi ser... Las manos me temblaban un poco y cada vez me resultaba más difícil regular el ritmo de mi respiración. Por fin había llegado el día que tanto había anhelado por un tiempo. Era el día en el cual experimentaría mi primera sesión dentro del contexto BDSM.

Contacté con Xathaniel para esto porque lo conocí a través de una amiga que había tenido sexo con él. Ella me habló de lo bien que se había sentido y describió un poco su experiencia, que particularmente me encantó. Deseaba vivir algo similar y lo había deseado por un buen tiempo, alentada por la lectura erótica y porque este tema cada vez salía más a la luz.

Si lo piensas demasiado no te atreves porque el BDSM es intimidante. Por eso en mi caso no pensé. Si iba a opinar sobre ello algún día sería porque sabía de lo que hablaba. Necesitaba conocer...vivir en carne propia esto.

Mi amiga me presentó a Xathaniel por fin y supe que él era el indicado para mostrarme este mundo fascinante... Me pareció atractivo, eso sí, pero no lo pensé por eso sino porque desprendía un aire dominante en lo que hacía o en la forma en como hablaba pero denotaba a la vez tranquilidad. Me la transmitía. La necesitaría para sentirme tranquila y sentirme adelante con aquello... con ese terreno tan desconocido para mi y el cual no había explorado.

Nos pusimos de acuerdo para reunirnos y cumplir por fin mi fantasía. Y allí estaba yo. De camino al sitio de encuentro fijado.

Llegué temprano y esperé. No sabría decir si llegué temprano porque estaba ansiosa o si lo hice porque sabía sobre los castigos que podía llevarme por hacer esperar a un dominante. Quizás ambas razones influyeron. Lo digo porque me considero la persona más impuntual del mundo.

En fin... no fue buena idea llegar temprano de todos modos porque no encontraba que hacer para apaciguar mis nervios.

Estuve caminando de aquí para allá en un intento vano de controlarlos hasta que le vi llegar por fin... Allí me di cuenta de que no me encontraba al límite de mis nervios porque me puse realmente más nerviosa. Mi corazón parecía querer desprenderse de mi pecho mientras él se acercaba a mi. Cuando estuvo cerca nos saludamos, hablamos brevemente y nos pusimos en marcha.

Llegamos hasta un apartamento. Me indicó allí una habitación. Dijo que me esperaría dentro pero que tenía que entrar ya desnuda. Él se adelantó y yo me apresuré a desnudarme allí en donde estaba y rápidamente me fui por el pasillo hasta llegar a la habitación. Llevaba mi ropa entre mis manos. Me sentía abochornada de pensar que alguien podría llegar y verme así que hice todo esto lo más de prisa posible y por fin entré. Él me esperaba allí, aún vestido. Una parte de mí pensó que ya estaría desnudo pero no era así. No sabía que pensar respecto a nada, yo sólo estaba conteniendo las ganas de salir corriendo porque no deseaba irme en realidad, ya estaba excitada.

Me quedé de pie, sin saber realmente que hacer y él estuvo sólo mirándome por un tiempo. Creo que nadie me había mirado de esa forma, con tanto deseo. Esa intensa mirada en mi cuerpo hizo que comenzara a excitarme más. Una oleada de electricidad surcó mi ser y en eso mis piernas comenzaron a temblar... Sólo entonces él se acercó y sentí en ese momento suaves caricias por todo mi cuerpo... caricias arrulladoras. Antes de darme cuenta ya me había tranquilizado un poco. Él ahora había puesto sus manos en mi cintura y me besaba el cuello. Ya me sentía mojada pero tan pronto mordió el lóbulo de mi oreja sentí de nuevo como una especie de electricidad invadir mi cuerpo y pensé que me volvería loca de placer si apenas esto me estaba llevando al cielo. Necesitaba que comenzara de verdad.

-"Hoy quiero que seas una gata traviesa para mí... Mi gatita en celo" Me dijo finalmente y yo asentí- De alguna forma sus palabras me hicieron sentirme más expectante, más desesperada. Me provocaba gritar que sería gatita, perrita, puta o lo que fuera... Necesitaba iniciar en verdad. Pero claro, me contuve, no podía parecer tan desesperada.

.." ¿Sabes lo que significa que seas mi gatita? Preguntó de nuevo y yo volví a asentir.

- "¿Entonces qué significa? Insistió.

- Significa ser obediente y complaciente como lo haría una gatita con su dueño ¿no? Pregunté avergonzada y él sonrió.

-"En parte". Dijo él- Pero me refiero más a que como gatita debes querer leche ¿Cierto? Agregó juguetón y yo debí haberme ruborizado porque sentí mi cara arder- Debes ganártela- Finalizó.

Realmente sí la deseaba con ansias y la conseguiría como fuera.

-¿Qué tengo que hacer? Pregunté entonces pero con timidez. Él sólo me indicó que permaneciera allí y que le esperara un momento... Se dirigió hacia unos cajones y sacó algunas cosas de ahí. Yo miraba por él rabillo del ojo, demasiado nerviosa otra vez como para atreverme a voltear completamente. Pero logré ver unas cuerdas entre los objetos que eligió.

-¡Oh Dios¡ Esto será increíble. Me encontré pensando, sin poder evitarlo. Él se acercó por detrás de mí, hizo un poco de fuerza sobre mis hombros y entendí que me invitaba a arrodillarme de esa forma. Lo hice, depositando mi ropa en el suelo y él terminó atando mis muñecas a mi espalda firmemente. Me di cuenta de que no podía liberarme por mi cuenta de esas ataduras... Me excité mientras me ataba y lo hice aún más cuando terminó su trabajo. En ese momento me di cuenta de que estaba sumamente vulnerable y de que él realmente tenía el control. Me encantó sentirme así. Podía hacer en ese momento lo que quisiera conmigo y el saber eso me hizo sentir increíble.

Una vez terminó lo que hacía se sentó al borde de la cama con sus piernas abiertas en una pose muy masculina. Desde mi posición pude ver el bulto en su pantalón y *aunque lo intenté, no pude apartar la vista de él. Quería descubrir el trozo de carne que se escondía entre esos pantalones y estaba teniendo problemas para ocultar cuanto lo quería.*

-"Te espero aquí gatita. Gatea hasta mí" Me dijo y como si mi cuerpo respondiera por su cuenta, me apresuré en obedecer. No obstante se me hizo difícil gatear con mis manos a la espalda. Me sentí algo torpe en el intento pero finalmente lo logré, llegué ante él y le miré a los ojos en espera de nuevas instrucciones. A decir verdad las necesitaba. Estaba ya cegada por la excitación y no podía pensar en nada.

-"Perfecto. Buen trabajo" Me dijo él, acariciando mi cabello y luego la piel de mis hombros- ¿Por qué no bajas ahora el cierre de mi pantalón" Añadió podría jurar que de manera maliciosa... ¿Cómo arreglármelas para bajar su cierre con mis manos atadas? Pensé. Mi lógica me dijo que con mis dientes así que probé de esa forma. Parecía misión imposible pero lo logré. Entonces él desabrochó el botón de su pantalón, sacó su erección y la masajeó un poco. Al fin tuve a la vista en ese momento aquel trozo de carne que me prometía tanto placer.

Estaba entretenida aún apreciando lo excitado que él estaba que apenas noté que había cogido algo que estaba a un lado suyo. Se inclinó un poco para poner aquello que cogió entre mis piernas y sólo cuando lo encendió me di cuenta de que se trataba de un vibrador... Yo realmente nunca había usado uno antes. Di un salto cuando comencé a sentir el estímulo. No estoy segura de cómo describirlo... Era placentero. Pensé que me correría de inmediato pero no sucedió.

Él me dijo luego que se lo mamara y yo inicié gustosa con esa tarea. Acerqué mi cara a su miembro y lo engullí dentro de mi boca. Él jadeó seguramente por la sensación de calidez que se produjo en su pene en ese momento.

Seguí mi trabajo lamiendo, saboreando... estaba muy excitada, quería hacerle una mamada increíble pero encontré que no podía concentrarme del todo por la sensación que producía en mí el vibrador. Tal vez con más experiencia en ello podría haberme concentrado pero no era mi caso. Necesitaba gemir fuerte pero con su pene en mi boca no podía. Aún así no dejé mi tarea, me concentré lo más que pude hasta que el clímax llegó... Un orgasmo duradero que me hizo ver estrellas por un momento y parar con lo que estaba haciendo. No hubiese podido continuar aunque lo hubiese deseado. Ese orgasmo me impactó.

¡Oh¡,no me encontré pensando- Eso seguramente me hacía merecedora de un castigo, aunque no me importaba tanto. Una parte de mi estaba un poco asustada y la otra gritaba por saber que cosa haría para castigarme. Era tan excitante imaginarme todos los escenarios que podrían ocurrir en ese contexto.

Terminé sentada al borde de la cama con la mitad del cuerpo estirado hacia adelante apoyando mis brazos juntos en una cómoda. Él me había desatado pero me había vuelto a atar los brazos esta vez hacia adelante. En esa posición dejaba algo expuesto mi trasero pero no tanto como para que me penetrara entonces ¿Qué iba a hacer?

Le vi buscar algunas cosas y ponerlas en la cama, justo detrás de mí, no pude ver lo que era ya que debía mantenerme apoyada en la cómoda. Por más curiosidad que sentía no iba a tentarlo a castigarme aún más por desobedecer y voltearme.

Él se paró frente a mí y acarició mi espalda desnuda para luego bajar y acariciar mis nalgas. Se me quedó mirando fijamente en este punto y yo estaba que me moría de los nervios.

-Como has sido una gata traviesa que se ha olvidado de mi placer por el de ella jugaremos así- Me dijo- Me fijé que tenía algo en una de sus manos: un vibrador.

-Tengo muchos juguetes como este, te colocaré uno y tú lo único que no debes hacer es cerrar los ojos. Si lo haces colocaré otro juguete o accesorio en ti y te ganarás un azote cada vez- Agregó. Yo sólo puede asentir. De verdad quería que continuara. El sonrió y colocó el vibrador detrás de mí, en mi parte baja. Era automático, pensé que lo colocaría a una velocidad baja pero no fue así, la velocidad era alta, quizás la máxima. Recibí mucho estímulo en esa zona y no pude evitar alcanzar el orgasmo otra vez. Por supuesto, había cerrado los ojos cuando lo hice. Era inevitable. Demasiado cegada por el placer no podía ni pensar en nada, mi cuerpo se relajó por completo y cerrar los ojos fue un reflejo.

Me di cuenta de mi error cuando otro vibrador se hizo espacio entre mis nalgas.

No creí poder soportar ese juego. La sensación era muy intensa y ya estaba muy sensible. Pero aunque no lo soportara no quería parar, aquello era sin duda la sensación más placentera que había experimentado en mi vida.

-Sigues portándote mal y además de este juguete te ganaste un azote- Dijo mientras acariciaba mis nalgas para después azotar fuertemente con su mano una de ellas.

No sé si dolió, mi mente realmente estaba en blanco. Yo no era persona de múltiples orgasmos pero sentía que llegaría al límite de nuevo en cualquier momento. Sentí que podría orinarme de placer... desmayarme... Sí... No había forma de concentrarme en alguna sensación en alguna parte específica de mi cuerpo, en ese momento todo mi cuerpo se estremecía. Era uno entorno al placer y al dolor.

Tal y como imaginé otro orgasmo surcó mi cuerpo y volví a cerrar los ojos ¿Podría acaso evitarlo alguna vez? No lo creía, aquello era un juego que yo nunca iba a ganar. Él lo sabía.

No creía soportar otro vibrador dentro de mí pero ese al parecer no era su plan esta vez de todos modos. Lo que hizo fue ayudarme a incorporarme al borde de la cama para poner unas pinzas en mis pezones. Cuando me senté los vibradores se enterraron un poco más dentro y grité. Dolió pero creo que mi mente estaba confundida y ya no entendía la diferencia entre el dolor y el placer.

Las pinzas en mis tetas también dolieron, no solo el hecho de que los pellizcaron, dolió que Xathaniel jugó con ellas, moviéndolas un rato. Sentí el momento exacto en el que mis pezones se endurecieron, quería que el los lamiera, quería que me tomara. De repente sentí que no era suficiente, lo quería a él y sin darme cuenta pronuncié las palabras.

-Jódeme por favor- Rogué ¿Aquella había sido yo? Pues sí, fue mi voz, lo dije en voz alta, solo lo estaba pensando pero lo dije. Es que no era algo que quería. Se había transformado en algo más, lo necesitaba- Él sonrió.

-Una gatita necesitada, así me gusta- Dijo para acariciar mi cuello y luego besarlo y lamerlo. Sus besos y atenciones junto a los vibradores que aún seguían enviándome descargas inclementes acabarían conmigo, estaba segura.

Él me ayudó a incorporarme de nuevo en la cómoda, que había alejado del borde de la cama, quitó los vibradores para abrirse paso por su cuenta.

-¿Lo quieres en verdad dentro de ti? Preguntó en ese punto

-Sí, sí... no aguanto- Respondí yo-

- Por favor- Continué cuando noté que aún no se movía, estaba frustrada, lo quería dentro.

Entonces enterró su erección tan profundo que pude sentir todo de él en mi interior y me encontré gimiendo desesperada.

Las embestidas llegaron, lento y luego rápido, duro. Puso una mano en mi espalda, aprehensiva, me mantenía en el lugar... Y embistió con fuerza. Me azotó algunas veces y me dijo palabras sucias que sólo lograban encenderme más.

Estaría adolorida más tarde y al día siguiente pero en ese momento nada importaba más que el satisfactorio momento que estaba sintiendo. Se vino entre mis muslos, sentí su semen resbalar por mi piel pero él untó un poco en sus manos para darme vuelta y untarlo en mi cara.

Sin poder moverme mucho no pude apartar mis ojos de su cara mientras hacía esto. Me pareció tan erótico...

No creía que mi cuerpo diera para más pero él al parecer tenía otros planes para mí y apenas pude recuperar el aliento ya me encontraba en la cama con las piernas bien abiertas y la cara de él en mi cuca ¡Dios¡ no quería parar nunca.

Me pidió... no, me exigió que sostuviera mis piernas en su lugar y eso hice, luchando por no cerrarlas. Estaba tan sensible que ellas buscaban cerrarse solas. Me temblaban mucho. No creí ser capaz de acabar una vez más pero increíblemente sucedió. Y me di cuenta de que podía morir de placer allí mismo..."

Y lo dejaré hasta aquí porque me extendería demasiado de añadir a esta obra los relatos de todas las personas que acudieron ante mí para practicar BDSM. Me disculpo con aquellos cuyo relato no pude añadir y que se encuentren leyendo estas líneas pero créanme que atesoro todos esos momentos y los recuerdo siempre.

Ahora bien, continuando con la historia principal, me parece hora de dar a conocer a la que sería mi siguiente esclava: Natasha. Ella fue una de las tantas chicas que acudió a mí interesada en el estilo de vida de los amos y las esclavas, queriendo indagar un poco más sobre ese tema que, según sus propias palabras siempre le había llamado mucho la atención.

Nuestra primera interacción fue a través de internet, chateamos...conversamos sobre sus curiosidades y fantasías y luego nos citamos.

Tan pronto la vi en persona, me encantó. Ya había tenido oportunidad de mirar como era por fotos que me había enviado pero en persona es diferente; en persona la pude apreciar mucho mejor. Lo que más me impresionó de ella fue su cara hermosa. Toda ella era hermosa pero lo que más me llamó la atención fue su rostro angelical, de resto tenía el cuerpo rellenito y su tez blanca, una hermosura de mujer...

Cuando fuimos a un sitio más privado no pude esperar más. Ya desde el mismo momento en que habíamos conversado por chat fantaseaba con poseerla. Ahora que la tenía frente a mí necesitaba hacerlo, solo podía pensar en la mejor manera de someterla y volverla un lío de gemidos, sollozos y jadeos.

La acaricié entera y pude sentir su cuerpo bajo esa tela de la cual solo quería deshacerme. Me imaginé a mí mismo arrancándole la camisa y volviéndola añicos pero era algo que por el momento no debía hacer. A ella se le notaba lo expectante que estaba. Parecía ser bastante juguetona, mientras yo la acariciaba ella me acarició también, asegurándose de tocar el bulto que ya se había formado en mi pantalón y que dolía, como si ya el estar allí dispuesta para mí no fuera una invitación suficiente. Sonrió traviesa cuando lo hizo, y recordé que estaba allí para someterla porque ella fantaseaba con ello y yo no podía desaprovechar el momento porque eso es lo que más me gusta hacer y porque me mataba el deseo.

Algo que creo que no esperó fue que quitara bruscamente su mano de mi entrepierna y la abofeteara. No fue muy fuerte pero pude ver la sorpresa pintada en su cara de todas formas. Ella llevó su mano a su rostro y mientras lo hacía me pegué más a su cuerpo y acerqué mi boca a su oído para susurrarle que como en ese momento era mi puta no debía hacer nada sin mi permiso.

- No puedes tocar si yo no lo digo- Le exigí y ella asintió.

Inició el juego y ella estaba más que dispuesta a jugar. Me miró cuando me separé de ella y vi anhelo, lujuria y curiosidad.

-¿Quieres mi guebo dentro de ti?- Le pregunté.

-Si lo quiero- Respondió ella sin moverse y sin dudar.

Desabroché entonces el botón de su pantalón para meter mi mano dentro y comenzar a masturbarla. Ella se excitó de inmediato, su respiración se aceleró y se estremeció. Fue en ese momento que apoyó sus manos contra mi pecho y yo me excité mucho más solo por el hecho de haberla atrapado otra vez tocando sin permiso.

- No parece que lo quisieras porque sigues actuando por tu cuenta... ¿No dije algo de no tocar? Pregunté divertido. Ella captó el mensaje y se separó de inmediato.

- Entonces castígame como quieras por traviesa por favor, pero fóllame- Fue su petición y no necesité nada más.

- Tan puta y necesitada. Así me encanta. Desnúdate despacio para mí- Le dije sonriendo y ella comenzó a desabotonar su blusa casi de inmediato pero mirando hacia algún punto de la habitación, sin mirarme a mí-

-No- La corregí llamando su atención- Sin quitar los ojos de mi- Le dije esta vez y ella así lo hizo, dejando al descubierto poco a poco su anatomía mientras me miraba fijamente. Aquello fue realmente erótico y nos excitó a ambos.

Cuando estuvo completamente desnuda arrastré una silla de madera al centro de la habitación bajo su mirada curiosa y confusa.

- Ponte a ti misma a través de la silla dándome la espalda y mostrándome tu lindo culo- Le dije acercándome a ella, acariciando una de sus nalgas y luego azotándola. Ella dio un brinco de la impresión y luego un poco dudosa se acercó a la silla e hizo lo que le indiqué. Cuando estuvo en posición me saqué el cinturón del pantalón deslizándolo bruscamente. Luego me acerqué hasta ella para masajear esas lindas nalgas levantadas. Me ofrecía una vista hermosa allí como estaba. Entonces comencé a azotarla a mi antojo con el cinturón, la azoté, azoté y azoté hasta que sus nalgas estaban cual cereza y sus sollozos eran muy fuertes. No sé porque pero ese día me dieron ganas de azotarla hasta el cansancio. Eso sí, no le di azotes tan constantes. Paraba de vez en cuando para apretar sus nalgas enrojecidas y cuando ella jadeaba al tacto empezaba a azotarla otra vez. Estaba embelesado con el sonido de sus grititos, jadeos y lloriqueos y por la vista; también por lo expuesta que estaba allí para mí.

Cuando su culo se tornó en el color adecuado me agaché frente a ella y vi su hermosa cara cubierta de lágrimas. Eso no importaba. Sus ojos estaban llenos de excitación, seguía deseando que me la cogiera todo lo duro que quisiera, no necesitaba hablar para que lo supiera. Lamí sus lágrimas y me deleité con ellas. Me gustó y excitó hacerla llorar porque sabía que detrás de esas lágrimas también había placer.

Lamí sus nalgas para darle alivio...

Quería seguir, había soportado los azotes de manera preciosa así que la ayudé a incorporarse en la silla y le dije que abriera las piernas. Ella lo hizo pero tímidamente.

-Ábrelas más- Le exigí y ella lo hizo entonces.

- Buena chica- Le dije para luego enterrar mi cara entre sus piernas y lamerle la cuca. No me sorprendió descubrir que ya estaba mojada. Tal y como había pensado, seguía excitada. Supe en ese momento que era increíblemente sumisa y pensé que me gustaría tenerla como esclava. Pero eso sería algo para conversar más adelante.

Seguí lamiendo hasta que se deshizo en gemidos nuevamente para mí. Paré en un momento dado para empezar a masturbarla con mis manos primero superficialmente, acariciando su clítoris pero luego comencé a enterrar mis dedos poco a poco. Metí dos, luego tres y así la iba estimulando. Cuando me pareció que no podía más con el placer paré de estimularla pero sin sacar mis dedos de su interior.

-Ella me miró confusa, me atrevo a decir que desesperada, se le notaba que deseaba que la siguiera estimulando. Lo que ocurrió fue que una idea había venido a mi mente.

-Quiero que te masturbes pero sin usar tus manos- Le dije y aunque al principio no pareció entenderlo, no tardó en comenzar a mover sus caderas hacia atrás y hacia adelante frenéticamente, montando mis dedos.

Fue hermoso ver a aquella mujer luchando por darse placer con mis dedos, obedeciendo mi petición.

No dejé que se viniera, saqué mis dedos de ella cuando quise ir a por más. Quería ser yo el que recibiera atención en ese momento. La tomé de uno de sus brazos y la conduje hasta la cama pero fui yo el que se sentó al borde de esta con las piernas abiertas, dejándola a ella de pie y muy expectante, ya en ese punto sus ojos estaban muy vidriosos.

-Aquí nada de lo que hago es gratis- Dije entonces para desabrochar el cierre de mi pantalón, bajar este un poco y sacar mi erecto falo. Quise darle a entender claramente que le había dado suficiente placer y que ahora me correspondía a mí.

-En tus rodillas y asegúrate de darme la mejor mamada de mi vida- Le dije señalando el suelo y ella no tardó en arrodillarse y engullir mi pene en su dulce y tierna boquita. Se esmeró por complacerme, yo cerré los ojos y me dejé deleitar con sus movimientos deseosos. Cuando acabé dentro de su boca y se lo tragó todo le pregunté si creía que había sido una buena puta y que si creía que tenía derecho a que me la cogiera.

-Sí, he sido buena, por favor, cógeme- Dijo ella hambrienta y necesitada tal y como la quería tener.

Después de ese punto me levanté, la cogí del cabello y la pegué contra la pared para empezar a acariciarla por doquier y a morderle el cuello y los hombros. La terminé empotrando contra la pared cogiéndomela con tanta fuerza que me pregunté si en algún punto ella podría estar asustada de que la partiera en dos.

-Más duro... Más duro por favor- Comenzó a repetir y supe que lo estaba disfrutando enormemente.

No había forma de que no siguiéramos en contacto después de haber tirado de esa forma, como era de esperarse, después de este día vinieron muchos otros encuentros que acababan por supuesto, en buen sexo,mismo que se tornó adictivo.

Ella sentía curiosidad por el mundo del BDSM y yo la fui adentrando, feliz de notar que ella encajaba perfectamente en ese estilo de vida, lo que significaba que encajaría perfectamente en mi mundo y conmigo. No sólo le gustaban las prácticas propias del BDSM las amaba, y particularmente le excitaba que la abofeteara, azotara y golpeara a menudo. Me lo pedía bastante, llegaba a rogarme por ello.

Comencé a indagar en mi mente sobre la factibilidad de tener una tercera esclava y simplemente pensé ¿Por qué no? Sería de ensueño tener tres esclavas a mi disposición dispuestas a complacerme en todo, atenderme y satisfacer mis fantasías, por intensas que estas fueran.

Convencí a Natasha de tener sexo conmigo, Xania y Xamielys y para mi sorpresa, más pronto de lo que esperaba, aceptó.

Respondió perfectamente a los estímulos que ellas le daban ya que quería asegurarme de que podría relajarse al ser tocada o besada por otras mujeres y por eso se los ordené muchas veces durante nuestro primer encuentro.

Tal y como me había parecido la primera vez que tuve sexo con ella, Natasha era juguetona durante el sexo e insaciable. Se le notaba que disfrutaba mucho tener sexo con nosotros con frecuencia y por eso, su presencia se hizo constante en nuestro apartamento.

Antes de lo que esperaba me vi haciéndole la pregunta:

-¿Te gustaría ser mi esclava? ¿Obedecerme en todo? Yo elegiría por sobre tu apariencia. Elegiría la mayor parte de las cosas que puedes hacer, sobre el sexo, dónde, cuándo y cómo, me estarías dando un poder amplio sobre tu ser y persona, me lo estarías cediendo, me estarías prometiendo completa sumisión... Estarías comprometiéndote en vivir para complacerme...para atenderme...

Formulé la pregunta en la misma forma en que lo había hecho antes con Xania.

Ella, que ya parecía encantada no sólo con el BDSM y sus prácticas, si no también conmigo y el placer que le proporcionaba, aceptó sin demasiados rodeos tras una larga charla y después de verificar las cláusulas del contrato de sumisión, firmándolo y sometiéndose a él y a mí como lo habían hecho Xania y Xamielys convirtiéndose así en mi tercera esclava formal luego de que marcara su dulce rostro con mi orine empleando la afamada lluvia dorada en ella.

Por supuesto se mudó al apartamento con nosotros a petición mía. Necesitaba tenerlas a las tres en el mismo lugar. Afortunadamente la cama era grande y estaríamos más que cómodos.

Fue así como me acostumbré a despertarme entre 6 tetas redondas y deliciosas que me servían de almohada mejor que lo que podría servirme mi almohada realmente. Ya no tenía dos cucas para enterrarme y disfrutar, ahora tenía tres. El sexo por supuesto, se intensificó entre nosotros; disfrutaba día a día plenamente de mis esclavas.

De manera resumida nuestro día a día respecto al sexo se volvió algo como esto:

- Yo recostado en la cama, boca arriba y relajado mientras una de mis esclavas cabalgaba sobre mi pene, otra se sentaba sobre mi boca para que le mamara la cuca y la otra estimulaba a alguna de las otras dos esclavas ya sea con su lengua o acariciándole sus tetas.

- Yo cogiéndome por detrás a una de mis esclavas mientras las otras dos se estimulaban para mi deleite ya sea masturbándose con sus manos, con un dildo o vibrador o besándose y masturbándose entre ellas.

- Yo empotrando contra la pared o los azulejos a una de mis esclavas mientras otra arrodillada tras de mi me mamaba las bolas y otra a su vez, le mamaba la cuca a la que estuviera estimulándome a mi.

- Una de mis esclavas suspendida entre cuerdas e inmovilizada, completamente a mi merced. Mi pene en su boca, jodiéndole esta mientras otra de mis esclavas la estimulaba con un vibrador en su cuca y otra hacía lo mismo pasando un vibrador por todo su cuerpo.

- Mis tres esclavas luchando como gatitas en celo para turnarse y chuparme el guebo cada vez que quisiera desestresarme de esa forma.

- Mis tres esclavas en cuatro esperando su turno hasta que me la cogiera o le azotara según mi antojo.

- Mis tres esclavas besuqueándose, manoseándose y masturbándose entre ellas mientras yo me masturbaba observándolas.

- Mis tres esclavas y yo teniendo sexo duro con alguna mujer que en ofrenda me hayan traído. Disfrutando de las mejores orgías juntos.

Y todo cuanto se puedan imaginar que pueda ocurrir entre cuatro paredes entre un hombre y tres mujeres que decidieron vivir con él y estar a su completa disposición para darle placer y recibir todo lo que él quisiera ofrecerles.

Tuvimos sexo en cada rincón de la casa y en cada superficie. Cualquier sitio es bueno para ello. Pero terminé disponiendo de un cuarto de travesuras que era al que llevábamos a las personas que acudían al apartamento por sesiones BDSM. Llegamos a utilizarlo mucho nosotros también, en él tenía más a mi alcance mis juguetes.

Les prohibí entrar a ese cuarto con ropa por lo que cuando entraban allí ya lo hacían desnudas y dispuestas. Era un cuarto especial para tirar. Nuestro cuarto especial pero como acabo de decir, realmente tirábamos en cualquier lugar y superficie; incluso en la terraza aunque desde ese sitio corriéramos peligro de ser vistos. No nos importaba de todas formas.

Las tareas de la casa se las dividieron entre las tres y así, vivíamos todos felices. No tengo quejas de mis tres esclavas golosas. Nos llevábamos bien entre todos.

Natasha siempre se mostró complacida y complaciente. Por supuesto, como era su deber, escribía sobre nuestros encuentros sexuales y sus pensamientos respecto a ellos y a nuestra relación. Algunos de sus pensamientos los comparto a continuación:

"...Decidir ser tu esclava fue lo mejor que pude hacer en mi vida. Acepté sin dudarlo mucho y sin darle muchas vueltas porque ya disfrutaba plenamente de nuestros encuentros sexuales y de mostrar sumisión hacia ti. No me costó mucho ni siquiera desde el principio. Era algo que quería y que te hice saber. Tenía más que curiosidad por el BDSM, me llenaba. Incluso antes de que tuviéramos sexo por primera vez, que vale más decir fui mi primer acercamiento real al BDSM pero antes de eso ya sabía sobre el tema, había leído y había visto mucho porno al respecto y encontraba que me llenaba más que nada. Sin embargo experimentarlo fue más increíble de lo que pensaba. Me sentí segura, me sentí plena, sentí que entregarme al placer de alguien más era

como realmente obtendría placer. No sabría como explicarlo con otras palabras y eso sólo fue la primera vez.

Con el tiempo, y adentrándome más a la experiencia de las sumisas en el aspecto sexual me di cuenta de que hay una especie de magia dentro de mi que se activa mientras más vulnerable estoy.

Me di cuenta de que así como los cazadores disfrutan cazar a su presa hay presas que disfrutan ser cazadas más que nada en el mundo. Yo soy de esas presas entregadas. De esas presas que quieren hacer feliz a su cazador.

Me di cuenta también cuan placentero puede llegar a ser el dolor en el acto sexual. No importa como lo estés implementando, si dejas de preocuparte y te entregas... se funde contigo y se vuelve placentero.

Pensé siempre que vivir para el placer era lo mío. No pensé llegar a hacerlo mi forma de vida pero lo hice cuando te conocí y quisiste convertirme en una de tus esclavas. Fue allí donde me di cuenta de que para vivir para el placer no necesitaba que fuera para mi propio placer. Pude

419

encontrar verdadero placer en darte placer a ti y nunca he sido más feliz.

Espero ser tu esclava por siempre y que me sigas guiando en esta vida que gracias a ti se volvió más que interesante...envidiable, lo que siempre quise aunque nunca pude expresar. Gracias por permitirme ser quien soy. Sigue siendo el amo exigente que eres y usándome todo lo que desees por favor. Es todo lo que anhelo.

Siempre tuya, Natasha, tu esclava.."

Naty nunca dudó en mostrar lo complacida que estaba con su vida una vez que me conoció y eso siempre me parecía fascinante. Pero como no todo puede ser color de rosa, esta cálida mujer, al igual que mis otras esclavas se carcomía entre dudas en ocasiones:

-¿Estará bien lo que hacemos? Digo... me da paz y felicidad pero creo que si mi familia se enterara me llamarían depravada y quien sabe que cosas más... Creo que les decepcionaría, a pesar de que para ellos no es un secreto que soy una persona a la que le gusta disfrutar la vida y los placeres que esta ofrece- La escuché decirle un día a Xania y a Xamielys, sonaba algo desanimada.

- ¿A qué viene la pregunta? Indagó Xamielys.

- A que conversé con mi familia y no pude evitar pensar qué pensarían de mí si supieran la mitad de las cosas que hago en cuanto al sexo y que además amo vivir para complacer a un hombre y ser su esclava- Contestó- Pensarán que perdí la cabeza.

-Yo tengo recaídas así en ocasiones, pero al final siempre me obligo a recordar que soy feliz y que ha sido mi decisión, entonces vuelvo a sentirme bien y se dispersan esas dudas molestas- Le explicó Xania con paciencia.

-Es cierto... Uno puede llegar a sentirse desanimado por el rechazo de ciertas personas, especialmente la familia o lleno de incertidumbre por las enseñanzas que a uno le inculcan desde pequeño... Enseñanzas en las cuales esto que hacemos está a todas luces mal...Pero al final la vida es una sola ¿no? Y uno decide vivirla como quiere. Me siento especialmente bien viviendo en la forma en la que lo hago y no me arrepiento. No creo que esté mal de todas formas... no le hacemos mal a nadie... Es como algo nuestro- Agregó Xamielys.

-Yo no creo que este mal tampoco ¿Por qué lo estaría si me hace sentir bien y plena? Lo que pasa es que no puedo evitar tener dudas a veces cuando me pongo a pensar que mi familia armaría un drama de ello- Indicó Natasha nuevamente- Y que la mayoría de las personas no lo considerarían normal.

-Es cierto... Me pasa igual... y también a veces pienso que es extraño porque nunca pensé llevar este estilo de vida... Las cosas se dieron así y descubrí que me encantaba-Dijo Xania.

-Es cierto... Me llamaba mucho la atención el BDSM pero no pensé que llegaría realmente a convertirme en una esclava.. . Es intenso... Y menos en una que vive con su amo y dos esclavas más y a la que de paso le encanta que la golpeen a más no poder- Dijo Natasha divertida.

-Suena extraño cuando se habla de eso así pero es tan intenso... tan indescriptible, tan genial... Dijo Xamielys- Bueno o malo es fascinante, creo que una vez que lo pruebas no lo puedes dejar.

-Afortunadamente nos tenemos para hablar de estas cosas- Dijo Xania quizás pensando que sería difícil conversar sobre ello con alguien que no lo entienda.

-Es así... brindemos por ello- Sugirió Xania al parecer levantándose a buscar un trago.

Como buen amo, siempre que compartía sus preocupaciones conmigo le ayudaba a llevar la carga, lo mismo con Xania y Xamielys, nuestra relación se daba realmente bien y entre mucha confianza y continuó haciéndose sólida a medida que pasaba el tiempo... Todo hasta que se me dio la oportunidad de ir a vivir a Miami y tener una vida totalmente diferente allí, en un país totalmente distinto y alejado de Venezuela. Nuevos horizontes me esperaban allá y preparé todo para irme junto a mis esclavas, que estuvieron de acuerdo en acompañarme. Desafortunadamente por un motivo que no revelaré, Natasha no pudo acompañarnos.

-En serio, en serio lo que más desearía es ir con ustedes, los extrañaré demasiado, y a ti mucho más- Me dijo la noche antes de que partiéramos antes de abrazarme y besarme con ternura.

-Vendrás con nosotros, sólo tienes que mantenerte a la espera, cuando se den las condiciones y te lo ordene, vendrás- Le dije para tranquilizarle, no sin aprovechar comenzar a acariciarle todo el cuerpo. Mis palabras fueron sinceras. Haría realidad que Natasha pudiera irse con nosotros cuando las condiciones estuvieran dadas. Por ahora, necesitaba poseerla porque no sabía cuanto tiempo tendría que esperar para volver a tenerla entre mis brazos o de bajo de mí, totalmente excitada y dispuesta como siempre estaba. Como tenía que ser para ser una buena despedida, tiramos entre todos hasta el amanecer, concentrándonos en que Natasha obtuviera tanto placer que se olvidara de la tristeza que tenía por despedirnos en ese momento. De alguna forma, lo logramos.

El día llegó y nos mudamos. El viaje no fue difícil, una vez que llegamos a Miami, nos establecimos.

Comencé a trabajar allí, que fue para lo que en un principio me fui y nos fuimos acostumbrando a un ritmo de vida en este lugar. Por supuesto no dejamos nuestro estilo de vida BDSM, que seguimos practicando gustosos, y no tuvimos ningún inconveniente en mostrarnos en público como el trío que éramos, tal cual lo hacíamos cuando vivíamos en Caracas. En este país también captábamos siempre la atención de todos alrededor y encontrábamos fácilmente mujeres con las cuales hacer orgías o personas en general interesadas en lo que hacíamos... En probar...

Llegó un momento en esta época en la cual se me dio viajar bastante por motivos muy diversos. Visité muchos países como México, Colombia, Brasil, Argentina, Chile, República Dominicana, Costa Rica y quizás otros más que en estos momentos no recuerdo. A veces viajaba sólo, otras me acompañaba alguna de las chicas o ambas.

En algunos de estos países conocí mujeres con las cuales tuve cierta historia. He de resaltar en este sentido, a una Mexicana que conocí en Monterrey, y con la cual viví muchas aventuras y momentos eróticos inolvidables. Lo que me hizo querer incluirla en esta obra aunque sea en líneas reducidas.

Ella me mostró sumisión, especialmente durante el sexo, pero no podría describir nuestro encuentros sexuales dentro del estilo de vida BDSM, los llamaría más bien encuentros con un toque más romántico, lo que no los hizo igual menos entretenidos para mí. Atesoro esos momentos y los recuerdo claramente. Escribiendo sobre ello casi puedo sentir el sabor de su piel y de sus jugos en mis labios, como si me la estuviera cogiendo ahora mismo. Nos vimos muchas veces y la pasamos muy bien juntos. Siempre le recordaré gimiendo una y otra vez mi nombre cada vez que me tocaba viajar a su país.

Necesariamente debo destacar también en este aspecto a una chica que conocí en uno de mis viajes a Colombia: Angela.

Ángela llegó a convertirse en otra de las mujeres especiales en mi vida. Sí, en mi cuarta esclava, si es lo que estaban pensando.

Como mencioné anteriormente le conocí durante un viaje a Colombia, no hay nada resaltante en la forma en la que nos conocimos como tal así que no lo mencionaré, pero lo resaltante aquí fue todo de ella... Creo que nunca había visto una mujer tan delicada... delicada en todos los sentidos: su forma de ser y su físico: ademanes delicados, voz delicada, manos delicadas y suaves, tetitas delicadas, piel lozana. Me recordaba a una muñeca de porcelana, con una le compararía. Totalmente opuesta a mí y es allí donde encaja la famosa frase: Los polos opuestos se atraen.

Se mostró desde el primer momento atraída hacia mi y a mí me pasó exactamente lo mismo ¿Cómo no imaginar a una chica como esa siendo objeto de mis perversiones? Mientras charlábamos yo no podía dejar de fantasear con estar dentro de ella, con sentir la calidez de su interior y cuan mojada podría estar por la anticipación de tenerme dentro y llenarla.

También me ponía duro imaginarme sus gemidos, que seguramente serían extremadamente dulces. Quería hacerla gemir mi nombre con su suave voz hasta dejarla afónica, de ser posible y luego llenarla de mi semen por completo. Por mí, la pasearía en la calle desnuda y manchada de mi semen para que todos pudieran ver que la había hecho mía. Sí, me resultó difícil concentrarme en conversar y mi erección no paraba de querer reclamarla y someterla.

Afortunadamente no fue difícil convencerla para que tuviéramos sexo. Si ella fuese una presa diría que la atrapé en mis fauces muy rápidamente. Lo había hecho desde el mismo momento en que comenzamos a charlar y la noté tan interesada en mi persona.

Nuestro primer encuentro sexual fue todo lo maravilloso que había fantaseado. Le hice todo lo que quise en ese momento y ella simplemente se dejó hacer sin más... se mostró más que dispuesta en tomar todo lo que yo le daba y pude poseerla por tanto a mi total antojo:

Follé su boca, su cuca y su culo, lo hicimos en la cama, yo sobre ella, ella en cuatro y luego lo hicimos contra la pared, la acaricié por toda su delicada piel, centrándome especialmente en sus muslos y nalgas y su espalda, mordí su cuello y el lóbulo de su oreja incontables veces, azoté una de sus nalgas y noté que realmente era delicada pues su piel se tornó rojiza de inmediato: la hice sollozar, gemir, jadear... Y yo me encanté de algo en particular. Su voz... esa vocecita dulce resultó que al momento de gemir me derretía por completo, me hacía no querer parar jamás.

-Uyyy papi- Gemía alto cada vez que algo la excitaba más. Así que me encargué de excitarla hasta casi llevarla a la locura para tener más de esos encantadores gemidos. Procuraba tocar su punto dulce muchas veces para escucharla expresarse más de esa forma.

La hice gemir mi nombre una y otra vez porque si no no me lo perdonaría, necesitaba escuchar esa vocecilla dulce gemir sabiendo quien era el que la estaba haciendo sentir así.

Recuerdo haberla llenado con mi semen en su bello rostro de porcelana cuando acabé y lo muy satisfecha que ella lucía al respecto. También yo resulté satisfecho de haber poseído a esa mujer por todas partes y exactamente como se me antojó en el momento, exactamente como lo fantaseé. No me guardé nada.

Puedo decir que noté de este encuentro algo que ya sospechaba, Ángela era una chica muy sumisa que se sentía cómoda con el hecho de que yo tomara el control durante el acto sexual. Por eso en ese momento solo lo tomé y como dije anteriormente, ella fue receptiva a todo cuanto quise hacerle y darle. Estaba encantada. Eso hizo que pensara en que sería una esclava excelente pues me resultó sumisa por naturaleza así que seguramente sería muy complaciente y obediente.

Un par de encuentros más con ella y debía ya volver a mi vida en Miami. Nos despedimos y decidimos mantener el contacto por supuesto. Pronto me encontré con que esta mujer estaría dispuesta a dejar su vida en Colombia por estar conmigo, decía haberse enamorado en esos pocos días que me conoció, dijo que le marqué y que no podía olvidarlo. Me lo repetía mucho cuando hablábamos por mensaje o mediante llamadas.

"No puedo creer que dejé que te fueras. Debí irme contigo. Te extraño tanto, me siento vacía". Me escribió una vez.

-*Te necesito*- Escribió en otra ocasión.

Cada vez que se expresaba de esa forma seguía pensando en que deseaba tenerla como mi esclava. Era una idea que estaba comenzando a rondar mucho por mi cabeza.

Recordaba constantemente cuando vivíamos Xania, Xamielys y yo con Natasha en el apartamento en Caracas y todo lo que hacía con estas tres encantadoras mujeres y comencé a considerar las posibilidades de volver a Ángela mi esclava formal, ya que estaba seguro de que lo disfrutaríamos bastante. Me había resultado bien antes y como ella mostraba una naturaleza sumisa y yo tenía unas tremendas ansias de someterla a más no poder me parecía que funcionaría nuevamente.

Como ya me había dicho en más de una ocasión que sería capaz de dejar su país por mi, sabía que traerla a Miami no iba a resultar tan problemático, sería solo cuestión de arreglar alguno que otro documento y un pasaje. El problema en mi mente radicaba en el hecho de que si bien yo le había sido sincero y había hablado con ella de mi estilo de vida entorno al BDSM no había podido experimentar con Ángela dentro de ese contexto y con mis otras dos esclavas para estar completamente seguro de que estaría cómoda con ello.

- *Lo que sea por estar contigo y complacerte, sólo quiero complacerte*- Me dijo en una ocasión en la cual conversaba con ella sobre esa inquietud en particular.

Lo consideré bastante y recordando su forma de ser terminé por convencerme de que iría todo bien. Así que decidí explicarle sobre el contrato de sumisión, sus cláusulas, lo que todo eso implicaba y cómo llegaría a ser su estilo de vida de convertirse en mi esclava formal. Ella mostró sumo interés en todo esto.

Por supuesto terminé por hacerle la pregunta.

-¿Te gustaría ser mi esclava y complacerme en todo? ¿Qué yo me convierta en tu amo y tome el control de ti? ¿vivir para complacerme y hacerme feliz en todo momento? ¿Vivir para ser sometida por mi en la forma en que se me antoje?

A pesar de haber manifestado estar dispuesta en principio a venir conmigo aún cuando habíamos compartido pocos momentos no respondió de inmediato cuando le pregunté si quería ser mi esclava. Se tomó su tiempo en pensar, leer el contrato, leer y buscar material sobre BDSM. A veces el material se lo proporcionaba yo mismo y luego de indagar todo lo que quiso, no sin antes colmarme de preguntas que respondí gustoso y pacientemente terminó por aceptar.

El que se tomara su tiempo y luego aceptara me hizo sentir cómodo, supe desde ese momento que realmente iría todo bien. No había forma de que no entendiera en qué se estaba comprometiendo.

Después de uno que otro papeleo y cierta espera debido a ello se hizo realidad... Ángela se mudó a Miami con Xania, Xamielys y conmigo. Las tres   mujeres se llevaron afortunadamente bien desde el principio, armonizaron bien...

Ángela firmó el contrato de sumisión y se volvió mi esclava formal después de que meara en su rostro, tal como con mis otras esclavas.

Resultó que el estilo BDSM combinó muy bien con Ángela, se adaptó rápidamente y le encantó. Le encantó tanto que ella siempre era una de las que se mantenía de rodillas a mi lado más constantemente con la intensión de que usara su cuerpo cuando me provocara, se lo pidiera o no. Ella sencillamente deseaba que yo la poseyera siempre y hacía lo posible por mantenerme complacido y que lo hiciera. Por tentarme si podía...

Resultó ser una sumisa complaciente a más no poder y muy hambrienta de deseo... Muy sensual, muy predispuesta a probar con todo...

Pudimos con su presencia seguir nuestro estilo de vida entre 4 amantes en forma similar a cuando vivimos con Natasha, aunque por supuesto con este estilo de vida no encaja la rutina, siempre hay cosas nuevas, más fetiches, más perversiones y fantasías de parte y parte y eso es lo más interesante, lo que más amo del BDSM que me ayudó a alcanzar la cima del hedonismo puro y perfecto.

Cualquier experiencia erótica que puedan imaginarse la vivimos entre los 4 en nuestro apartamento. Se sintió bien nuevamente tener 3 mujeres en casa a mi disposición.

Ángela llegó a mostrar inseguridades que compartía conmigo o con Xania y Xamielys, pero siempre siguió adelante porque el placer y la felicidad que le proporcionaba vivir como mi esclava eran mucho más grandes que cualquier inseguridad.

Compartiré a continuación parte de sus pensamientos, los cuales escribía para mí, tal y como se lo pedía:

"...Conocerte debió haber sido cosa del destino. Me estaba decepcionando ya de los hombres pero llegaste tú y pusiste mi mundo tan de cabeza que no me importaba ni me importó dejarlo todo para seguirte. Me marcaste como nunca nadie lo había hecho antes y por eso decidí finalmente convertirme en tu esclava porque era algo que te haría feliz y me di cuenta de que también me haría feliz a mí.

Creo que no habría importado la acepción que usarás, te necesitaba a mi lado y habría terminado siguiéndote para ser tu zorra, puta, mascota, juguete, lo que quisieras... y eso soy ahora, lo que quieras, lo que desees, lo que te complazca y no puedo ser más feliz..."

"...estaba insegura al principio pero a tu lado pude descubrir el éxtasis increíble al que se puede llegar cuando el placer y el dolor se combinan o cuando la humillación y el placer lo hacen... En medio de todo eso también está tu voz... Cuando mi vista se nubla por el dolor y el placer escuchar tu voz controladora, firme... me excita como no me llegó a excitar ninguna otra cosa... si no es tu voz es tu mirada y si no son estas es al menos tu mera presencia o el saber que te he complacido. Eso me hace feliz..."

"...Completa es como me definiría justo ahora. Antes quizás estaba asustada de aceptar quien era, de aceptar que encuentro placentero que un hombre me ordene, me controle... Gracias a ti no hay miedo respecto a ello nunca más... Ahora me enorgullece aceptar quien soy y lo que me gusta... Es liberador... Desearía que todo el que se sintiera como yo al principio pudiera obtener esta liberación pero sé que no es posible..."

"...A todas estas ya que sabes como me siento en realidad espero que me sigas usando a tu entero antojo siempre que quieras, no podría estar más agradecida de que lo hicieras... Mi cuerpo te pertenece y lo hace también mi corazón y todo de mi

Siempre tuya, tu esclava... tu perra, Ángela"

Negar que esas palabras hacen crecer mi orgullo y me lo paran en su máxima expresión sería mentir... Cada vez que leo palabras como estas me pongo duro como una roca. Es como siempre me pongo porque mis esclavas no solo siempre me dedican palabras como estas, también me excitan continuamente con su mera presencia, obediencia y atenciones. Siempre me mantengo excitado debido a ellas. Es por eso que me encantan tanto...

Finalmente debo decir que es así como continuamos nuestro estilo de vida siendo yo el amo de estas 3 mujeres; mis golosas y sexys esclavas... Mi harem, las mujeres que habitan en el nicho de amor que finalmente terminé creando sin habérmelo propuesto en un principio... El nicho de amor resultado de mi recorrido por experimentar el hedonismo puro que me llevó a vivir las emociones más intensas y... que más allá de ello me llevó a descubrir mi naturaleza y esencia dominante y a hacerme un habido descubridor de las mujeres de naturaleza sumisa que, encantadas se lanzan a mis pies totalmente cegadas por esa naturaleza dominante que me caracteriza y que a mi encantado, me fascina hacer mías...

Esta es mi vida y mi historia...

En este momento me encuentro regresando de un viaje de varios días. Sé que mis tres esclavas esperan en casa dispuestas para que me relaje y juegue con su cuerpo porque se los he ordenado hace unos momentos.

Me esperarán desnudas y de rodillas en la habitación, con un tapón anal puesto para que me las coja por detrás fácilmente sin tener que perder tiempo. Deseo hacerlo por atrás y ver rebotar sus nalgas mientras las embisto con fiereza aunque por supuesto no es lo único que deseo hacerles... Las he extrañado muchísimo.

Yo les haré todo lo que se me antoje al llegar. Iré pensando desde ya como las haré rogar porque se los meta, como las haré mojarse y orinarse de placer, como haré que giman sin parar... Mi intención es cogérmelas a las 3 sin falta. Realmente me muero por llegar cuanto antes. Para eso están ellas, para satisfacerme y lo harán. Me las voy a comer cual postre.

Seguiremos siendo por ahora nosotros tres, pero pronto seremos 4 en el nicho de amor porque Natasha sigue esperando órdenes para venir aquí y pronto también llegará. Así nuestras vidas y perversiones seguirán haciéndose más intensas y oscuras. Así mi vida se hará más envidiable ¿Quién no envidiaría a un hombre que vive y se coge con y a 4 mujeres?

-Te extraño tanto ¿Cuándo crees que me pueda ir? Escribe Natasha en un mensaje de texto no sin antes enviarme una fotografía suya con una braga de encaje que se compró solo para mostrármela y complacerme. Se ve realmente hermosa en ella.

-Compraré más así para sorprenderte- Me dice en otro mensaje, como si me leyera la mente y supiera lo mucho que me encantó verla así.

-Nos vemos pronto Nati, sólo un poco más. Vamos a hacer una video llamada para mostrarte todo lo que también me haces falta- Le digo porque no puedo más con la excitación y ella me escribe que siempre está lista y dispuesta para mí.

Me desabrocho entonces el botón del pantalón y saco mi ya dura erección para comenzar a llamarla. Tendré una ronda fuerte de sexo duro al llegar a casa pero eso no me impide tener un abre boca antes de llegar.

El chófer que me conduce a casa por mí, puede pensar lo que quiera, yo nunca desaprovecho una oportunidad para recibir placer y menos si se trata de mis bellas esclavas.